光文社文庫

野守虫

刑事・片倉康孝　飯田線殺人事件

柴田哲孝

JN020701

光　文　社

目次

プロローグ

滑車が回る音を響かせながら、鉄格子の重い扉が開いた。

青い制服を着た留置担当官に付き添われ、男は鉄格子の外に出た。

男は俯《うつむ》きながら、リノリウムの床の廊下を歩く。私服のスウェットの上下に、クロックスのサンダルを履いていた。五日前に、潜伏先の空き家で逮捕された時のままの服装だった。

廊下を突き当りまで歩き、左に折れた。右側に、〝接見室〟と書かれたドアが二つ並んでいる。担当官はその手前のドアの前に立ち、ノックした。

「入ります。容疑者を連れてきました」

ドアを開け、男だけが中に入る。背後でまたドアが閉じられ、施錠する音が聞こえた。

三畳間ほどの狭い室内は、真中で仕切られていた。アクリル板の向こうに、紺色の背広を着た弁護士が一人。男は頭を下げ、その間仕切りの前に座った。

「ご足労様です……」

ここは留置場なので、手錠はされていない。だが男は、まるで鎖で繋《つな》がれているように両手を揃《そろ》えて膝の上に置いた。

「さて、それでは始めましょうか。まず、名前と生年月日からいってください」

弁護士がブリーフケースの中からバインダーを出し、それを開く。

「はい、名前は竹迫和也《たけさこかずや》……昭和六二年九月二三日生まれ……」

この弁護士と会うのは今回が二度目だが、前回と同じように身元確認をさせられた。それでも男は、この面倒な作業に素直に従った。過去に何度も逮捕され、何人もの弁護士の接見を経験すれば、くだらない慣例にも馴《な》れてくる。

「体調はどうですか。こちらに来て、あれから何か変わったことは」

弁護士が訊《き》いた。

「はい、何も変わったことはありません。食欲もあるし、夜もよく寝られます。取り調べのない日は、やることがなくて退屈ですけれど……」

竹迫が、背筋を伸ばしながらいった。食欲があることは本当だったが、よく寝られるというのは嘘《うそ》だった。便所付きの六畳の雑居房に四人も詰め込まれて、まともに眠れる奴なんかいない。

「検察の取り調べでは、どんなことを訊かれましたか……」

弁護士が、あくびを噛《か》み殺しながらいった。

「まあ、今回の事件のことですね……。被害者に怪我《けが》をさせたのは故意だったのかどうかとか……。あの日、どの時点で被害者を認識したのかとか……。盗んだ金は、いくらだったのかとか……。同じことを何度も訊かれます……」

竹迫の説明に、弁護士が頷《うなず》く。

「その〝被害者〟という言葉はまずいなぁ。相手が〝被害者〟であることを認めてしまうと、あなたが〝加害者〟だということになりますからね……」

「はい、私は〝被害者〟とはいっていません。ただ、〝相手の女性〟といっています」

「うん、それならいいんですけれどね。まあ、いずれにしても、裁判まではあまり余計なことはいわない方がいいです……」

弁護士がそういって、またあくびを噛み殺した。

三日前に初めて会った時からそうだが、この島村《しまむら》という弁護士からはどうもやる気が感じられない。〝国選〟だと、時々このような弁護士に当ることがある。

刑事事件を起こした時の弁護士は、容疑者が自ら指名する。これが、〝私選弁護人〟だ。だが、手持ちの現金や銀行の口座残高が五〇万円に満たない者は、費用の安い〝国選弁護人〟を頼むことが許される。

前回の懲役から出所してまだ間もない竹迫が、そんな大金を持っているわけがなかった。その結果、送られてきたのが、この〝国選〟の島村 某《なにがし》という若い弁護士だった。

「うちの母親は、何といってましたか。連絡は取れましたか……」

竹迫が、アクリル板の通声穴に向かって訊いた。だが、島村は難しい顔をして溜息《ためいき》をついた。

「連絡は取れましたよ。しかし、自分には関係ないといってましたね。いまの自分の住所も、あなたには教えないでほしいと……」

竹迫の母親の美津子《みつこ》は、前回の五年七カ月の懲役の間、一度も面会に来なかった。何度か手紙を書いたが、一通も返事が戻ってこなかった。そのうちに住所不明で手紙は届かなくなった。

「それじゃあ、身元引受人は頼めないか……」

竹迫がいった。

「いや、身元引受人の問題ではないですね。すでに検察が勾留請求を出して、裁判所がそれを認めていますからね」

通常、刑事事件を起こした容疑者は逮捕から四八時間以内に送検される。その後、検察は容疑者を勾留する必要があると判断すれば、裁判所に勾留請求を出す。この時点ですでに、竹迫は一〇日間の勾留が決定していた。

「先生、何とかなりませんか。この先、起訴されて保釈されるまでここにいるなんて、我慢できませんよ……」

竹迫は、懇願するようにいった。せっかく〝娑婆《しゃば》〟に出たばかりなのに、こんな所に入っていたら美味《うま》い物も食えないし酒も飲めない。タバコも吸えないし、女も抱けない。

だが、島村の反応は冷たかった。

「竹迫さん、保釈は無理ですよ。今回のあなたの容疑は、強盗致傷ですからね。もしかしたらこの先の取り調べによっては、強盗傷害に切り替えられるかもしれない。裁判所が、保釈を認めるわけがないでしょう」

弁護士の島村まで、今回の一件を〝強盗《タタキ》〟と決めつけている。

冗談じゃない。自分はあの女に噛み付かれたから、殴《なぐ》っただけだ。怪我をさせるつもりだったわけじゃないし、むしろ正当防衛だろう。

金だって、あの女が持っていってくれと差し出したからもらったんだ。こちらから、要求はしていない。いったい、それのどこが強盗傷害なんだよ。

だが竹迫は、笑顔を取り繕う。

「先生、お願いしますよ……。やっと、娑婆に出たばかりなんすよ……。今回は何とか、不起訴にしてもらえませんか……」

強盗傷害となれば、勾留期間は最大で二三日。その後、起訴されれば間違いなく実刑を食らう。起訴されるか不起訴に持ち込めるかは、弁護士の手腕に掛かっている。

「それは難しいですね。今回は強盗ですよ。しかも強盗傷害になる可能性もある。いくら何でも、不起訴に持ち込むのは無理でしょう」

島村は、あっさりといった。

保釈は無理、不起訴も無理。それなら何のための弁護士なんだ？

〝国選〟の弁護士など、まったく役に立たない。だが竹迫は、この島村という小賢しい弁護士を嫌いではなかった。

歳《とし》は自分と同じくらいだし、小柄な背恰好《かっこう》も大差ない。見ようによっては、顔も似ていなくはない。竹迫だって背広を着て島村のような眼鏡を掛ければ、弁護士くらいには見えるだろう。

「もし起訴されたら、今回は何年くらい入ることになりそうですか……」

竹迫が、小さな声で訊いた。

「そうですね……。普通は強盗の初犯でも五年以上ですからね……。しかも今回は強盗傷害、おそらく強盗に強制性交等罪も付くでしょう。それに竹迫さんは今回が三度目ですから、最短でも一〇年……。すべての罪で有罪になれば、おそらく一五年といったところじゃないですかね……」

一五年だって？

ただ女と姦《や》って、金を三万円ほどいただいただけでか？

ふざけんなよ。そんなに食らったら次に娑婆に出てくる時に、おれは四六歳になっている。

「先生、それは嫌だ……」

竹迫はまた、小さな声でいった。

「うん？　何だって？」

よく聞こえなかったのか、島村がアクリル板の丸い通声穴に顔を近付けた。

「だから、一五年も入るのは、嫌なんだよ……」

「えっ？」

島村が、通声穴に耳を寄せた。

次の瞬間、竹迫が立って椅子の上に飛び乗った。そのまま右足を振り抜き、通声穴を思い切り蹴った。右足は円い縁で留められたアクリル板を突き抜け、島村の側頭部を蹴り飛ばした。

通声穴は小さく、ここからは出られない。竹迫は全身に力を込めて、アクリルの対面窓に体当りをかました。

一度……。

二度……。

三度目でアクリル板が枠から外れ、隙間《すきま》が開いた。そこをさらに力ずくでこじ開け、小柄な体を滑り込ませた。何度も逮捕され、警察の留置場に勾留された経験のある者なら、接見室のアクリル板の厚さが一センチしかないことを誰でも知っている。

接見室の反対側に出た。弁護士の島村は、側頭部から血を流して床に倒れていた。

竹迫がしゃがみ込み、島村の様子を見る。呻《うめ》き声を洩《も》らしているので、生きてはいるらしい。意識が戻ると面倒なので、ネクタイを握って頸《くび》を絞めた。

静かになったところで、島村の服と靴を脱がせた。自分も、スウェットの上下を脱いだ。そして手早く、島村のシャツと背広を着込んだ。

思ったとおり、島村の背広は竹迫にちょうどよかった。だが、背広を着るのは生まれて初めてなので、ネクタイの締め方がよくわからなかった。

シャツの襟の中にネクタイを適当に結び、革靴を履いた。靴は、少し小さかった。レンズの割れた眼鏡を掛け、ブリーフケースを提《さ》げ、鍵のない反対側のドアから接見室の外に出た。

出たところは、明るい廊下だった。正面に窓があり、背後には留置場の鉄格子が見えた。入口には先程の担当官が座っていたが、スマホに夢中でこちら側をまったく気にしていない。

竹迫は、午前中の明るい窓に向かって歩いた。階段を、下りる。途中で腰のベルトに拳銃を吊《つ》った刑事に挨拶をしたが、何も気付かれなかった。

竹迫は一階まで下りると、受付の前を通り、堂々と正面玄関から警察署の外に出た。入口には警備の警官が立っていたが、止められることはなかった。

広い駐車場を横切り、自転車置き場に向かった。そこで鍵を掛けていない自転車を見つくろい、乗った。

自転車を漕《こ》ぎ、警察署の外に出た。ここはもう、娑婆だ。晴れた空を見上げると、秋の陽光が目映《まばゆ》かった。

盗めるなら、盗め。

騙《だま》せるなら、騙せ。

姦れるなら、姦れ。

逃げられるなら、逃げろ。

殺せるなら、殺せ。

竹迫は子供のころから、そうして生きてきた。

だからこれからも、自分はそうして生きていく――。

第一章　空白の土地

1

練馬《ねりま》区にある『石神井《しやくじい》警察署』は、都内でも比較的新しい警察署のひとつだ。昭和三六年（一九六一年）四月に『練馬警察署』から分離して創設され、『警視庁』の第一〇方面本部に所属。およそ三二〇名の署員により、練馬区の西部一帯と西東京《にしとうきよう》市東《ひがし》町《ちよう》の一部を管轄する。

現在の三階建、煉瓦《れんが》色のタイル張りの庁舎は、平成七年に竣工《しゆんこう》したものだ。この他に代用監獄（留置場）や運転免許証更新事務所などが敷地内に併設されている。

秋の陽射しが目映い、穏やかな昼下がりだった。一〇月に入って、日増しに涼んできた風も、心地好《よ》い。ここのところ管内で大きな〝事件《ヤマ》〟が起きていないせいか、署内の雰囲気もいつになく静かだった。

刑事課の片倉康孝《かたくらやすたか》警部補は、少し遅目の昼休みを休憩室で過ごしていた。午前中はこの春に刑事課に配属になったばかりの〝新人《アンコ》〟を三人引き連れて教育係の役目を果たし、昼飯はいつものように仕出しの弁当ですませた。いまは旅行雑誌を手にして、古い八畳間で足を投げ出している。

さて、来週の休みはどこに行こうか……。

旅行雑誌のページを捲《めく》りながら、ついあくびが出た。

〝刑事《デカ》〟も定年が近くなると、署内で少しずつ居場所がなくなってくる。捜査で〝地取《じど》り〟や〝張り込み《シキテン》〟に駆り出されることもなくなるし、捜査会議にも声が掛からなくなる。ここ数年は春先に〝新人〟の教育係を押し付けられてきたが、それもお盆を過ぎれば手が空いてくる。

反面、残業や宿直からも解放されるので、勤務時間が規則正しくなることはありがたかった。休みも、取りやすくなる。むしろ最近は警察官も有給休暇を消化しないと上がうるさいので、好むと好まざるとにかかわらず休まされることになる。

片倉は紅葉の気配が近付くのに合わせ、日曜日を入れて三連休を取った。八月のお盆の時期以来だから、二カ月振りの連休だった。どうせなら、どこか遠くに行きたかった。

ここ数年、片倉は〝乗り鉄〟であることを自認していた。

今度の休みも好きなローカル線の長良川《ながらがわ》鉄道か飯田《いいだ》線にでも乗り、温泉に入ってのんびりするか。本格的な行楽シーズンにはまだ間があるので、いまならばまだ手頃な宿も取れるだろうなどと、そんな呑気《のんき》なことを考えていた。

そろそろ、昼休みも終わる。旅行雑誌を閉じて体を伸ばし、刑事課に戻ろうと思った時だった。休憩室に〝キンギョ〟――刑事課の今井《いまい》課長――が少し慌てた様子で入ってきた。

「あぁ、康《やす》さん。やっぱりここか。探したよ」

今井は家で土佐金《トサキン》という高価な金魚を何十匹も飼っていて、よくその自慢をするので〝キンギョ〟という渾名《あだな》が付けられている。

「どうしたんだ、そんな慌てた顔で。何かあったのか」

片倉が、ぶっきらぼうにいった。

「いや、慌ててなんかいないさ。それより、康さんはまだ聞いてないのかい……」

今井が休憩室に上がってきて、片倉の前に座った。

「聞いてないのかって、何のことだよ……」

片倉は、どうも今井と相性が良くない。そう思っているのは、片倉の方だけかもしれないが。

「今日、午前中に、竹迫和也が逃げた……」

「何だって？」

片倉は、〝竹迫和也〟という名前をよく知っていた。六年前に、この石神井署の管内でだった。

〝強盗《タタキ》〟と数件の〝窃盗《ウカンムリ》〟で逮捕した男だ。当時、その一連の〝事件《ヤマ》〟の捜査主任が片倉だった。

片倉が続けた。

「逃げたっていうのは、どういうことだ。確か竹迫は、最近〝府刑〟（府中《ふちゅう》刑務所）を出たばかりのはずだろ」

竹迫は〝強盗〟その他で五年七カ月の刑が確定して『府中刑務所』に入っていた。その刑期を終えて、一〇日ほど前に出所したと聞いていた。

所轄が逮捕した受刑者が出所する時には、数日前に担当者に報告が来る。片倉も、竹迫が出所するという知らせは受けていた。

「それが出所してすぐに、竹迫はまた川崎《かわさき》で〝強盗〟をやったらしいんだ。翌日には所轄に検挙されて〝留置場《ハコ》〟に入ってたんだが、今日の午前中、弁護士の接見中に逃走したんだよ。たったいま、東川崎《ひがしかわさき》署から電話があったんだ……」

今井がいうには、竹迫が府中刑務所を出所したのが一〇月五日。翌週の九日に東川崎署の管轄で〝強盗〟を働き、その翌日に潜伏先で検挙された。そして勾留から五日目の今日、午前一一時二〇分ごろ、接見中の国選弁護人に暴行を加えて衣服を奪い、留置場から逃走した。

東川崎署というと、神奈川県警か。それで出所直後の竹迫が〝強盗〟をやっても、今日まで連絡が入らなかったのか……。

最近、大阪の富田林署《とんだばやし》でも、勾留中の容疑者が留置場の接見室から逃走するという同じような出来事があった。竹迫がどうやって逃げたのかはわからないが、出所後にそのニュースを見ていた可能性はある。

「それで、東川崎署は何といってきたんだ。ただ自分の署の不始末をうちに知らせるために電話してきたわけじゃないんだろう」

「うん、そうなんだ。竹迫の立ち回り先に心当りがないかと訊いてきた。康さん、あの件の〝主任〟だったよな」

東川崎署が立ち回り先を訊いてきたならば、竹迫はまだ捕まっていないということか。時計を見た。いま、一三時三〇分。竹迫が留置場を抜けてから、すでに二時間以上が過ぎている。

あの男は、息をするように嘘をつく。三度の飯を食うように犯罪を犯す。特に逃走中は、何をやらかすかわからない。

「暴行を受けた弁護士というのは、どうなったんだ」

片倉が訊いた。

「重傷を負っているそうだが、いまのところ命に別条はないらしいよ。しかしかなり酷《ひど》くやってるんで、今回はただの傷害ではすまないだろうといっていたな……」

人を殺さなかっただけ、不幸中の幸いか。だが、このまま放っておくわけにはいかない。

「わかった。おれが東川崎署の担当に連絡してみよう……」

「もう、担当者がこちらに向かっているそうだよ」

今井がいった。

2

東川崎署の担当者は、阿部《あべ》という捜査主任級の警部だった。

他に、望月《もちづき》という若い刑事が一人。片倉は六年前の捜査本部で現場を実質的に取り仕切っていた元部下の橋本徳郎《はしもととくろう》警部補と二人でこれに応じた。

東川崎署の二人と話すうちに、今回の一件についていろいろなことがわかってきた。

竹迫はやはり、先日の富田林署の一件と同じように接見室のアクリル製の対面窓をこじ開けて逃げたという。日本の所轄の留置場はほとんどが同じ基準の造りになっているので、有り得ない話ではない。竹迫ならば、できると思えばやるだろう。

その際に竹迫は丸い通声穴を蹴り破り、接見中の弁護士に怪我を負わせた。さらに失神した弁護士の頸をネクタイで絞め、衣服を奪った。そこまでやれば、今回は殺人未遂が付いても仕方ない。

さらに竹迫は弁護士の背広を着て外に出ると、東川崎署の自転車置き場から鍵の掛かっていない自転車を奪い、逃走した。このあたりの手口には、躊躇《ちゅうちょ》が感じられない。まるで富田林署の一件を真似《まね》たように、ほとんど同じだ。

以来、数時間。竹迫の身柄は現在も確保されていない。

「ところで今回の一件、竹迫は何をやらかしたんですか。出所してすぐに〝強盗〟で検挙されたとは聞きましたが……」

片倉が訊いた。

「はい、そうです……」阿部が答える。「深夜に一人暮らしの女性を尾《つ》けて、押し込みましてね。その際に女性を殴って怪我をさせて、現金を奪ったんですよ……」

阿部によると、被害者の女性は二二歳。竹迫とはまったく面識がなかった。飲食業のアルバイトからの帰宅途中、九日の午前一時ごろに竹迫に後を尾けられた。自宅マンションに逃げ込んだが、エレベーターの中で刃物のようなものを押し付けられ、そのまま二階の自室に押し入られた。

竹迫はこの女性を数回に及び殴打《おうだ》し、顔面や顎など数カ所を骨折する全治二カ月の重傷を負わせた。その際に女性と強制性交に及び、現金三万円を奪って逃走した。さらに前日の八日、府中刑務所を出所した翌日の六日にも、計二件の引ったくりの嫌疑が掛かっている。

阿部が続ける。

「典型的な犯罪者気質、とでもいうんでしょうかね……。

あの男は、取り調べ中もまったく悪びれていないんですよ。自分のやったことを何も認めない。あれだけのことをやっておいて、弁護士に不起訴にしてくれといったそうです。うちの署員が竹迫を空き家で確保した時も、その場でまったく違う偽名を名告《なの》ったそうです……」

片倉は阿部の話を聞きながら、橋本と顔を見合わせて溜息をついた。

六年前のことを思い出す。竹迫は確かに、そういう人間だった。自分の罪を認めずに、取り調べの最中も常に話を逸《そ》らしながら笑っていた。子供が大人に遊んでもらっているように、楽しそうだった。

だが、たった一度だけ、竹迫が鬼のような形相《ぎょうそう》で片倉を睨《にら》み付けたことがあった。その時、片倉は、竹迫という一人の犯罪者のまったく別の一面、いわば本性のようなものを見た気がした。いったいあれは、何だったのか――。

東川崎署の二人からは、竹迫について多くの情報を得ることができた。だが逆に、石神井署の方から提供できる有力な情報は少なかった。

立ち回り先といっても、竹迫が石神井署の管内にいたのは平成二二年から二四年までの二年ほどの期間だけだ。その間に竹迫は池袋《いけぶくろ》北口の飲食店で呼び込みのアルバイトをしながら、石神井町《まち》のアパートで暮らしていた。

だが、池袋の店――キャバクラ――は竹迫が検挙された直後に閉店になっているし、当時の経営者や同僚たちの行き先もわからない。住んでいたアパートも昨年、取り壊しになっている。隣近所に竹迫のことを覚えている者もいないだろう。

もし可能性があるとすれば〝女〟の線だが、少なくとも六年前の事件当時、石神井署の捜査本部では竹迫の女性関係を把握していない。検挙に前後して周辺をいろいろと洗ってはみたのだが、竹迫に〝女〟の影はまったくなかった。竹迫本人の口からも、〝女〟の話は出ていなかった。

「竹迫は石神井公園に移り住む前、そちらの川崎の方に長くいたようですね。それ以前は横浜など神奈川県内を転々としていて、少年時代は静岡県の沼津《ぬまづ》で育ったと聞いています……。いずれにしても、今後うちの管内に舞い戻ってくる可能性は少ないように思いますが……」

片倉は、あくまでも刑事として、犯人である竹迫の人間性をある程度は理解しているつもりだった。あの手の人間は、自分が完全にコントロールして利用できる者しか頼らない。少なくとも六年前の時点では、そのような者は石神井署の管内に見当らなかった。

「私は、もし竹迫が立ち回るとしたら、やはり川崎周辺だと思いますけれどね。まだそれほど遠くには逃げていないでしょうし……」

橋本がいった。

「我々も、そうは思うんですけどね……。ただ、あの竹迫という男は、まったく読めないところがあるんですよ……」

阿部がそういって、溜息をついた。

もうひとつ可能性があるとしたら、竹迫の唯一の肉親である母親だ。

「竹迫の母親の美津子の線はどうですか。確か、六年前に我々が検挙した時にはまだ沼津に住んでいたはずですが」

片倉が訊いた。

「すでに、当りました」

東川崎署の望月が答えた。

「竹迫を検挙した直後に捜して連絡を取ったんですが、いまは隣町の三島《みしま》に住んでいるようです。ただ、自分の居場所は息子には教えないでくれといっています。竹迫も、母親の連絡先を知らないようでした……」

そういうことか。確かに六年前も、美津子は息子のことに無関心だった。片倉は沼津に美津子を訪ねた覚えがあるが、自分は何年も前に息子とは縁を切ったのだと頑《かたくな》にいい張っていた。仕事が忙しいことを理由に裁判への出廷も拒んだし、勾留中は一度も面会には来なかったと記憶している。

結局、阿部と望月は、大した収穫もなく川崎に帰っていった。二人が帰った後で、片倉は橋本と少し話した。

「なあ、橋本、どうだろうな。竹迫は、網に掛かると思うか」

片倉が訊くと、橋本は少し難しい顔をした。

「まあ、意外と早く確保されるとは思いますが……。あの阿部という担当もいっていましたが、あの竹迫という男は本当に〝読めない〟ところがありますからね。もし万が一、東川崎署の網を抜けてしまうと、厳《きび》しいことになるかもしれませんね……」

確かに、橋本のいうとおりだ。あの竹迫という男は行動が読めないだけでなく、頭の良さもずば抜けている。六年前、検挙後に行なったウェクスラー式の知能検査において、IQ一五三という結果が出て驚いたことがある。

だが、いずれにしても竹迫の逃走は、石神井警察署としては管轄外の〝事件〟だ。おそらく生活安全課や管内の交番を動員して警戒に当ることになるだろうが、できることはその程度だろう。

東川崎署からの来客があったために、この日は帰りが少し遅くなった。

刑事課長の今井に報告をすませ、署を出た時にはすでに午後八時を回っていた。

片倉は使い古したショルダーバッグを肩に掛け、石神井署から自宅マンションのある大泉学園町《おおいずみがくえんちょう》まで通い馴れた道を歩いた。だが、この時間から自分で晩飯の支度をするのも面倒だった。足は自然と、いつもの『吉岡《よしおか》』に向いた。

『吉岡』は、姉と弟の二人で切り盛りをするこぢんまりとした割烹《かっぽう》料理屋である。気軽な店で、料理も美味い。片倉がこの店に通うようになって、もう五年ほどになる。

暖簾《のれん》を潜《くぐ》って、店に入る。

「いらっしゃいませ……。あら片倉さん、お久し振り」

和服を着た女将《おかみ》の可奈子《かなこ》が、いつものように迎えた。〝お久し振り〟というのが、彼女の口癖だ。

「そんなに久し振りだったかな……」

だが、今回は本当に久し振りだったかもしれない。最後にこの店に寄ったのは、確か二週間ほど前だった。

片倉はいつものカウンターの隅のお気に入りの席に座り、可奈子にビールを頼んだ。やはり、この席が一番落ち着く。他に今日の品書きを見て、季節物の秋刀魚《さんま》のお造りとおでんを五品ほど注文した。

「今日は、少し遅かったんですね」

女将の弟、板前の近藤《こんどう》が手際よく秋刀魚を下ろしながらいった。遅いとはいっても、時間はまだ八時半だ。

「うん、ちょっと厄介なことがあってね……」

〝刑事〟という職業柄、仕事のことはそれ以上、話せない。

可奈子が酌をしてくれたビールを飲み、突き出しの南瓜《かぼちゃ》のひき肉あんかけを頬張る。かすかに甘い秋の味が、口の中に広がった。

ビールを飲みながら傍《かたわ》らのショルダーバッグから旅行雑誌を取り出し、広げた。

さて、今度の休みは長良川鉄道と飯田線、どちらに乗りに行こうか……。

そんなことを考えながら、雑誌を読みはじめた。だが、ぼんやりと誌面の文字を追っていても、なかなか頭に入らない。そのうちに片倉は、竹迫和也について思いを巡らせはじめていた。

先程、数年振りに確認した当時の捜査資料によると、竹迫和也の石神井署管内での最初の犯行は平成二三年九月二二日だった。

この年は三月一一日に東日本大震災が起き、同日に津波による福島第一原発の全電源喪失事故が発生。七月の新潟・福島豪雨、九月の台風一二号による紀伊半島大水害など、自然災害の多い一年として印象に残っている。竹迫の犯行があった当日の未明も、東京は本州に上陸した台風一五号による豪雨に見舞われていた。

〝現場《ゲンジョウ》〟は練馬区石神井町四丁目の一軒家だった。六丁目にある石神井署とは、西武《せいぶ》池袋線の線路をはさんで一キロほどしか離れていない。

六十代の二人暮らしの夫婦が寝静まった深夜から未明に掛けて、一階のリビングに

"賊"が侵入、"窃盗"の犯行が起きた。いわゆる"居空き"である。翌朝、午前六時過ぎに被害者夫婦から一一〇番通報があり、犯行が発覚。当日の宿直だった片倉をはじめ、鑑識を伴う捜査班が〝現場〟に急行した。

被害額は現金と貴金属などを含め、数十万円に及んだ。〝現場〟は裏口のドアの古い鍵が壊され、リビングもかなり荒らされていたが、二階で寝ていた老夫婦は台風の雨と風の音でまったく気付かなかったという。

これは後の竹迫への取り調べでわかったことだが、犯行があったのは午前一時ごろ。この日は台風のために池袋のキャバクラの仕事がいつもより早く終わり、竹迫は石神井公園駅から自宅アパートまで歩いて帰宅途中だった。ほとんど毎日、通る道だった。

竹迫はその家のことも、よく知っていた。老夫婦が二人で住んでいて、夕方、店に行く時に何度か挨拶をしたこともあった。古い家だが、裕福そうだと思っていた。

台風の雨と風の中で明かりが消え、寝静まった家を見た時、竹迫は唐突に中に入ってみたくなった。気が付くと家の塀伝いに裏口に回り、持っていたポケットナイフで鍵を壊して侵入していた。家人に気付かれるとは、考えなかった。

竹迫が所持していたポケットナイフは、ペンチやドライバーが付いたマルチツールと呼ばれる軍用のものだった。なぜそんなものを持ち歩いていたのかと問い詰めても、「池袋で拾った……」とうそぶいた。

当日、竹迫は侵入した家が在宅中であることを認識していた。もし起きてきて見つかったらどうするのかと訊いても、「逃げるに決まってるじゃないですか……」といって笑った。

以後、竹迫は、定期的に石神井署の管内で〝窃盗〟を繰り返した。供述しただけでも平成二三年に三件、二四年に六件の計九件にのぼった。その内の四件が〝居空き〟で、五件が〝空き巣〟だった。

犯行はすべて大胆で、日中であれ深夜であれドアの鍵を壊すか、ガラスを割って侵入する。対象はすべて一軒家で、金目の物は何でもポケットやリュックに詰めて持ち去る。もし家の者に見つかれば、逃げる。

すべて、行き当りばったりな犯行だった。他に、盗んだバイクを使った〝引ったくり〟が確認できているだけで六件。おそらく他の所轄の未確認の〝事件〟を含めれば、総件数はもっと多くなるだろう。

「はい、片倉さん、お刺身。あと、おでんね……」

可奈子の声に我に返った。

「うん、ありがとう……」

片倉は飲みかけのビールのグラスを空けて、八海山《はっかいさん》の冷やを注文した。秋刀魚のお造りを頬張ると、やはり濃厚な秋の香りが口の中に広がった。

旅行雑誌を閉じ、また考える。

一連の連続窃盗事件の転機となったのは、平成二四年六月三日の夜に起きた〝事件〟だった。この日、竹迫は仕事が休みで、駅に近い大衆食堂で晩飯を食った後、石神井公園のボート池の周辺を散歩していた。なぜ散歩していたのか、その理由について竹迫は、「暑かったので夕涼みをしていた……」としかいわない。

ともかく竹迫はボート池のほとりを歩いていた時に、前から歩いてきた二十代の看護師の女性に目を付けた。すれ違った直後に立ち止まり、振り返った。夜とはいってもまだそれほど遅い時間ではなく、公園内には他の人影もあったが、竹迫は躊躇することなく女性の後を追った。

竹迫は石神井町五丁目まで女性を尾行し、アパートと部屋を確認した。その後、女性が風呂に入ったのを見計らってドアの鍵を壊して部屋に侵入。物音に気付いて風呂から出てきた女性と出会《でくわ》し、現金一万数千円を奪って逃げた。この時に裸の女性を脅《おど》して金品を要求したことから、強盗犯として手配されることになった。

この犯行は今回、川崎で起こした〝強盗〟とよく似ている。夜、歩いている女性に目を付け、尾行し、僅《わず》かな現金を奪って逃走するという犯行の手口はそっくりだ。だが、六年前の〝事件〟では女性に直接危害を加えず、現金だけを奪ったのに、川崎では〝強姦《ツッコミ》〟に及んでいる。その違いの要因は、何だったのか……。

そしてその石神井町五丁目の〝強盗〟のおよそ一カ月後の七月一日、竹迫は日中に民家で〝居空き〟を働きそこの住人二人にあっさりと取り押さえられた。そして所轄の石神井署に一一〇番通報があり、片倉ら捜査班が〝現場〟の民家に急行。〝窃盗〟の現行犯で確保した。

竹迫は、身長が一六二センチと小柄だった。腕力も、強くない。だからだろうか、住人の男性二人に取り押さえられた時もすぐに諦め、あまり抵抗はしなかったと聞いた。

その後、片倉は〝強盗〟の容疑で竹迫を聴取、送検した。この時点で竹迫には〝窃盗〟の前科があったため、五年七カ月の実刑判決を受け、府中刑務所に収監された。

今日、久し振りに当時の調書を見たからか、忘れていたいろいろなことが思い出されてくる。それは、事件にあまり関係のないことをも含めて、だ。

例えば、あの男の笑顔だ。

竹迫は一見、好青年風で、話術に長《た》けていた。ちょっとしたことから相手の心の隙間に取り入り、人懐っこい笑顔で振る舞う。だがその笑った目のかすかな動きの中に、あの男の狡猾《こうかつ》な本性と、気弱で不安定な一面が常に交錯していた。

そして、あの背中の〝刺青《スミ》〟だ……。

竹迫は肩から尻にかけて、奇妙な図柄の〝刺青〟を入れていた。図柄は何らかの動物を描いたものだが、まるで素人が彫ったような稚拙《ちせつ》な〝刺青〟で、判別できない。一見して蛇のように見えるが、確かに四肢のようなものが生《は》えていた。だからといって、龍にも見えない。

片倉は一度、竹迫に〝刺青〟の図柄は何なのかを訊いたことがあった。蛇なのか、龍なのか。そして、いつどこで彫ったのか――。

その瞬間に、竹迫の顔から、笑いが消えた。そして、こういった。

――いくら刑事さんでも、この入れ墨のことを訊いたら、殺すよ――。

その時の竹迫の目には、それまで片倉に見せたこともないような冷酷で凶暴な炎が燻《くすぶ》っていた。

いったい、どちらが本当の竹迫和也だったのか。そしてあの背中の奇妙な〝刺青〟は、何だったのか――。

まあ、いいだろう。いずれにしても竹迫の〝事件〟は、すでに六年前に自分の手を離れている。

片倉はまた、旅行雑誌を手にした。八海山の冷やを口に含みながら、読み掛けの記事を読みはじめた。

ちょうど、愛知県の豊橋《とよはし》市と長野県上伊那《かみいな》郡の辰野町《たつのまち》を結ぶＪＲ『飯田線』の特集だった。ページは秋の紅葉シーズンの写真で彩られていた。片倉はその中の一枚、沿線にある豊川稲荷《とよかわいなり》の霊狐塚《れいこづか》の写真に目が止まった。

そうか、豊川稲荷か……。

片倉は写真を見て、竹迫に関するあるひとつのことを思い出した。六年前にも気にはなっていたのだが、多忙に追われて自分で〝地取り〟をする時間はなかった。どうせなら、捜査というほどのものではなくとも、飯田線に乗って豊川に立ち寄ってみるのも面白いかもしれない。

「片倉さん、さっきから何を読んでるんですか……」

可奈子が横から、ガラスの徳利に入った酒で猪口《ちよこ》に酌をした。

「ああ、旅行雑誌だよ。来週、三日間の休みが取れたんで、またローカル線にでも乗りに行こうかと思ってね」

片倉が〝乗り鉄〟であることは、この店の二人もよく知っている。

「また、前の奥さんもご一緒ですか」

可奈子がちくりといった。

「いや、今回は一人だ。あいつも仕事があるからね。そういつもは無理だよ」

そうでなくても、いろいろと誘い辛《づら》いこともある。

「あら、それなら、私が一緒に行こうかしら」

「えっ？」

驚いて、手にした猪口の酒をこぼしそうになった。

「冗談ですよ。お一人でゆっくり楽しんできてくださいね」

可奈子が、笑いながらいった。

それからも一合、日本酒を追加した。その後に秋味のお握りで軽く腹を作り、店を出た。

「あら、雨だわ……」

暖簾を仕舞いながら、可奈子が暗い空を見上げた。日中は心地好く晴れていたのに、秋の空は移り気だ。

「傘、借りていいかな」

「はい、これどうぞ」

可奈子が開いてくれた傘を受け取り、夜道に歩き出した。

3

この日、東京に秋雨が降った。

冷たい小雨は東京都の西部の一帯も濡《ぬ》らし、夜半からは霧も出はじめた。

竹迫和也は、霧の街を歩いている。すでに日付は変わっていた。留置場から逃走した時に着ていた背広も、いまは近くのショッピングセンターで万引きしたジーンズとジャンパーに着替えていた。

新品の服は、気持ちいい。Tシャツも、下着や靴下も、赤いナイキのスニーカーとキャップも、新品だった。

中でも、ナイキのスニーカーはお気に入りだった。本当は雨に濡らしたくはなかったのだけれど、仕方ない。

他に、やはり新品のリュックをひとつ、背負っていた。その中に、いまの竹迫の生活のすべてが入っていた。Tシャツや下着などの着替えに、あの間抜けな島村という弁護士から奪った財布や眼鏡もある。

弁護士のくせに、あいつの財布には一万数千円しか現金が入っていなかった。クレジットカードやキャッシュカードは、すべてコンビニのゴミ箱に捨てた。これから先のことを思えば、もう少しまとまった現金が欲しかったのだけれども。

ここは、どこだろう……。

竹迫は、周囲を物色しながら霧の街を歩く。

留置場を出てショッピングセンターで着替えた後、竹迫は川崎から四つ目の平間《ひらま》駅まで自転車で走り、JR南武《なんぶ》線に乗った。そして終点の立川《たちかわ》駅で降りた。

川崎駅から東海道《とうかいどう》本線に乗らず、土地鑑のある横浜や都心方面に向かわなかったのは、捜査を混乱させるためだった。おかげで東川崎署の網は、難なく抜けた。これでしばらくは、時間稼ぎができただろう。

だが、竹迫は、この立川という街は初めてだった。しかも、すでに深夜だ。土地鑑がないどころか、右も左もわからない。

わかっているのは自分が駅を出て北、もしくは西の方に向かったことと、しばらくは広大な公園の中に潜《ひそ》んでいたこと。夜になってまた歩き出し、住宅街の中を抜けて、いまは少し賑《にぎ》やかな所に出たということくらいだった。近くの電柱の街区表示板には、〈――立川市柏町《かしわちょう》二丁目×××――〉と書かれていた。

間もなく、広い道路に出た。頭上にモノレールの軌道が聳《そび》えていた。見上げると、霧の中に〝砂川七番《すながわななばん》〟駅の明かりがぼんやりと浮かんでいた。竹迫はその場に立ち止まって少し考え、モノレールの軌道に沿って北へと向かった。

深夜の道路を、ダンプカーやタクシーが猛スピードで追い越していく。しばらくすると、その道が芋窪《いもくぼ》街道だということがわかった。だが、この道を歩いていくと自分がどこに行くのかは知らなかった。

腹が減っていた。体が雨に濡れて、寒かった。そして、眠い……。

竹迫は、それでも楽しかった。こんな気分は、何年振りだろう。一〇日ほど前に五年七カ月振りに娑婆の空気を吸った時よりも、なぜか今回の方が自由を感じていた。

だが、いまはとりあえず、何か温かい物を食べたかった。そして、落ち着いて横になれる場所が欲しい……。

前方に、コンビニの明かりが見えた。

竹迫は店の前で立ち止まり、不思議そうに首を傾《かし》げた。しばらく考えて、やっとこの店の意味が理解できた。

そうか、買った物を、店内で座って食べられるのか……。

五年七カ月も懲役を食らうと、娑婆に出てきても浦島太郎《うらしまたろう》のようなものだ。入る前にはなかったものがいろいろあって戸惑うし、走っている車もまったく違う。店内で物を食べられるコンビニなども、以前はあまり見かけなかった。

竹迫は、店に入った。店内には男の店員が一人と、客が二人。入口に〈――警察官立寄所――〉と書かれていたが、それらしき姿はない。

プラスチックの籠《かご》を提げ、買い物をした。いまはまだ金が残っているので、何でも好きな物を買うことができる。そう思っただけで、嬉しくなった。

弁当や麵類の棚から、ラーメンをひとつ。好物の稲荷寿司は売り切れていた。他に冷蔵庫の中から缶ビールを一本と、今日の夕刊を籠に放り込んでレジに向かった。

「雨が降ってきて、寒くなっちゃったね……」

竹迫は、初老の店員に笑顔で話し掛けた。

「ああ、そうみたいですね。このラーメン、温めますか」

店員が、そんなことはどうでもいいというように無愛想に応じる。それでも竹迫は、笑顔を崩さなかった。

「うん、温めてください。それから、フライドチキンをひとつ……」

弁護士から奪った財布から金を出し、代金を払った。金を払って何かを買うと、自分が少し偉くなったような気がした。

買った物と温めたラーメンをイートインのカウンターに運び、まずビールの缶を開けた。喉を鳴らしてビールを飲み、フライドチキンを頬張った。そして口の中のフライドチキンをまた、ビールで流し込む。

やっと、ひと息ついた。

今度は、ラーメンを食った。世の中に、こんなに美味い物はない。もしラーメンより美味い物があるとすれば、豊川の稲荷寿司くらいのものだ。

ラーメンも稲荷寿司も食べられない場所に一五年も入れられるなんて、たまるものか。

竹迫はラーメンを食いながら、買った夕刊を開いた。やはり、自分の記事がかなり大きく載っていた。

〈——東川崎警察署から容疑者逃走

一五日午前、川崎市川崎区日進町《にっしんちょう》の東川崎警察署から容疑者一人が逃走した。逃走したのは一〇日に強盗容疑などで逮捕され、弁護士と接見中だった竹迫和也容疑者（31）で、接見室のアクリル製隔壁板が押し破られていた。神奈川県警捜査一課は本日午後、東川崎署内に捜査本部を設置し、加重逃走容疑で全国に指名手配した。竹迫容疑者は身長一六二センチ、接見中の弁護士から奪った紺色のスーツを着用していた――〉

小学校もまともに出ていない竹迫は、漢字が苦手だった。読めない字が、たくさんある。だが、自分が逃走して指名手配され、大騒ぎになっていることはわかった。

記事には、写真も載っていた。

竹迫は、自分の手配写真を見て嬉しくなった。まるで、西部劇の手配書みたいだ！

だが、この写真はあまり写りが良くない。まるで、別人のように見える。それにいま、自分はあの弁護士から奪った眼鏡を掛けてキャップを被っているので、まったく別人のようだった。

それにしても、この眼鏡というのは、便利な物だ。片方のレンズは割れているが、それまでぼやけていた物がすぐ近くにあるようにはっきりと見える。

記事には、あの島村という弁護士のことは何も書かれていなかった。つまり、あいつは死ななかったのか？

まあ、どうでもいいけれども……。

ラーメンを食い終え、竹迫は店の外に出た。まだ、小雨が降っていた。

傘立ての中に、何本か傘が入っていた。その中から適当なのをいただいていこうと思った時に、駐車場にミニバイクが一台、入ってきた。

バイクは、竹迫のすぐ目の前に止まった。黒い雨具の上下を着た、中年の男だった。男はバイクのエンジンを切り、ヘルメットを脱いでミラーに掛けると、竹迫の存在にまったく気付かないかのように店に入っていった。

竹迫は、バイクを見た。キーが付いたままになっていた。

店に入っていった男は、奥の棚の前で弁当を選ぶのに夢中になっている。外のことは、まったく気にしていない。

盗めるなら、盗め……。

竹迫はミニバイクに跨《また》がり、ミラーからヘルメットを外して被った。少し大きく、汗臭かったが、他人のヘルメットを被るのは馴れていた。

キーを回し、エンジンを掛けた。スタンドを外し、グリップのアクセルを開けて霧の中に走り出した。

冷たい小雨が顔に当り、気持ち好い。速度を上げると、自分が本当に自由になったような錯覚があった。

竹迫は、自分がどこに行こうとしているのかわからなかった。この道が、どこに行くのかも知らなかった。

だが、自由でいられる時間は少ない。自分はいつ、またあの檻の中に戻されるのか、わからない。

その前に、どうしてもやらなくてはならないことがあった。

自由を奪われる前に、あいつだけは殺してやる……。

4

翌日、片倉は江東区《こうとう》新木場《しんきば》の『警視庁術科センター』に行く用があった。

石神井署にいつもどおり定刻に出署し、まず署内の拳銃保管庫に出向いた。ここで警視庁からの射撃訓練指示書と拳銃使用許可証を提示し、ニューナンブM60一丁と38スペシャル弾三〇発を借り出した。

「康さん、何でそんな旧型の銃を使うんだい。こっちの、新しいM37の方を持っていきなよ」

保管室長の村瀬《むらせ》が、まだ真新しいスミス&ウェッソンをカウンターに置いた。

「いや、村さん……おれはこのニューナンブの七七ミリ銃身のやつが好きなんだよ。よく当るし、警察学校のころから使い馴れてるからね……」

片倉がそういって、銃と銃弾、専用のホルスターをセカンドバッグに入れた。

署が用意したミニバンに乗り込む。この日は刑事課の後輩の柳井淳《やないあつし》や、一昨年の秋に配属された〝新人《アンコ》〟の須賀沼《すがぬま》、他に三人の交通課の巡査も一緒だった。

「柳井、試験に受かったんだってな。おめでとう」

片倉が、隣に座った柳井の肩をぽんと叩《たた》いた。

「はい、おかげ様で……」

柳井が、照れたように笑みを浮かべた。

この秋の昇任試験に合格し、柳井は二八歳の若さで片倉と同じ警部補に昇進した。石神井署の中でも、異例のスピード出世だ。

この歳になると、後輩が出世するのは素直に嬉しいものだ。自分の息子のような世代の柳井に追いつかれても、別に焦りは感じない。片倉は警部補のまま定年になるのだろうが、少なくとも現役のうちに柳井に抜かれることもない。

交通課の巡査の運転で署を出て、車は間もなく和光《わこう》インターから外環自動車道に乗った。三郷《みさと》ジャンクションで首都高速に分岐し、室内射撃場のある新木場の警視庁術科センターへと向かう。

通常、警察官の射撃訓練は一年に一回。最低でも、二年に一回は受けることが義務付けられている。この日は片倉にとって、およそ一年半振りの射撃訓練だった。

そもそも刑事は交番勤務の巡査や交通課の警官と違い、通常は拳銃を携行しない。凶悪犯絡みの危険な〝捜査《ガサ》〟でもなければ拳銃の使用許可が下りないので、署から持ち出すのも久し振りだった。そして刑事として拳銃に触れるのも、もしかしたら今回が最後になるかもしれない。

午前一〇時半に、警視庁術科センターに着いた。ここは警察官のためのあらゆるトレーニング設備、グラウンド、ＥＲＴ（緊急時初動対応部隊）やＳＡＴ（特殊急襲部隊）の実弾訓練場、警視庁武道館を含む広大な総合施設である。その一番奥の建物の地下に、一般警察官用の射撃訓練場がある。

思い起こしてみると、片倉がこの術科センターを訪れるのも前回の射撃訓練以来のことになる。以前、剣道で警察官の大会に出場していたころには寸暇を惜しんで通ったものだが。そういえばもう何年も、竹刀《しない》すら握っていないことを思い出した。

「よし、一番点数が低かった奴がコーヒーを奢《おご》れよ」

そんな軽口を叩きながら備品のポリカーボネイト樹脂製の眼鏡を掛け、イヤープロテクターを着けて射台に入る。バッグからカウンターに銃と実弾を出し、ホルスターを腰のベルトに装着する。ニューナンブM60の弾倉をスイングアウトさせ、38スペシャルを五発装《そう》塡《てん》してホルスターに入れる。

実のところ、片倉はあまり射撃が得意ではない。ニューナンブの七七ミリ銃身を使うのも、そのためだ。M37などより銃身が一インチ長い分だけ、少しは当るような気がするからだ。

規定の〝人型標的〟をワイヤーのクリップに挿《はさ》み、リモコンで前方に送る。距離は五〇フィート（約一五メートル）だが、それでも標的はかなり小さく見える。

射台の前に立ち、両腕を下げたまま構える。前方の赤いランプが青に変わるのを待って、ホルスターからゆっくりと拳銃を抜く。

そうだ。ゆっくりとでいい。

早撃ちではなく、的に当たればいいのだから。急ぐ必要はない。

撃鉄を起こし、的の中心を狙《ねら》う。前回よりも老眼と乱視が進んだのか、標的が霞《かす》んだ。

だが、引鉄《ひきがね》を引いた。

イヤープロテクターの中で、発射音がくぐもる。同時に、拳銃を握る右手の中に鋭い衝撃が疾《はし》る。

弾丸は中心を逸れたが、的の七点圏内には入った感触があった。一年半振りの初弾としてはまずまずだ。

さらに撃鉄を起こし、照準を的の中心に合わせ、シングルアクションで引鉄を引く。ニューナンブは撃鉄を起こさないと照門《しょうもん》と照星《しょうせい》が隠れてしまうので、ダブルアクションでは的を狙えない。同じことを、装弾数の分だけ五回繰り返す。

全弾を撃ち尽し、弾倉を開け、エジェクターで空薬莢《からやっきょう》を排出する。そしてまた、五発の実弾を込める。撃鉄を起こし、狙い、引鉄を引く。

射撃訓練をする度に、片倉は不思議に思うことがある。なぜ警視庁は、あえて〝人型標的〟を使うのか――。

その中心、胸のあたりにある的の中心を狙うならば、それはすなわち〝相手を殺す〟という意味になる……。

撃ち尽した空薬莢を排出し、また実弾を込める。的を狙い、撃つ。同じことを繰り返すうちに、一瞬、〝人型標的〟に逃走した竹迫和也の顔が重なった。

その時、片倉の手元が狂った。照準が〝人型標的〟の頭部に合った瞬間に、指が引鉄に掛かった。轟音と共に弾丸が発射され、額の真中に命中してしまった。

隣の射台で撃っていた柳井がそれに気付き、防弾ガラスの仕切り越しに怪訝《けげん》そうに片倉の顔を見た。片倉は溜息をつき、苦笑するしかなかった。

大きく息を吐き、気を取り直して、残りの全弾を撃ち尽した。

訓練を終え、それぞれが標的を回収する。射撃訓練場を出てイヤープロテクターを外し、お互いの標的を見比べる。

結果は、いうまでもなかった。着弾点は片倉のものが最も中心から外れていたし、全体的に散《ばら》けていた。しかもその中の一発は、絶対に狙ってはいけないとされる〝人型標的〟の頭部に命中してしまっている。

「どうやら、おれの負けらしいな。みんなにコーヒーを奢るよ……」

片倉がいった。

カフェでコーヒーを飲みながら、何気なくアイフォーンをチェックした。

前日に会った東川崎署の阿部からのメールが、アイフォーンに転送されてきていた。

〈――片倉様
お疲れ様です。以下、追加情報になります。

昨日の正午から、一三時ごろにかけて、川崎駅東口のショッピングセンター内において竹迫和也らしき男による数件の万引きが発生したことを確認。被害にあったものはジーンズ、フード付きのジャンパー、赤いスニーカーとキャップなどで、現在は竹迫もこの服装に着替えたものと思われる。

また一三時四〇分ごろ、JR南武線の平間駅の防犯カメラにより、竹迫に似た同様の服装の男が下り立川方面の電車に乗ったことを確認。現在、下車駅を特定中です。

以上、報告まで。

阿部――〉

南武線の平間駅は、東川崎署の管内だ。だが、そこから立川方面の電車に乗った男が竹迫だとしたら……。

片倉は、腕時計を見た。すでにそれから二二時間が経過している。つまり竹迫は、昨日の時点で東川崎署の〝網〟を抜けたということか――。

5

竹迫和也は、東京の東村山市《ひがしむらやま》にいた。

昨夜は盗んだバイクに乗り、どこをどう通ってきたのかわからなかった。未明にテニスコートや野球場がある公園を見つけ、そこでバイクを駐《と》めた。しばらく公園を歩き、野球場のベンチに潜り込んで、リュックを枕にして眠ってしまった。

ジャンパー一枚では寒かったが、夜が明けると少し日が当ってきた。この日は平日で試合が入っていなかったようで、誰もいない野球場で午前中の遅い時間まで眠れた。目が覚めると、雨は完全に上がっていた。

野球場を出てトイレで顔を洗い、また公園の中を歩く。散歩する老人や、公園の清掃員など何人かの人間と出会った。だが、誰もがリュックを背負って歩く竹迫に、まったく無関心だった。

歩きながら、明け方にバイクを駐めた場所を探した。バイクは、まだそのまま木陰に残っていた。竹迫はジーンズのポケットから鍵を出し、バイクに乗った。

バイクで街に走り出す。だが、行くあてはない。自分がいま、どこにいるのかもわからなかった。

しばらくして、電柱の表示板でここが東村山であることがわかった。この地名は、石神井町に住んでいる時に何度か目にしたことがある。確か、西武線の沿線に、そんな名前の駅があったはずだ。

竹迫の脳が、かすかな警戒信号を発した。

できれば、石神井公園の周辺には不用意に近付きたくない。あそこには、あの〝片倉〟という刑事がいる……。

踏切を渡った。そのあたりから、周囲が賑やかになってきた。片側二車線の広い通りに出ると、前方に二五階建くらいの高層マンションが聳えていた。

東村山の駅だ。駅前の広場には何台ものバスやタクシーが並び、車が走り、人々が急ぎ足で闊歩《かっぽ》していた。そして、交番がある。

竹迫はバスやトラックに身を隠しながら、この新しい片側二車線の道路を右折した。そのまま走ると、しばらくして武蔵野《むさしの》線のガードを潜った。太陽の位置から、自分が東村山の駅から東に向かっているらしいことがわかった。

だが、広い道路は間もなく古い別の道と合流し、急に細くなって、そこで消えるように終わっていた。あとは、どこをどう走ったのかわからなくなった。道は古い住宅地や畑の中を抜け、突き当っては曲がりくねり、いつの間にかまた方向感覚を失った。

広い道に出た。左に曲がると正面からパトカーが走ってきたので、次の角をまた右に曲がった。気が付くと竹迫は、マンションや新しい家が建ち並ぶ閑静な住宅地の中を走っていた。

ここはどこだろう……。

ふと気が付くと、前方に女が一人、歩いていた。地味な服装、髪形や歩き方からすると六十代から七十代くらい。右肩――車道の側――にハンドバッグを掛けて歩いている。

盗めるなら、盗め……。

次の瞬間、竹迫は右手でアクセルを開けた。バイクが、加速する。ハンドルから左手を離し、女の背後からハンドバッグのショルダーベルトを摑《つか》んで引ったくった。

女が、悲鳴を上げた。ショルダーベルトが女の腕に絡み、倒れた。竹迫はかまわずに、バイクで女を引き摺《ず》った。

振り返ると、恐怖に引き攣《つ》る女の顔がそこにあった。竹迫はその顔を、踏みつけるように蹴った。

骨が折れるような音がして、女が離れた。バックミラーを見ると、アスファルトの上をころがる女が映っていた。

竹迫はかまわずに、アクセルを開けた。

逃げられるなら、逃げろ……。

6

東川崎署から竹迫和也に関する続報が入ったのは、その日の夕刻だった。

片倉が荷物をまとめ、定刻に署を出ようとした時にメールが着信した。


〈――（前略）以下、竹迫和也に関する追加情報です。

一五日午後、JR南武線の平間駅から下り線に乗った竹迫らしき男は、同日一四時三五分に終点の立川駅で下車したことを確認。

翌一六日未明、立川市内のコンビニの駐車場でミニバイクの盗難事件が発生。防犯カメラの画像を分析した結果、犯人は竹迫に酷似していることが判明。

さらに一一時五〇分ごろ、東京都清瀬《きよせ》市の路上でミニバイクを使った引ったくり事件が発生。被害者は女性（六七歳）で、右腕を骨折する重傷。被害は現金一三万円他。現在、所轄の清瀬署が捜査中だが、被害者の証言などから竹迫の犯行の可能性もあると思われる。

以上、報告まで――〉

片倉は、何度かメール文を読み返した。

竹迫が、ミニバイクを奪ったのか。そのバイクを使ってまた引ったくりを働き、被害者に重傷を負わせた。

東川崎署と清瀬署が捜査中とのことだが、おそらく〝犯人《ホシ》〟は竹迫だろう。ミニバイクを使って女性を襲う手口は、奴の常套《じょうとう》手段だ。

「康さん、何かあったんですか」

柳井に声を掛けられて、我に返った。

「何かって、どうしてだ？」

片倉が、逆に訊いた。

「いや、術科センターにいる時から何か考え事でもしてるようだったので……」

「おれ、そんなに変だったかな……」

だが、いわれてみれば思い当る節《ふし》はあった。射撃訓練でミスはするし、行き帰りの車の中でも他の者とほとんど話さなかったような気がする。

「いや、そういう訳ではないんですが……。もしかしたら、例の東川崎署の件で何かあったのかな、と……」

柳井がいうのも、無理はない。竹迫が東川崎署から逃走したニュースは昨日からテレビやラジオに流れているし、新聞にも載っている。

六年前、石神井署の管内で奴が事件を起こした時の捜査主任が片倉だったことも、署内の人間ならば知っている。当時、柳井はまだ刑事課に配属はされていなかったはずだが、噂《うわさ》くらいは耳に入るだろう。

「まあ、そんなところだ。昨日、東川崎署の担当者がここに来て相談を受けたんだが、今日になってもいろいろと報告が入ってきていてね……」

柳井に隠さなければならない理由はない。

「捜査資料のようなものがあったら、見せてもらえませんか」

「六年前の〝事件〟のなら、〝竹迫和也〟でうちの署の資料を検索すればいくらでも出てくるよ」

「それは、もう見ました。もし東川崎署の方からの資料があるのでしたら、そちらの方を見てみたいのですが……」

片倉は一瞬、戸惑った。だが柳井が興味を持っているのなら、意見を聞いてみたくもあった。

「〝資料〟といっても、記者発表されている内容に多少の追加情報がある程度のものだよ。よければ、読んでみるか」

片倉はそういって、自分のノートパソコンを柳井に向けた。柳井はしばらく、ディスプレイに見入っていた。考え、そして首を傾げる。

「すでに、東川崎署の網を抜けたんですか……。犯行が行き当りばったりですね。本能的というか。この男の行動パターンが、まったく読めませんね……」

「そうなんだ。六年前のうちの管内の〝事件〟でもそうだったが、この男は息をするように犯行を重ねる。行動パターンが能動的で、一貫性がない……」

「しかし、犯行が理にかなっている面もありますね。昨日からの行動を見ても、まず接見した弁護士の服と自転車を奪って逃走し、近くのショッピングセンターで万引きをして着替え、さらに四つ先の駅から電車に乗って所轄の非常線を難なく抜けてしまった。その後はさらにバイクを奪い、今日は引ったくりをやって、丸一日以上が経《た》ったいまもまだ確保されていない。こうなると、運がいいだけとは思えないですね……」

「そうなんだ。実際に竹迫は、頭がいいんだ。六年前に一度、ＩＱのテストをやらせてみたんだが、奴の知能指数は一五〇以上あったんだ……」

「なるほど……。しかし、ＩＱが高いのだとしたら、なぜこれほど短絡的に次から次へと犯罪に走るのか。それが不思議なんですよね……」

柳井がいわんとしていることは理解できる。つまり、犯罪に躊躇がない。

例えば、竹迫はなぜ留置場から逃走したのか。普通、勾留されている犯罪者は、もし逃走する隙があったとしても簡単には逃げないものだ。留置場の鍵が掛け忘れられていたとしても、一〇人中九人までは逃げない。

理由のひとつは、自分が犯罪を犯して勾留されているという事実が抑止力になるからだ。また、逃げたとしてもすぐに捕まれば、結局は割に合わないという冷静な計算も働く。さらに、最も大きな要因として、その犯罪者の良心が作用する場合もある。

だが、犯罪者の中には、そのような〝理性〟がまったく欠如している者がいる。あえていうなら、竹迫のような男がそうだ。

「だけど柳井、なぜ竹迫の件に興味を持ったんだ。昇任試験もあったし、いろいろ〝事件〟を抱えて忙しいんじゃないのか」

いまや柳井は、刑事課のエースだ。常に大きな〝事件〟を担当しているし、この時間に署にいることも珍しい。

「いえ、いまはそれほどでも。それよりも、今回の試験で元FBIのジョー・ナヴァロやロバート・K・レスラーについて少し勉強したので、それで竹迫という男が気になったんです……」

ナヴァロやレスラーに関しては、片倉も著書くらいは読んだことがある。

ジョー・ナヴァロは元FBI分析官（プロファイラー）で、犯罪者になりやすい〝危険な性格〟を四つのタイプに分類したことで知られている。

ひとつは「妄想型」で、必要以上に猜疑《さいぎ》心が強く、常に不合理な疑いに駆られるタイプ。

例を挙げるなら、運転中に第三者が故意に割り込んできたと思い込み、後を尾けてあおり運転などをする人間。

二番目は、「情緒不安定型」。感情の起伏が激しく、心の移り変わりが早くて、不安定で、次にどのような行動に出るのか予測が難しいタイプ。個人に対する依存心が強く、特定の人間に対して二四時間束縛し、注意を引こうとする。

犯罪者気質の典型といわれるのが、三つ目の「捕食者（プレデター）」タイプだ。良心や理性を持たず、法律や道徳観を無視し、人の弱みや隙を察知して付け込むことに天才的な能力を発揮する。連続強盗犯、レイプ犯、殺人犯にこのタイプの人間が多い。

四つ目に、いわゆる「ナルシスト」も犯罪者気質に含まれるとしている。この手の自己陶酔型の人間は常に自分が主役でなくては気がすまず、共感力が欠如している。何事においても、自分が一番だと信じ込んでいるタイプだ。

ナヴァロはほとんどの犯罪者がこの四つのタイプのどれかに分類され、さらに複合的な資質を持ち合わせていると論じている。そして往々にして、この手の人間はＩＱが高い傾向にある。

「確かに竹迫は、ナヴァロのいう〝情緒不安定型〟に分類されるな。それにもうひとつ、〝妄想型〟の資質を持ち合わせているのかもしれない……」

「今回の一連の行動パターンを見ても、〝情緒不安定型〟の特徴はよく表れてますね。しかし、私が気になるのはこの竹迫という男がレスラーのいう〝シリアル・キラー〟の資質を持ち合わせているのかどうか。そうだとしたら〝秩序型〟と〝無秩序型〟のどちらに分類されるのかということなんです……」

ロバート・K・レスラーは、元FBI捜査官。日本では『FBI心理分析官』の著者として知られる。連続殺人犯に対して〝シリアル・キラー〟という言葉を生み出し、これを事前に犯行を夢想して計画する〝秩序型〟と、標的を無作為に選ぶ〝無秩序型〟に分類した。

「確かにこれまでの一連の犯行を見ると、竹迫は〝無秩序型〟に分類されるんだろうな。だけど柳井、奴はまだ〝殺し〟はやっていないぞ」

片倉は自分でそういっておきながら、心に小さな違和感を覚えた。

「そうですね。竹迫は、いまのところ誰も殺していません。しかし、一歩間違えれば、すでに何人かは死んでいたかもしれない……」

柳井のいうことにも、一理あった。出所してからこの一〇日あまりの犯行だけでも、強盗傷害の被害者の女性、盗走する際に重傷を負わされた弁護士、そして引ったくりにあって右腕を骨折した女性と、その中の誰が死んでいてもおかしくはなかった。

片倉は、柳井に訊いた。

「竹迫は今後、人を殺すと思うか」

柳井が、少し考えて答える。

「まだ何ともいえませんが、もしかしたら……。竹迫が人を殺す可能性は、むしろ高いと思います……」

「その根拠は」

「〝刑事〟の勘です……」

柳井の言葉に、思わず苦笑した。まだ柳井が刑事課に配属されたばかりの〝新人《アンコ》〟だったころ、自分の勘を信じろと教えたのは教育係だった片倉だった。

「もし竹迫が〝殺し〟をやるとしても、現状では我々は手の打ちようがない。今後、奴がうちの署の管内に戻ってくれば別だが……」

片倉はその時、ふと誰かの視線を感じた。振り返ると刑事課の雑然としたデスクの通路に、物陰に身を隠すように若い女が立っていた。昨年、生活安全課に配属されたばかりの、元村《もとむら》早希《さき》巡査だった。

元村巡査は片倉と目が合うと、はにかむように頭を下げた。そして、それとなく、柳井に眴《めくば》せを送る。柳井は立ったまま頷き、なぜかばつが悪そうに頭を掻《か》いた。

「いま、行くから……」

柳井が元村巡査にいった。

なるほど、そういうことか……。

そのくらいの勘は、刑事でなくとも働く。そういえば何日か前に刑事課の誰かから、柳井が署内の誰かと付き合っているという噂を耳にした覚えがあった。いくら鈍感でも、二人がそういう関係であることくらいはわかる。

「すみません……。私が担当していた〝事件〟で生活安全課にいろいろ協力してもらったので、今日は慰労がてら食事でもしようかということになって……」

柳井が、苦しい言い訳をした。それで、こんな時間に柳井が珍しく署内にいた理由も、理解できた。

「いいから楽しんでこい。おれももう、署を出るよ」

「はい、それじゃ、お先に……」

柳井と元村巡査が頭を下げ、肩を並べて出ていった。片倉も思わず顔が綻《ほころ》び、二人を見送った。

時計を見ると、針はもう七時を回っていた。パソコンの電源を切り、コートとショルダーバッグを持って片倉も刑事課の部屋を出た。

外は風が冷たかったが、コートを着込むほどでもなかった。

夜道を歩きながら、思う。竹迫和也はいま、どこで何をしているのだろう。

片倉の横を、ミニバイクが追い越していった。その男の姿が一瞬、竹迫の姿に重なった。だが竹迫が、いまここにいる訳がない。石神井署の管内に、舞い戻る訳がない。バイクに乗っている男は、片倉よりもだいぶ年配の老人だった。

先程の柳井の言葉が、脳裏に蘇《よみがえ》る。

——竹迫が人を殺す可能性は、むしろ高いと思います——。

片倉も、まったく同じことを考えていた。このまま逃げ続ければ、奴はいずれ人を殺すだろう。

いや、もしかしたら竹迫は、すでに人を殺しているのかもしれない……。

六年前の〝事件〟の時には、一年近くにも及んで竹迫を追った。逮捕してからも、のべ二〇時間以上にわたり取り調べを続けた。警察関係者の中で、あの男について最も知っているのは自分だ。

その自分がいまは何も手を出せないことが、もどかしかった。

7

一万円札を数えるのは楽しい。

何度数えても、まだ一二枚もある。こんなにたくさんの一万円札を手にするのは、何年振りだろう……。

竹迫和也はまた一万円札を数え、財布に仕舞った。数える度に、嬉しくなった。

だがほんの数時間前まで、一万円札は一四枚あったのだ。それが、いまは一二枚に減ってしまっている。

減ったのは、使ったからだ。レストランでステーキを食べたし、サングラスと新しいスポーツウェアを買ったし、たったいままで駅前の居酒屋で酒を飲んでいた。お札は使うと、すぐに少なくなる。

お札が無くなる前に、もっと盗《と》らなくちゃならない……。

竹迫は、盗んだバイクを乗り捨てたことを少し後悔していた。あのバイクがあったら、もっと引ったくりができたのに。

いや、バイクは足が付きやすい。乗り捨てたのは正解だ。もしお札が必要ならば、他の方法で盗ればいい……。

そんなことを考えながら歩いている時に、前方の街灯の光の中に男の後ろ姿が見えた。

年齢は六〇歳くらい。スーツを着たサラリーマン風。自分よりも小柄で、酒に酔っているのかふらふらと歩いている。

あたりには他に誰もいない。こいつなら、何とかなる……。

竹迫は、そう思った瞬間に動いていた。まるで猫が獲物を狩るように、足音を忍ばせて、全力で走った。

男の後ろ姿が迫る。そのままの勢いで、男の痩《や》せた背中に飛び蹴りを食らわした。

「ぎゃあぁぁぁ……」

骨の折れる嫌な音がして、男が地面にころがった。恐怖と、不安の入り交じった目で、竹迫を見上げた。その顔を、思いきり踏みつけるように蹴った。

禿《は》げた頭をコンクリートの路肩に打ちつけ、男の動きが止まった。

竹迫はその場にしゃがみ込み、男の顔を近くから見た。白目を剝《む》き、口を開けている。指で突《つつ》いてみたが、反応がなかった。

あはは……面白い……。

竹迫は素早く男の上着の内側とズボンのポケットを探り、革の財布と白い封筒を抜き取った。財布には一万円札が二枚と千円札が数枚、封筒の方には二〇万円ほどの札束が入っていた。

凄《すげ》え……。

今日は、ついている。昼間の婆《ばば》あは一万円札を一三枚も持っていたし、この爺《じじ》いはもっと金持ちだった。こんなに稼いだ日は、初めてだ。

竹迫は財布から札だけを抜き、封筒の札束と一緒にジーンズのポケットにねじ込んだ。あたりを見回して誰にも見られていないことを確かめ、闇の中に姿を消した。

8

翌週の日曜日から、片倉は予定どおり三日間の休みを取った。

東京駅で朝七時〇三分発の新幹線〝ひかり４６１号〟岡山行きに乗り、静岡で〝こだま６３３号〟に乗り換えて九時〇八分に豊橋駅着。そこでお目当てのローカル線、ＪＲ飯田線に乗り継ぐ予定だった。

本当は一本後の〝こだま〟に乗った方が飯田線への乗り継ぎがいいのだが、今回は目的地の天龍峡《てんりゅうきょう》に行く前にどうしても寄りたい場所があった。それに久し振りの休みなので、乗り換えに余裕を持ってのんびり行きたいという思いもある。

東京駅ではいつものように、〝鳥めし〟弁当を買った。出張の際には〝召し捕る〟に引っ掛けてよくこの弁当を買って新幹線に乗るのだが、今回は捜査とは無関係の気楽な一人旅だ。それでも〝鳥めし〟を買ってしまうのは、〝刑事〟としての長年の癖だ。

新幹線が発車してすぐにビールを開け、弁当を食った。朝っぱらからビールを飲むのはおそらく人生で初めての経験だが、何と美味いことか。〝刑事〟だって定年近くまで勤め上げたのだから、たまにはこの程度のささやかな贅沢は許されるだろう。

腹が満たされて、やっと落ち着いた。今日と明日、ちょうど紅葉の時季に差し掛かった天龍峡に二泊分の宿も取れているので、あとはせいぜいのんびりするだけだ。ここ数年はまっているローカル線の旅への期待に加えて、宿の料理や酒、温泉が楽しみだった。

窓の外を飛ぶように流れる風景を眺めながら、しばし旅の感傷に耽《ふけ》る。一人旅の時はいつもそうだが、適度な孤独感があって心地好い。

そのうちに自然と、考え事を始めた。いつの間にか脳裏に浮かんだのは、やはりこの旅のもうひとつの目的でもある竹迫和也の顔だった。

竹迫は東川崎署の留置場を脱走した翌日、二件の〝強盗《タタキ》〟を働いた。一件は東京の清瀬市で起こしたバイクを使った引ったくり。二件目は埼玉県所沢《ところざわ》市の路上で深夜に発生した強盗傷害が、後に竹迫の犯行であったことが判明した。

問題は、二件目の〝事件〟だった。被害者は〝現場〟の近くに住む六四歳の男性会社員で、二三時二〇分ごろに西武池袋線の小手指《こてさし》駅から自宅に帰る途中に背後から襲われた。腰椎骨折と頭蓋骨骨折の重傷を負い、その後一時、意識不明の重体に陥った。

一命は取り留めたが、被害者の男性は相手の顔をまったく覚えていなかった。だが翌日、中身を抜かれて〝現場〟に捨てられていた財布の指紋が、竹迫和也のものと一致した。

竹迫はいつか人を殺す――。

その思いが、いよいよ現実的なものとなってきた。実際に奴は、人を殺すことにまったく躊躇しないことを証明したことになる。

後に、竹迫は二件目の〝事件〟で、二〇万円以上の現金を奪ったことが明らかになった。当日、被害者の男性は孫二人の七五三用の着物の代金として銀行から二〇万円を下ろしていたが、それが〝現場〟から消えていた。つまり竹迫は、一日で三〇万円以上の現金を手に入れたことになる。

以来、一〇日——。

竹迫の足取りは所沢の犯行現場を最後に、ぷっつりと途絶えたままだ。

奴はまだ、都内近郊のどこかに潜伏しているのか。もしくはすでに、地方に高飛びしたのか——。

片倉の携帯が、メールを着信した。朝っぱらから、誰だろう……。

ポケットからアイフォーンを取り出し、確認する。メールは、別れた元妻の智子《ともこ》からだった。

〈——お早うございます。お元気ですか。

急だけど今夜、時間を取れませんか。もし予定が入っていなければ、久し振りにどこかでお食事でもいかがかと思って。ちょっと、相談したいことがあるの。

智子——〉

片倉はメールを読んで、溜息をついた。智子とはいつも、間が悪い。

新幹線はちょうど、静岡県に入ったところだった。片倉はアイフォーンで窓の外に見える富士山に向かってシャッターを切り、その写真を添えて返信した。

〈――お早う。

実は今日から三連休を取って、いま新幹線で西に向かってるんだ。豊橋で飯田線に乗り換えて、今日と明日は長野県の天龍峡に泊まっている。何か急用があったら、この竜峡《りゅうきょう》館《かん》という温泉宿にいるよ――〉

片倉はほのかな期待を込めてあえて〝温泉宿〟として、旅館のＵＲＬをメールに添えた。旅館なら、後から一人追加するのは簡単だ。

だが、智子の返事は素っ気なかった。

〈――あら残念。それではまたの機会にでも――〉

片倉はまた、溜息をついた。智子とはいつも、すれ違いばかりだ。

新幹線は静岡で〝こだま〟に乗り換えた後、定刻に豊橋駅に着いた。ＪＲ飯田線への乗り継ぎの待ち時間は、三〇分。その間に豊橋駅の構内や駅ビル内をぶらつき、名物の駅弁〝三色稲荷〟を買った。

片倉は予定どおり九時三八分豊橋発、JR飯田線の豊川行きに乗った。そして九時五三分、終点の豊川で降りた。

ここが今回の旅の、まず最初の目的地だった。

愛知県の豊川町は、狐《きつね》の町だ。駅を出ると、まず駅前のロータリーに飾られた何匹もの狐のオブジェが旅行者を出迎える。

片倉は用意した地図を見ながら、シャッターを閉じた商店の並ぶ参道を歩いた。所々に開いている土産物屋があり、〝稲荷寿し〟の看板が目に付くようになる。そして道が丁字路にぶつかり、左に折れて〝豊川いなり表参道〟と書かれた仲見世《なかみせ》通りに入ると、あたりの雰囲気が急に賑わってきた。

間もなく前方に、巨大な門と石の鳥居が聳える。両側の狐の狛犬《こまいぬ》に見守られながら石畳の参道を進み、鳥居を潜ると、日本三大稲荷のひとつともいわれる豊川稲荷の境内《けいだい》へと入っていく。

正式には山号《さんごう》を圓福山《えんぷくざん》、寺号《じごう》を妙嚴寺《みょうごんじ》と称する曹洞宗《そうとうしゅう》の寺である。嘉吉《かきつ》元年（一四四一年）に東海義易《とうかいぎえき》によって建立《こんりゅう》され、本尊として千手観音を祀《まつ》る。また札所としては東海三十六不動尊の一七番、三河《みかわ》新四国八十八ヵ所霊場の番外札所としても知られる。かつて、境内に祀られた秘仏、吒枳尼眞天《だきにしんてん》の姿が狐に見えたことから、〝豊川稲荷〟の名で呼ばれることになった。

片倉は、豊川稲荷に来るのは初めてだった。旅に出る前に、にわか仕込みで知識は得てきていた。だが、こうして改めて目の前にしてみると、豊川稲荷は神仏の文化が折衷し、調和した何とも不思議な空間だった。

参道の正面から見上げる巨大な本殿は、まぎれもなく荘厳である。ここには確かに、数千年にも及ぶ数多《あまた》の信仰を支えてきた神仏が宿っている。そしていまも、ここを訪れる年間五〇〇万人もの参拝者を圧倒してやまない。

片倉も手水舎《ちょうずや》の水で両手と口を清め、香炉に香を落とした。他の参拝客に並んでささやかな賽銭《さいせん》を投げ、合掌する。

寺社に参拝する時はいつもそうだが、胸の内で何を願うべきなのか戸惑う。それでも思いなしか、心の靄《もや》が晴れていくような感覚があった。

参拝を終え、片倉は急ぎ足で広い境内を回った。次の天竜峡方面の電車の発車は午前一〇時五五分、あと四〇分ほどしかない。これを逃してしまうと、一三時五五分まで三時間も待たなくてはならなくなる。

本堂から右に折れて、赤い文字の書かれた千本幟《のぼり》が並ぶ奥の院参道を下っていく。左手に宝雲殿《ほううんでん》、右手に三重塔、さらに左に万燈堂《まんどうとう》、弘法堂《こうぼうどう》、大黒堂《だいこくどう》を見て奥に進む。間もなく、異次元の空間に迷い込んだような、霊気の漂う一角に出た。

ここか……。

樹木の梢《こずえ》の陰の中に、小さな鳥居が立っている。その周囲に数百体もの大小様々な稲荷像が並んでいた。赤い前掛けをされた狐の石像はそれぞれが生きているようで、いまにも動き出しそうだった。豊川稲荷のもうひとつの象徴、〝霊狐塚〟である。

片倉はその不思議な光景を眺めながら、六年前のひとつの出来事を思い出していた。竹迫を逮捕して、二日目の取り調べの時だった。話し疲れて無口になった竹迫に、退屈しのぎにペンとノートを渡してみたことがあった。

「好きなことを書いていい」というと、竹迫はしばらく考え、徐《おもむろ》にペンを手にした。そしてノートの白いページいっぱいに、無数の動物の絵を描いた。

片倉が「これは何だ」と訊くと、竹迫は「豊川稲荷の狐塚だよ……」と答えた。

「行ったことがあるのか」と訊くと、「子供のころによく行った……」といった。

「なぜこんなものを描いたのか」と訊くと、「いまもよく夢に出てくる」といって、おかしそうに笑った。

片倉は、目の前に並ぶ無数の稲荷像に問いかける。本当に、竹迫はここに来たことがあるのかと。だが石の狐たちは口を閉ざしたまま、ただ虚空を睨むだけだ。

片倉はポケットからアイフォーンを取り出し、無数の稲荷像に向かってシャッターを切った。さらに先を急ぐ。豊川稲荷の名所のひとつ、奥の院の前を素通りし、景雲門《けいうんもん》、山門を潜って総門から境内を出た。

再び、参道を歩く。用意してきた住所をアイフォーンに入れ、ディスプレイを見ながら、ナビに従って仲見世通りを進む。駅の方角に向かう丁字路を直進し、しばらく行くと、そこでナビの案内が終了した。

電柱の表示で住所を確認した。間違いない。賑やかな商店街の中でそこだけが小さな空地になっていて、軽の白いバンと、乗用車が駐まっていた。

バンのドアには〝おみやげ彦坂《ひこさか》〟という文字と、電話番号が書かれていた。隣の店を見ると、同じ屋号の看板が掛かっていた。狐の面と小さな稲荷像、他には菓子や縫《ぬ》い包《ぐる》みを並べ、食堂を兼ねた、この界隈《かいわい》にはよくあるような土産物屋だった。

店内を覗《のぞ》くと、片倉よりもかなり年配の男が一人で店番をしていた。客はいない。このくらいの年齢なら、このあたりの古いことを知っているだろう。

片倉は店先の稲荷像をひとつ手にして店に入り、店主らしきその男に渡した。

「これを……」

「ああ、ありがとうございます……」

男が品物を受け取り、包装する。片倉は財布から金を出しながら、それとなく訊いた。

「つかぬことを伺いますが、以前このあたりに、竹迫さんという家はありませんでしたか

「……」

品物を包む男の手が止まり、怪訝そうに片倉の顔を見た。

「ああ、竹迫さんね。ありましたよ。この隣の、いま空地になっているうちの土地の店子《たなこ》だったんだけどね……」

男がそういって、また品物を包みはじめる。

「いつから空地になったんですか」

以前、ここに、竹迫和也の生家があった。竹迫は三歳ごろまで母の美津子、祖母の吉江《よしえ》と三人でその家に住んでいた。竹迫は婚外子で、父親はいなかった。

「もう、一〇年以上になるかね……。娘さんと店をやってたんだけど、吉江さんがあんなことになったもんでね……。その後、誰も借り手がなかったんだよ……」

竹迫の生家は、祖母が小さな稲荷寿司屋をやっていたと聞いている。だが、母親の美津子にまた男ができ、息子の和也を連れて出奔《しゅっぽん》。その九年後の平成一一年（一九九九年）一二月、当時一人暮らしだった竹迫吉江が何者かに殺された。所轄が強盗殺人として捜査したが、〝事件《ヤマ》〟は未解決のまま現在に至っている。

「以前、吉江さんに和也君というお孫さんがいたのを覚えていませんか」

片倉は代金を支払い、男から品物を受け取った。

「ああ、娘さんに、男の子がいたね。確か、スナックか何かで働いてて、子供を産んだんじゃなかったかね。だいぶ昔のことなんで、子供の名前までは覚えてないけどさ。そういえば、吉江さんが殺された事件の時、警察に一一〇番したのは私なんだよ……」

竹迫吉江は〝強盗〟にあった翌日、日曜日なのに店を開けていなかった。異変に気付き、隣家の者が一一〇番通報したと記録に残っている。

男が覚えていることは、それだけだった。片倉は釣りを受け取り、店を出た。

それでも、自分の目で竹迫の生家の跡地を確認できたことは収穫だった。六年前の事件当時は、片倉は管轄内の捜査に追われて東京を一歩も出ることができなかった。竹迫の生家に関しては部下を出張させ、所轄の協力により現地確認だけをすませた覚えがある。

竹迫はこの豊川稲荷の門前町で生まれ、三歳まで住んでいた。だが、その後、母の美津子が男と出奔すると共に静岡県沼津市に移り住み、少なくとも一六歳になる平成一五年（二〇〇三年）ごろまでそこにいたことが確認されている。

だが、片倉は六年前の〝事件〟の当時から、心に小さな刺《とげ》のようなものが引っ掛かっていた。

竹迫がこの町に住んでいたのは、三歳までだ。普通ならば、物心がつくかどうかという年ごろだ。その竹迫が、いくら知能指数が高かったとはいえ、あの豊川稲荷の霊狐塚の光景を絵に描けるほど鮮明に記憶しているものだろうか。

そして祖母、竹迫吉江の死だ。〝強盗〟の犠牲者の孫が、その十数年後に同じ罪を犯す。

それを、単なる偶然、もしくは因縁だというならそれまでだが……。

吉江が殺された当時、孫の和也はまだ一二歳の少年だった。しかも、豊川から一七〇キロ以上も離れた沼津に住んでいた。

所轄と県警の記録によると、当時、捜査線上に何人かの容疑者の名が浮上していた。だが、捜査本部の誰一人として、一二歳の少年だった和也に疑いの目を向ける者はいなかった。結果として、〝事件〟は事実上の〝迷宮《オミヤ》〟入りとして現在に至っている。

一二歳の少年が、金のために自分の祖母を殺す。そんなことがあるだろうか。

まさか。いくらあの竹迫でも、有り得ない。

時計を見た。いけない、発車まであと一〇分しかない。

片倉は急ぎ足で飯田線の豊川駅に向かった。

駅に駆け込み、天竜峡まで一九四〇円の切符を買った。

階段を駆け上り、下る。そしてちょうど一番線のホームに入ってきた、213系二輛《りょう》編成の岡谷《おかや》行きに飛び乗った。

9

片倉が新幹線で三島駅を通過したころ、竹迫和也は新幹線の線路から数百メートルしか離れていない場所にいた。

――じゃあな、母ちゃん。あんたには世話になったたし、憎みもしたが、もう会うことはないだろ。ばいばい、母ちゃん――。

心の中で母親の美津子に別れを告げながら、駅に向かう道を歩いていた。

本当は、この界隈にはあまり近付きたくなかった。少年時代は隣町の沼津に長く住んでいたし、もしかしたら知っている顔に出会うかもしれない。それに、自分の土地鑑がある場所には、警察の手配が回っている可能性もあった。

だが、ここには一度は来なくてはならなかった。母ちゃんに、〝あの男〟のことを訊くためだ。

母ちゃんは息子と縁を切るために、昔の沼津の家を引っ越した。それでも、大好きなパチンコは止《や》められなかった。

三島に住んでいることは知っていたので、木曜日の午後から市内のパチンコ屋を何軒か捜した。案の定、土曜日の夕方にその中の一軒で夢中になって台に向かう母ちゃんを見つけた。

パチンコが終わるのを待って、母ちゃんを尾けた。母ちゃんの家は、すぐにわかった。今度の家も、古い小さなアパートだった。

しばらく、アパートの様子を窺《うかが》った。母ちゃんは夜になると買い物に出掛け、近くのコンビニの袋を提げて戻ってきた。警察の見張りはいないようだったので、部屋のドアの前に立った時に後ろから声を掛けた。

母ちゃんは最初、おれのことを誰だかわからなかった。でも、そこに立っているのが自分の息子の和也だとわかって、腰を抜かすほど驚いていた。

それはそうだろう。まさか息子のおれが、突然に自分を訪ねてくるとは思ってもいなかったに違いない。

それからひと晩、おれは母ちゃんと一緒にいた。母ちゃんがコンビニで買ってきた弁当を食い、ビールを飲み、風呂にも入った。そして十何年か振りで、親子水入らずで一緒の部屋で寝た。

母ちゃんはおれに持っているお金を全部くれたし、〝あの男〟の居場所も教えてくれた。あいつも、しばらく刑務所に入っていたらしい。まさか、そんな山の中に住んでいるとは思わなかったけれども。

だけど、これでもう一生、母ちゃんに会うことはない。

――ばいばい、母ちゃん。もうここには来ないから、安心していいよ――。

竹迫は三島駅まで歩いてきたが、知った顔には誰とも出会わなかった。駅前には交番があったが、警官に職質を受けることもなかった。

いまの竹迫を見ても、誰も留置場から逃走した凶悪犯だとは思わないだろう。登山用のパンツに、プーマのトレッキングシューズ。コロンビアのフリースの上着に、キャップからリュックまで山用の装備で統一していた。すべて、数日前に御殿場《ごてんば》のアウトレットで買ったものだ。

この恰好で日曜日の朝に三島駅の近くを歩いていても、目立ちこそすれ、怪しまれはしない。誰だって、これから近くの山にでもトレッキングに行く行楽客だと思うだろう。

だが竹迫は、三島駅に着き、切符を買う時になって少し迷った。

もしこれから〝あの男〟に会いに行くのなら、新幹線の切符を豊橋まで買えばいい。だが、そうすると、どうしてもあの〝近付きたくない場所〟を通ることになる。

それだけは絶対に、嫌だ。もしあの場所に近付いたら、祖母《ばあ》ちゃんに祟《たた》られる……。

竹迫は迷った末に、東京駅まで自由席の切符を買った。東京には手配が回っているが、逆にいえば人の多い大都会の方が安全だ。それに警察だって、まさか自分が新幹線で逆に東京に入ってくるとは思わないだろう。

改札を通り、電光掲示板を見上げる。次の東京行きは、九時二一分三島発の〝こだま632号〟だった。出発まで、まだ二〇分以上も時間がある。

トイレを探し、多機能トイレの広い個室に入った。

竹迫は、子供のころから排便が苦手だった。ムショではいつも、それで苦労した。〝娑婆〟にいる時くらいは、広い便所でゆっくりと糞をしたかった。

辛い排便を終え、便器から立った。鏡を見ると、額に脂汗が滲《にじ》んでいた。それでも今日は、まだましな方だ。

その時ふと、気が付いた。後ろにも、鏡がある……。

竹迫は徐に、上着とTシャツを脱いだ。上半身裸になり、後ろの鏡に背中を映した。痩せた背中に、蛇とも龍ともつかない奇妙な動物を彫った〝刺青《スミ》〟が浮かび上がった。

自分の背中を見るのは、久し振りだった。竹迫はかすかに唇を歪《ゆが》め、心の中で〝刺青〟に語り掛けた。

――野守虫《のもりむし》、まだそこにいたんか。もうすぐ、お前の敵《かたき》を取ってやるぞ――。

竹迫はまた、Tシャツと上着を着た。便所を出て、階段を駆け上る。

ホームに出て、六番線に入ってきた東京行き〝こだま632号〟に乗った。

第二章　秘境

1

紅葉シーズンが始まる週末の日曜日にしては、車内に乗客は少なかった。

日帰りでローカル線を訪ねる鉄道ファンは、もっと早い時間の電車に集中する。沿線の天龍峡温泉や湯谷《ゆや》温泉に一泊する一般の行楽客は、一日に二往復する特急〝伊那路《いなじ》〟に乗るのだろう。

片倉は運よく、進行方向右側の四人掛けボックス席に一人で座ることができた。この先も、混むことはないだろう。フリースの上着を脱ぎ、三日分の着替えの入ったショルダーバッグと共に座席の右側に置いて、やっとひと息ついた。

ＪＲ飯田線は、愛知県の豊橋駅から長野県の辰野駅に至るローカル線である。東海旅客鉄道（ＪＲ東海）が所有し、日本貨物鉄道（ＪＲ貨物）と共に運営。総路線距離一九五・

七キロ、九四駅を結び、静岡県を含む三県を通過する。

開業は明治三〇年（一八九七年）七月、全通は昭和一二年（一九三七年）八月。愛知県内の豊橋—豊川間以外は単線になるが、現在は全線電化されている。特に静岡県の浜松市《はままつ》天竜区《てんりゅう》から愛知県の豊根村《とよね》、長野県の天龍村《てんりゅう》にかけては天竜川《てんりゅうがわ》に沿って走る区間が長く、近年は〝絶景のローカル線〟として鉄道ファンの間で人気になっている。

また飯田線は、〝秘境のローカル線〟としても知られる。沿線には静岡県内の小和田《こわだ》、長野県内の中井侍《なかいさむらい》、伊那小沢《いなこざわ》、為栗《してぐり》、田本《たもと》、金野《きんの》、千代《ちよ》など、いわゆる〝秘境駅〟が点在し、〝乗り鉄〟と呼ばれる一部の鉄道ファンの間で、これらの無人駅を訪ねることが静かなブームになっている。

今回、片倉があえて各駅停車に乗ったのも、これらの秘境駅を訪ねてみたいという思いがあったからだった。もし一〇時八分豊橋発の飯田行き特急〝伊那路〟に乗っていれば二時間一六分で天竜峡に着くが、秘境駅にはひとつも停車しない。その点、各駅停車なら三時間三一分、豊川からでも三時間一八分掛かるが、七つの秘境駅すべてに停車する。

どうせ急ぐ予定もない一人旅だ。この先はのんびりと、天竜川の絶景でも眺めながら行けばいい。

飯田線はほぼ二キロにひとつの駅に小刻みに停《と》まりながら、ゆっくりと北上していく。新城駅《しんしろ》で人が降りると車内はさらに空《す》いて、新東名高速《しんとうめい》の下を潜ったあたりで周囲の田園風景も終わり、急に山が深くなる。さらに長篠城《ながしのじょう》を過ぎて本《ほん》長篠に向かうあたりから、片倉が座る進行方向右側に豊川《とよがわ》の支流、宇連川《うれがわ》の渓谷を見ながら走るようになる。

　午前中に豊川稲荷を歩いたせいか、腹が減っていた。片倉はここで、豊橋駅で買った〝三色稲荷〟を開けた。

　ちりめん山椒《さんしょう》の佃煮《つくだに》が載った〝じゃこ稲荷〟に、わさび菜の〝わさび稲荷〟が二個ずつ、それに普通の稲荷寿司が三個、計七個が折に入った名物の駅弁である。旅行雑誌の写真を見ると、これが何とも美味そうで、一度どうしても食ってみたかった。

　片倉はふと思い付き、豊川稲荷の土産物屋で買った稲荷像を開けて、それを窓枠に置いた。白い小さな狐の像に手を合わせ、稲荷寿司に箸を付けた。

　まずは、じゃこ稲荷を頬張る。掛値なく、美味い。次に、わさび稲荷。最後に、普通の稲荷寿司。一緒に買ってきた缶の角ハイボールはすでに温《ぬる》くなっていたが、まあこれは良しとしよう。

　時間が、正午になった。間もなく列車は、湯谷温泉駅に着いた。

　始発の豊橋から、三八キロの地点。まだ飯田線が鳳来寺《ほうらいじ》鉄道だった時代、当時の同社の二階建の木造宿舎がいまも駅舎として使われる沿線の名物駅のひとつである。

　片倉と同じ車輌に乗っていた〝乗り鉄〟らしき乗客が二人降り、駅の写真を撮っていた。

　しばらくすると車掌が「そろそろ発車していいですか……」と声を掛ける。

二人が慌てて車輛に戻るのを待って、車掌が発車ベルを鳴らした。ドアが閉まり、また213系二輛編成の列車がゆっくりと走りはじめる。まるで昭和の時代で時間が止まってしまったかのような、のんびりとした風情《ふぜい》である。

ここからしばらくは、絶景が続く。紅葉はまだ浅いが、標高が高くなるにつれて山々が色付きはじめる。

窓から眼下の渓谷を眺めると、石畳の上を滑り流れる清流に川底が映り、目映いほど輝いていた。川底に、石の板を敷いたように見える。宇連川が、板敷川《いたじきがわ》とも呼ばれる所以《ゆえん》である。

片倉は景色に見とれながら、稲荷寿司を食った。そして、温くなったハイボールを口に含む。一人旅もいいが、こんな時に智子がいたら楽しいだろうなどと、ふとそんなことを考える。

昼飯を終えてしばらくすると、列車は全長一一一四メートルの池場《いけば》トンネルを通過し、東栄《とうえい》駅に停車。その後に愛知県から静岡県へと入る。このあたりから大小のトンネルが連続し、線路に沿って左右に流れを変える川が天竜川になる。

列車は間もなく中部天竜《ちゅうぶてんりゅう》駅に停車。ここは飯田線の主要駅のひとつであり、静岡県内では唯一の有人駅でもある。駅を発車して天竜川を渡り、佐久間《さくま》を過ぎると、列車は一時流れを離れて全長三六一九メートルの峯《みね》トンネルに入っていく。

トンネルを出て第一水窪川橋梁《みさくぼがわきようりよう》で水窪川を渡り、相月《あいづき》駅に停車。ここからさらにトンネルと橋梁が続き、水窪川を縫うように走りながら、秘境と呼ぶに相応《ふさわ》しい山奥へと分け入っていく。

午後一時〇一分、城西《しろにし》駅に停車。ここを出ると次の向市場《むかいちば》駅までの間に、飯田線の名物のひとつ、〝対岸に渡らない橋〟として知られる第六水窪川橋梁を通過する。

列車は水窪駅に停車した後、全長五〇六三メートルの長い大原トンネルを抜け、大嵐《おおぞれ》駅で再び大河天竜川の流れと出会う。このあたりから天竜川に沿って走るしばらくの区間は、飯田線の中でも屈指の景勝地だ。

天竜川の滔々《とうとう》とした流れは、この秋の台風の豪雨の影響が残り白濁していた。だが、その様子がかえって暴れ川たる天竜川の素顔らしく、雄壮ですらあった。

そしてこの先で県境の駅、小和田に停車。静岡県から長野県に入り、列車はいよいよ秘境駅が連続する飯田線の山場へと進んでいくことになる。

片倉は小さな狐の像を窓枠に置いたまま、窓の外を流れる秘境の風景に見とれた。そしていつの間にか、またあの竹迫和也について思いを馳《は》せはじめていた。

いまごろ奴は、どこで何をしているのか。東京近郊に潜伏しているのか。もしくはすでに地方に高飛びし、奪った金を使ってのうのうとしているのか——。

いや、そのどちらでもない。奴はいまも、移動を繰り返しているはずだ。警察から逃げ、好機があればさらに金を盗み、そしてまた次の町へと移動する――。

その時ふと、片倉の脳裏をひとつのイメージが過《よぎ》った。

もし、いま自分の目の前に広がる秘境のような場所に、あの竹迫が潜伏しているとしたら――。

いや、根拠のない想像だ。そんな馬鹿なことがあるわけがない。

昔、あの竹迫の背中にある奇妙な〝刺青《スミ》〟を見たからか。それとも目の前に、こんな稲荷像があるからか……。

片倉は溜息をつき、小さな狐の像をシートに置いた上着のポケットに仕舞った。

2

竹迫和也は、東京にいた。

午前一〇時一六分に〝こだま632号〟で東京駅に着き、中央線《ちゅうおう》に乗り換え、新宿駅《しんじゅく》で降りて東口に出た。

新宿を歩くのは、久し振りだった。池袋でキャバクラの仕事をしていた時に、何度か遊びに来たことがある。

この街はすべてが無秩序で、清潔感が欠如し、心地好く猥雑《わいざつ》だった。雑踏に紛れて歩いていると、自分の姿が透明になっているような安心感がある。だから竹迫は、池袋と同じくらい新宿が好きだった。

ガード下を潜って思い出横丁まで歩き、昼間から開いている居酒屋で生ビールを飲み、焼き鳥とモツ煮込みを食った。そして次は数軒先のラーメン屋に入り、チャーシュー麺を食った。金は、幾らでもある。

腹がいっぱいになって、またぶらぶらと歩いた。自分は透明人間なので、誰からも見えていない。楽しくて楽しくて、笑い出しそうだった。

東南口の方まで歩き、ガードを潜った。確か、こっちの方だったはずだ……。

記憶は、合っていた。思ったとおり、以前にマルチツールを買った大きなスポーツ用品店が左手に見えてきた。竹迫は店に入り、奥の階段で地下に降りた。

ナイフ売り場のカウンターの前に立ち、ガラスケースの中を物色した。前に買った物と同じようなマルチツールや、ブレードが一枚の折り畳みナイフや、鹿角をグリップに使った高級なものまで、いろいろなナイフが並んでいた。その中から竹迫は、バックの１１９というハンティングナイフに目を止めた。

「このナイフ、ちょっと見せてもらえますか……」

カウンターの中にいる店員に、声を掛けた。

「これですね」

若い男の店員は気軽に応じ、竹迫が指さしたナイフをガラスケースから出した。

ナイフを、手にした。ずしりと、重い。グリップが木でできていて、ブレードが一五センチ近くある、大型でよく切れそうなナイフだった。

「これなら、〝肉〟を切るのにちょうどいいね……」

そうだ。〝肉〟を切るのだ。

竹迫は、いま自分が本当のことをいったことに気付いておかしくなった。

「ええ、バックのナイフは、よく切れますよ。多少、骨を叩いたくらいじゃ刃こぼれもしませんからね」

店員は、いかにもこれからキャンプにでも出掛けるような服装の竹迫を見て何も疑わない。

「そうか、〝骨〟も切れるんだ。それならちょうどいいな。これをください」

そうだ。〝骨〟も切るかもしれない。自分はまたしても、本当のことをいっている。

「ありがとうございます。いま、包みますね……」

身分証明書の提示を求められたので、財布の中から島村という弁護士の運転免許証を出した。竹迫がキャップを被って眼鏡を掛けているからなのか、それとも本当に島村と似ているのか、店員はやはり何も疑わずに免許証のコピーを取った。

一万円札を二枚出して代金を払い、品物をリュックに入れた。店員の対応が丁寧で、とても気分が良かった。これから何かを手に入れる時には、できるだけお金を払うようにしよう。

竹迫は店を出て、新宿駅の南口に向かった。高速バスの乗り場が以前と変わっていたので少し迷ったが、新南口から〝バスタ新宿〟の四階に上がり、やっとバスターミナルを見つけた。

あと一五分ほどで、一三時〇五分バスタ新宿発・飯田行きの高速バスが出るところだった。ちょうどいい。これに乗れば、四時間ちょっとで飯田に着く。飯田から行けば、あの〝近付きたくない場所〟を通らないですむ。

竹迫は、バスタ新宿から飯田駅までのチケットを買った。

他に売店でつまみとビール、ウイスキーのポケット瓶を買い、飯田行きの高速バスに乗った。

3

午後一時一九分、列車は静岡県最後の駅、小和田駅に停車した。

ここが飯田線の下り列車、最初の秘境駅である。

戦後間もないころまでは近くに小和田の集落が存在したが、一九五六年の佐久間ダムの完成に伴い水没した。現在は一日に数人が乗車するだけの、深い山と森に囲まれた無人駅である。

周辺には古い木造の駅舎があるだけで、道路が無いために車では行き着けない。現在、最も近い塩沢《しおざわ》地区の集落は数軒のみで、駅までは険しい山道を数キロ歩いて峠を越えなくてはならない。正に辺境の駅である。

何人かの鉄道ファンの乗客が列車の外に出て、駅の写真を撮った。車掌も心得たもので、例のごとく客が記念撮影を終えるのを待っている。片倉も車窓から、駅舎とホームにカメラを向けて駅名標の写真を撮った。

列車がゆっくりと発車する。短いトンネルを潜り、県境を越えて、さらにもうひとつ小さなトンネルを抜けると間もなく中井侍駅に着く。小さな駅舎と、単式ホームが一面あるだけの無人駅である。

ここには駅のホームから見てすぐ上に人家が二軒並び、徒歩で五分ほどの所にも小さな集落がある。進行方向左手の茶畑の斜面の下には、天竜川が流れている。駅名標に初めて〝長野県下伊那《しもいな》郡天龍村〟という字が現れ、列車が長い旅の末に長野県に入ったことを実感させてくれる。

秘境駅の旅は続く。

次の伊那小沢駅は二面二線のホームを持つ、このあたりでは唯一の交換駅である。無人駅だがホームに待合室を持ち、目の前に天竜川が流れている。周囲には人家があり、道路も通じているが、一日の乗降客は数人と少なく、やはり秘境駅のひとつに数えられている。

この先は国道四一八号に隣接する鶯巣《うぐす》駅、平岡《ひらおか》の主要駅となる平岡駅に停まり、次の第四の秘境駅、為栗駅に到着する。駅に至る道はあるが、道は天竜川の対岸で行き止まりになる。そこから徒歩で長い吊り橋を渡り、断崖絶壁の駅のホームに連絡する名物の秘境駅のひとつだ。〝為栗〟という奇妙な駅名は、戦前にこの近くにあった集落の名に由来し、〝為（水）えぐり〟——「水にえぐられた場所」——という意味を持つ。

片倉は長野県に入る前あたりから、左側の空いた席に移っていた。下り電車に乗ると、秘境駅が続く区間は左側に天竜川が流れることを事前に調べておいたからだ。

列車は為栗駅を出て、小さなトンネルを抜ける。直後に舞台の幕が開いたように風景が開け、天竜川と万古川《まんごがわ》の合流地点に差し掛かる。二輛編成の列車が線路を鳴らしながら、緑色の橋梁で涸《か》れた万古川を渡る。

その時、眼前に、広大な水辺の風景が広がった。まるで太古の海のような、大河天竜のパノラマである。その壮大な景色に、何もかも忘れてしばし見とれた。

その後、阿南町《あなんちょう》の玄関口となる温田《ぬくた》駅、天竜川の断崖絶壁に孤立する田本駅、交換駅の門島《かどしま》駅、眼下に天竜川下りの舟着場がある唐笠《からかさ》駅に停車する。このあたりの山間《やまあい》の駅は駅間が二〜三キロしか離れていない。だが、駅に車道が連絡している場所は少なく、歩けば険しい山道になるので、飯田線以外で行き来することは難しい。

片倉は、また考える。万が一、このような秘境に竹迫のような凶悪犯が潜伏したらどうなるのか。もし相手に土地鑑でもあれば、警察は手も足も出ないだろう。

残る秘境駅は、あと二つだ。

次の金野は、飯田線の秘境駅の中でも最も有名な駅のひとつだ。人里から遠く離れた山間の無人駅で、駅舎もなく、一日に停まる電車は豊橋方面が八本、飯田方面が九本。利用客は一日〇・五人にも満たない。

駅に通じる道はあるが、険しい林道だ。不慣れな者が、とても徒歩で通える道ではない。片倉の乗る列車も、一人も降りず、一人も乗らなかった。

最後の駅は、千代だ。やはり一面一線の無人駅で、駅舎もなく、ホーム上に小さな待合所があるだけだ。一日の利用客は、平均二人。〝千代〟という駅名から、その駅名標に手で触れると長生きできるという言い伝えがある。

千代駅を発車すると、ここで秘境の旅も終わる。片倉は荷物をまとめ、席を立った。

午後二時一五分、列車は定刻より二分ほど遅れて天竜峡駅に着いた。

国指定の名勝〝天龍峡〟の入口の駅で、天竜川の舟着場を見下ろす丘の上に赤い屋根の洋館のような小さな駅舎が建っている。周辺には天龍峡温泉を中心とした小さな町があり、特急〝伊那路〟もすべてこの駅に停車する。一日の利用客が平均三〇〇人近い、このあたりでは最も大きな有人駅である。

改札を通って駅を出ると、ささやかな商店街があった。喫茶店や土産物屋、食堂が並んでいる。

片倉は、踏切を渡った。宿に入るには、まだ早い。そのあたりをぶらぶらして、少し時間を潰すつもりだった。

目の前に観光案内所があったので、入ってみた。観光地らしく、いろいろなパンフレットや地図が置いてある。その中から川下りのパンフレットと周辺の地図をもらって、外に出た。

イラストの簡単な地図だが、このあたりのだいたいの地理は把握できる。どうやら二つの橋と天竜川の両岸の遊歩道によって、天龍峡を一周する約二キロの散策コースがあるらしい。地図に旅館の場所も印をつけてもらったので、だいたいの場所もわかる。

地図を見ながら、姑射橋《こやきょう》で天竜川を渡る。ここからすでに、奇岩巨岩が両岸に切り立つ名勝天龍峡の片鱗《へんりん》を見渡せる。

片倉は足を止め、バッグからカメラを出して写真を撮り、しばしその光景に見とれた。周囲の樹木がかすかに紅葉に染まりはじめた天龍峡の風景は、掛値なしに美しかった。

対岸に渡り、川に沿って細い遊歩道の階段を下っていくと、しばらくして天龍峡十勝のひとつ、浴鶴巌《よくかくがん》という最初の巨岩がある。さらに進むと、石碑が立つ小さな空地を通り、そこから階段を下って人家のある場所に出る。

風景が開け、老舗《しにせ》の旅館が一軒、あった。ここから道は、急な上りになる。階段を上がっていくと遊具が置かれた小さな公園があり、道標が立っていた。

〈――天竜峡　遊歩道
つつじ橋10分・今村公園10分・竜角峯《りゅうかくほう》10分――〉

道標の矢印のとおりに、人家の脇の細い歩道を上っていく。しばらく行くと〈――龍角峯展望台まで約8分――〉と書かれた立て看板があり、さらに急な階段を上ると果樹園のある町道に出る。

片倉は険しい歩道を歩きながら、いつの間にか無意識に順路を記憶しはじめていた。理由はない。あえていうなら、長年の〝刑事〟としての習性のようなものだろうか。

町道をしばらく進むと、右にまた遊歩道に分かれる入口がある。道標に従い、今度は曲がりくねった急な階段を天竜川に向かって下っていく。途中に小さな東屋《あずまや》があり、そこが展望台になっていた。

片倉は足を止め、息を呑んだ。樹木の梢の間から、眼下の天竜川の急流と名勝天龍峡の全景が一望できた。右手には、駅を出て渡ってきたばかりの姑射橋が見えた。

展望台の巨岩の上には古い大国主命《おおくにぬしのみこと》の碑があり、その近くに龍角峯の説明書きの看板が立っていた。

〈――天龍峡十勝
龍角峯　　旧名　花立岩
その者、湧上る雲烟《うんえん》に包まれて、深潭《しんたん》より神龍が昇天し、そのあとにこの巨巌を残したと云われ、龍の化身の奇岩とされている。ここからの峡谷の眺望は絶佳であり、多くの詩歌、書画の作品がつくられている。（後略）――〉

片倉は、昇天する龍の化身の奇岩の姿を想い浮かべる。どうやら自分はいま、その龍の頭の上――龍角峯の頂上――に立っているらしい。だが、その時また、天に昇る龍の姿が竹迫和也の背中に彫られたあの奇妙な〝刺青〟の図柄に重なった。

馬鹿ばかしい。あの素人が彫ったような稚拙な〝刺青〟と神龍の姿を重ねるなんて、どうかしている……。

対岸に渡れば、いま自分が立つ龍角峯の全景を一望することができるだろう。

展望台から天竜川の上流を振り返ると、眼下に対岸に渡る吊り橋が見えた。

片倉は吊り橋に向かって、急な遊歩道を下った。

4

高速バスの旅は、快適だった。

竹迫和也はバスタ新宿の売店で買ったビールを飲み、ポケット瓶のウイスキーをちびちびと舐《な》めながら、窓際の暖かいシートで少し眠った。目を覚ましたのは、中央自動車道の駒ケ根《こまがね》インターのバス停に着いた時だった。

時間は、一六時三五分――。

陽はすでに山陰に沈み、あたりは夕暮れ時に差し掛かっていた。山支度の中高年の客が何人か降りたが、他には誰も乗ってこなかった。

バスが発車した。新宿を出た時よりも、車内はかなり空いてきていた。残った客は竹迫の他に、数人だけだ。

その後、バスは五つの停留所に停まり、定刻よりも少し早く一七時一五分に飯田駅に着いた。

竹迫は荷物をまとめ、リュックを背負ってバスを降りた。駅前の広場に立ち、暗い空に聳える赤く丸い屋根の駅舎を見上げた。竹迫にとって、脳裏に残像が浮かぶ懐かしい風景だった。

駅舎に入り、ＪＲ飯田線の時刻表を見た。次の天竜峡方面の上り列車は、一八時一六分発の普通豊橋行きだった。まだ発車まで、一時間近くあった。

竹迫は金野まで三二〇円の切符を買い、一度駅を出た。駅前広場から線路に沿って少し歩き、コンビニを見つけて入った。腹が減っていたのでラーメンを買い、ビールを飲みながら食った。

ラーメンを食うのは今日、二度目だ。でも、いくら食っても飽きない。もしまた捕まれば当分は〝娑婆〟に出られないし、死刑になるかもしれない。だからいまのうちに、たっぷりと食べておいた方がいい。

食べ終えてコンビニを出ようと思った時に、ふと思いつき、土産にサントリーの角瓶を一本、買った。

〝小父《おじ》ちゃん〟はこれが好きだったから、喜ぶだろうな……。

考えたらおかしくなって、思わず笑ってしまった。

ウイスキーをリュックに仕舞い、駅に戻った。発車まで、まだ三〇分近くある。それまで駅の待合室で待つことにした。

待合室には、地元の老人が数人。他に飯田の街で遊んできたのか、私服の女子高生らしき少女が二人いた。

リュックを下ろし、空いている席に座った。飲みかけのウイスキーのポケット瓶を出し、ちびちびと飲んだ。

テレビには夕方のニュース番組が流れていた。ちょうど竹迫のニュースになり、顔が画面いっぱいに映った。だが、山支度で眼鏡を掛け、キャップを被っている竹迫がすぐ近くにいても、誰も気付かない。

竹迫は、笑った。本当に自分が透明人間になったようで愉快だった。

その時、竹迫の近くに座っていた老婆が、ハンドバッグと荷物を置いたまま席を立った。どうやら、便所に行ったようだ。

盗めるなら、盗め……。

一瞬、そう思った。

だが、いまはやめだ。その前に、どうしてもやらなくてはならない大事な用がある。

そろそろ、時間だ。竹迫はリュックを持って席を立ち、ホームに出た。間もなく、そこに入ってきた二輛編成の豊橋行き普通列車に、他の客と共に乗った。

列車は、空いていた。ほとんど人が乗っていない。

四人掛けの席に、前の椅子に足を投げ出して座った。列車が一度、〝ごとん〟と揺れて、ゆっくりと走り出す。

車窓の暗い景色を眺めながら、ウイスキーを飲んだ。飯田線に乗るのは、何年振りだろう……。

時刻表によると、飯田から金野までは三二分。一一番目の駅だ。九番目の天竜峡駅で竹迫を除くほとんどの乗客が降りて、また何人か乗ってきた。このあたりでは一番、大きな駅だ。

列車が発車する。鉄橋で天竜川を越えたが、外はもう暗くて何も見えなかった。次の駅は、千代。駅に着き、発車したところで席を立った。

列車が、金野に着いた。人里から離れた、誰もいない駅のホームに降り立った。

列車の車掌が、心配して声を掛けた。

「次の列車まで二時間ありますけど、発車していいですか……」

「ああ、かまわないですよ。ぼく、この駅に用があるんで……」

「近くに、人家はないですよ」

「はい、知ってます。だいじょうぶですから」

車掌が怪訝そうな顔をして、列車のドアを閉め、発車させた。

列車の音と光が、山の中に遠ざかっていく。やがてすべてが、闇の中に消えた。

竹迫は一人、駅のホームに取り残された。待合所に灯《とも》る明かりの中に、晩秋の虫が舞っていた。それ以外に、周囲には気配も明かりも何もない。

駅舎の中を覗くと、プラスチックの透明なファイルケースがひとつ置いてあった。中に、ノートが入っている。

竹迫はベンチに座り、ファイルケースを開け、表紙に〈――金野駅ノート5　2018・4・19～――〉と書かれたノートを手に取った。ページを開く。中には過去にこの駅を訪れた旅行者たちの思い出や落書きが、びっしりと記されていた。簡単な書き込みや絵が多いので、漢字が苦手な竹迫にも理解できた。

面白いな……。

竹迫は自分でも何か書いてみたくなり、ファイルケースの中にノートと一緒に入っていたペンを手に取った。そして、ページの最後に、こう書いた。

〈――野守虫さんじょう――〉

〝参上〟という字がわからなかったので、平仮名で書いた。最後に日付を入れて、ノートを閉じた。

待合所を出て、冷たい空気を胸いっぱいに吸った。懐かしい山の空気が、心地好かった。

竹迫はリュックの中からLEDライトを出し、スイッチを入れた。

ウイスキーの小瓶からひと口飲み、野守虫の気配が潜む闇の中に歩き出した。

5

ＪＲ飯田線、上り豊橋行きの車掌、小木曽実《おぎそみのる》は、列車を運転しながら首を傾げた。

いまの客は、何者だろう……。

金野は、一日の利用客が平均〇・五人に満たない秘境駅である。この駅で乗り降りする客のほぼ全員が小木曽の顔見知りだ。特にこんな時間に知らない客が降りるのは、飯田線の車掌を務めるようになって一五年、これまでまったく記憶になかった。

上り列車は、二時間に一本しかない。次の下り列車も、二二時一八分だ。いったいあの男は、どこに行くつもりなのか。

まさか、自殺でもするんじゃないだろうな。もしくは、幽霊でも見たのか……。

まさか。あの男とはちゃんと話もしたし、足も生えていた。

おそらく、駅の近く——とはいっても五キロは離れているが——の集落の家の親類か、知り合いか何かなのだろう。列車は着いたが、たまたま出迎えの車が遅れていただけなのかもしれない。駅のホームの下には小さな車寄せがあり、町道からは渓《たに》越えの林道が続いている。

そんなことを考えているうちに、前方に次の唐笠駅のホームが見えてきた。

小木曽は男のことを忘れ、列車の速度を落とし、駅に停めた。

だが、唐笠では誰も降りず、一人も乗らなかった。

6

竜峡館は、山間の一軒宿だった。

〝ひなびた宿〟という言葉がしっくりとくる古い小さな旅館で、天龍峡の市街地からは少し離れている。だが、宿に着いて部屋に通されると、窓からの風景のすばらしさに息を呑んだ。夕暮れ時の天龍峡の絶景を一望することができた。

片倉が部屋に入ったのは午後四時半ごろで、それからゆっくりと風呂に浸《つ》かった。温泉は、本当に久し振りだった。露天風呂はなく、内湯だけだが、泉質もよく体の疲れがゆっくりと溶けていくような気がした。

湯上がりに部屋に戻り、冷蔵庫の中のビールを一本抜いた。テレビをつけ、夕方のニュース番組を見ながら食事の時間を待った。

――硫黄島《いおうとう》沖で台湾漁船遭難……安倍《あべ》首相、インド首相を別荘に招いて夕食会……渋谷ハロウィーンの逮捕者五人――。

そして、竹迫和也に関連するニュースに続いた。

〈――今月一五日、神奈川県川崎市の東川崎警察署の留置場から逃走した竹迫和也容疑者は、事件から一〇日以上が経ったいまも消息が摑めていません。また翌一六日に東京都清瀬市と埼玉県所沢市で起きた二件の強盗傷害事件が竹迫容疑者によるものと思われることから、神奈川県警は同容疑者がすでに県外に脱出したものと見て捜査の輪を関東全域にまで広げ、捜索を続けています――〉

竹迫の顔が、画面に大映しになった。六年前に、片倉が取り調べをした時の奴の表情を思い出す。一見して童顔だが、何を考えているのかわからない小動物のような目つきは、あのころとまったく変わらない。

一方で、こうして温泉宿の一室で浴衣《ゆかた》を着て寛《くつろ》ぎながらテレビを見ていると、すべてが現実離れした他人事《ひとごと》のようでもあった。実際にいまの片倉には、無関係な〝事件〟なのだが……。

六時に部屋の電話が鳴り、食事の準備ができたという知らせを受けた。

階下の広間に下りていくと、片倉の他に客は老夫婦がひと組だけだった。どうりで宿が静かなわけだ。

料理はけっして華美なものではなく、それでいて山間の宿の夕食として趣向を凝らした過不足のないものだった。特に信州の名物料理、肝の詰まった鯉の甘露煮が美味かった。宿の老女将と仲居も感じがよくて、片倉はここでもビールを一本と、熱燗《あつかん》の二合徳利を追加した。

食事を終えて部屋に戻ると、何もやることがなくなった。もう一度、風呂に入って寝るには、時間はまだ早すぎる。

服を着替えて散歩に出てみたが、暗い夜道を歩いてみてもやっている店は居酒屋が一軒と、ラーメン屋くらいだった。

どちらの店も暖簾を潜る気になれず、寝酒ほしさにコンビニを探してみたが、それも見当らない。まだ午後七時を過ぎたばかりだというのに町は寝静まったように暗く、閑散としていた。

天竜峡駅には明かりがついていた。列車も、停まっている。だが駅員にコンビニの場所を訊くと、数キロ先の飯喬《いいだか》道路のインターの方まで行かなければないという。

仕方なく、宿に戻った。帳場のベルを鳴らして人を呼び、冷酒を一本もらって部屋に上がった。

上着のポケットから豊川稲荷の土産物屋で買った稲荷像を出し、それをテーブルの上に置いた。白く小さな狐の顔を眺めながら、酒を飲んだ。そのうちに、また、脳裏に竹迫和也の顔が浮かんだ。

――いくら刑事さんでも、この入れ墨のことを訊いたら、殺すよ――。

取り調べの中で、背中の〝刺青〟について触れた時の竹迫の言葉が、いまも耳の奥に残っている。

あの時、片倉はさらにこう訊いた。

――これは、誰かに無理やり彫られたんじゃないのか――。

突然、竹迫がキレた。物《も》の怪《け》が憑依《ひょうい》したように目を吊り上げ、取り調べ室の机を踏み越えて片倉に飛び掛かってきた。

取り調べ室に立ち会いに入っていた部下の橋本と二人で何とか取り押さえたが、片倉は着ていたシャツを破られ、首に絞められた酷い傷を負った。橋本に後ろ手に押さえつけられた竹迫もTシャツが破れて半裸になり、目を引き攣らせながら、口から血を流して笑っていた。

元FBIプロファイラーのジョー・ナヴァロは、犯罪者になりやすい人間を四つのタイプに分類している。その中で最も危険な〝プレデター（捕食者）〟タイプの特徴を一五〇項目にまとめ、チェックリストを作成した。その一五〇項目の内の二六～七五項目に当てはまる者を、プレデターのあらゆる特徴を備えた人間。七五項目を超える場合にはこの人間を典型的なプレデターに分類し、周囲の者を感情的、精神的、金銭的、もしくは肉体的な危険に陥れる存在として注意喚起している。

　片倉は今回の旅に出る前に、もう一度ナヴァロの著書を書棚から手に取り、気になる部分を読み返してみた。一五〇項目のチェックリストの内、いくつが竹迫に当てはまるか確かめてみたかったからだ。

　例えば、このような項目があった。

●不正直、嘘を楽しむ、または必要もないのに嘘をつく――。

　確かに竹迫は、嘘つきだった。取り調べの間にも、まるで息をするように嘘をついた。

　さらに、次のような項目が続く。

●規則や法律は他の人が従うためのもので、自分は従わなくてよいと思っている――。

●繰り返し法律を犯す、または慣例上や良識上の規則を破る――。

●少年のころも成人してからも万引きの経験がある――。

●後悔の念に欠け、他の人の苦痛に無頓着だ――。

●他の人を金銭的、身体的、または犯罪上の危険にさらすことを躊躇しない――。

●罪を犯すことを何とも思っていない。警察に大量の逮捕記録（犯罪記録）が残っていることが知られている――。

●時には冷淡で薄情だが、時にはチャーミングで誘惑的だ――。

●批判を受けるのを好まず、怒る、逆上する、仕返しすると脅すなどして、相手に食ってかかる――。

以上の項目は、正に竹迫和也そのものだ。だが、これらはほんの一部にすぎない。片倉が知る限りでも、竹迫は一五〇項目の内の半数近くに確実に該当していた。

――批判を受けるのを好まず、怒る、逆上する、仕返しすると脅す――。

だがあの時、片倉は、竹迫を批判したわけではなかった。ただ、あの肩から尻にまで掛かる奇妙な〝刺青〟は何なのか、誰かに無理やり彫られたんじゃないのか、と訊いただけだった。

訊くだけの、根拠はあった。竹迫は、ナヴァロのいう〝ナルシスト〟の要素も持ち合わせている。その竹迫が、自分の体にあのような醜い〝刺青〟を入れるわけがない。

もうひとつは竹迫が、取り調べを始めた直後にこんなことを洩らしたことがあったからだ。

――おれがこうなったのは、〝母ちゃんたち〟のせいだよ――。

確かにナヴァロのプレデターを判別するチェックリストの中にも、〈――自分の振舞いを、人生、境遇、親、他の人、あるいは被害者の責任にする――〉という項目がある。だが、当時の片倉は、それは竹迫が「自分は幼児虐待を受けていた……」とほのめかしたように思えたからだった。

ナヴァロのチェックリストの中にも、こんな項目がある。

●父親または母親が肉体的な虐待をした（後略）――。

あの背中の〝刺青〟は、大人になってから入れたものではないような気がした。子供のころに彫られ、体が成長したために色が滲み、何らかの動物の図柄が醜く歪んだのだ――。

もうひとつ気に掛かることは、竹迫が〝母ちゃんたち〟といったことだ。〝母ちゃん〟だけではない。他にも、竹迫を虐待していた第三者がいたということだ。

それは、殺された祖母の吉江を意味するのか。もしくは、母の美津子の〝男〟のことだったのか――。

それにしても、あの〝刺青〟の図柄は何だったのだろう。誰が、竹迫の背中に彫ったのだろう。だが、テーブルの上の小さな稲荷像に問い掛けても、狐は何も教えてはくれなかった。

体が少し、冷えてきた。

片倉は残っている冷酒を空け、手拭いを肩に掛け、二度目の風呂に向かった。

7

竹迫和也は、暗い林道を歩いていた。

細く、曲がりくねっていて、荒れた道だ。

道は深い森の中を抜け、渓に下り、また登っていく。時には切り立った、崖の上を歩く。

頼りになるのは、手にしているLEDライトと、梢の間から射し込む満月の光だけだ。

だが竹迫は、この道のことをよく知っていた。まだ子供のころに、〝母ちゃん〟と一緒に、何度か歩いたことがある。

〝あいつ〟の家に行くために……。

そして、〝あいつ〟から逃げるために……。

だが、途中で捕まって、連れ戻された。竹迫は読み書きも満足にできないが、子供のころの出来事はすべて鮮明に覚えていた。

〝あいつ〟にされたことは、絶対に忘れない……。

あたりには、様々な気配が満ちていた。水が岩を伝う音。死にぞこないの秋の虫の声。何か大きな動物が、森の小枝を折る足音。闇の中から得体の知れない物の怪が、自分を見つめている錯覚があった。

だが、怖くはなかった。もし物の怪が潜んでいるとしたら、それはすべて自分の仲間だ。もしそうでなかったとしても、自分の背中の野守虫より怖い奴など、この闇の中にいるはずがない。

一時間ほど歩いただろうか。道は大きく迂回《うかい》して飯田線の線路の下を潜る。ここからまた三〇分ほど下ると、眼下に集落の明かりが見えてきた。金野の集落だ。

だが、竹迫は、その手前の道を左に折れた。入口にある、古い無縁仏が目印だった。道は一段と細く、険しくなり、再び深い森の中に分け入っていく。

だが、道の左側には電線が通っている。この先にも人家があるという証拠だ。

駅を出てから、二時間ほど歩いただろうか。森が開け、月明かりの中に数軒の集落の影が浮かび上がった。昭和五十年代に廃村になったはずの、野守《のもり》の集落だ。

だが、その中で一軒だけ、小さな明かりが灯っていた。家の横には、軽トラックが駐まっていた。

竹迫は、明かりが灯っている家に向かった。急な斜面の石垣の上に、しがみつくように建つ荒屋《あばらや》だった。

この風景にも、見覚えがあった。自分は確かに、ここに来たことがある。

母ちゃんのいったことは、本当だった。〝あいつ〟はここに、戻ってきている……。

家の前に立ち、見上げた。トタン屋根が、月明かりに青白く光っていた。

竹迫は、傾いたガラス戸を叩いた。

「〝小父ちゃん〟、いるのかい……」

返事はない。だが、ガラス戸の奥からかすかに明かりが洩れている。

「〝小父ちゃん〟、いるんだろ。おれだよ、和也だよ……」

もう一度、戸を叩いた。

人の、気配がした。誰かが、歩いてくる。ガラス戸の中に明かりが点《つ》き、鍵を開ける音が聞こえ、戸が開いた。

　男が、顔を出した。

「お前《め》ぇか……」

　男は竹迫を見ても、それほど驚かなかった。

「〝小父ちゃん〟、元気だったかい。久し振りだね」

　竹迫は、この男のことをよく知っていた。子供のころに、〝母ちゃん〟と一緒に三人で暮らしていたことがある。だが〝小父ちゃん〟は歳をとり、髪が白くなって、体が縮んだように小さくなっていた。

「なして、ここにいることがわかった……」

〝小父ちゃん〟が、訊いた。

「母ちゃんが教えてくれたんだよ」

　竹迫がいうと、〝小父ちゃん〟が怪訝な顔をした。

「美津子がら？　元気なのか？」

「うん、母ちゃんが〝小父ちゃん〟によろしくってさ」

　竹迫は、嘘をついた。母ちゃんが、〝小父ちゃん〟によろしくなんていうわけがない。

「まあ、お上がりて……」

　竹迫は、〝小父ちゃん〟に続いて家に入った。

家の中は、昔と変わっていなかった。入ってすぐに小さな土間があり、その先の襖《ふすま》の向こうが囲炉裏《いろり》のある居間になっている。奥にもいくつか部屋があり、竹迫は子供のころ、そこで寝ていた。

土間の左手の下駄箱の上に、煤《すす》で汚れた稲荷像が置いてあった。それも、昔と同じだった。竹迫は狐の金色の双眸《そうぼう》と目を合わせぬように、視線を逸らして居間に上がった。

「これ、お土産……」

竹迫は囲炉裏端《ばた》に座り、リュックの中からコンビニで買った角瓶を出した。

「すまねぇずら……」

〝小父ちゃん〟がウイスキーを受け取り、初めてかすかに笑った。

「腹は、減ってねぇのか」

〝小父ちゃん〟がいった。

「うん、少し。夕方、飯田でラーメン食ったんだけど、駅から歩いてきたからね……」

「金野からか。そりゃあごしたいやろ。囲炉裏に鍋が掛かってっから、食ってろ。冷や飯があっから、後でおじや作ってやるずら……」

鍋を突きながら、二人でウイスキーを飲んだ。キノコと、肉の入った鍋だった。何の肉かはわからなかったが、美味かった。

「〝小父ちゃん〟、また〝刑務所《ムショ》〟に入ってたんだってね」

竹迫が、鍋をすりながら訊いた。

「美津子に聞いたんか。あの、おしゃべりめ……」

「何年、入ってたの？」

「今度は、二年と少しだ……。一年前に、出てきた……」

〝小父ちゃん〟が、震える手でグラスのウイスキーを飲んだ。なぜ〝刑務所〟に入っていたのかは、訊かなくてもわかる。

「おれも、五年七カ月、入ってたんだ」

竹迫がいうと、〝小父ちゃん〟が頷いた。

「ああ、美津子から聞いたずら。〝強盗《タタキ》〟やらかしたんだってな。いつ、〝娑婆〟に出てきたら……」

「三週間くらい前だよ。それで母ちゃんに会って、ここに来たんだ」

だが、〝小父ちゃん〟は竹迫が〝刑務所〟を出てすぐにまた〝強盗〟をやってパクられ、東川崎署の留置場から逃走したことはまだ知らないらしい。ここはテレビも映らないし、新聞も届かない。

囲炉裏の中で、薪《まき》が爆《は》ぜた。

「ここに来たって、金は無《ね》えずら……」

〝小父ちゃん〟が、ぼそりといった。

「わかってるよ。〝刑務所〟を出てからいくつか割のいい〝仕事《ゴト》〟があって、いまは懐があったかいんだ」

竹迫の笑い顔が、薪の燃える炎に照らされて赤く歪んだ。

「それなら、何しに来たずら……」

〝小父ちゃん〟が、怯《おび》えている。昔はあんなに大きくて強かったのに、いまは逆に竹迫のことを怖《おそ》れている。それがおかしくて仕方なかった。

「これだよ……」竹迫が、立った。「こいつが、〝小父ちゃん〟に会いたいっていうもんでさ……」

竹迫は上着を脱ぎ、Tシャツをまくって背中の〝刺青〟を見せた。

「そいつ、そんなんなっちまったのか……。そんなもの、見せんな……」

〝小父ちゃん〟が目を逸らし、グラスのウイスキーを呷《あお》るように飲んだ。

「久し振りに、見たいんじゃないかと思ってさ。〝小父ちゃん〟が彫った入れ墨だからね。わかった、服を着るよ……」

上着を着て、また囲炉裏端に座った。

竹迫は話しながら、機会を窺っていた。いつ、あのナイフをリュックから出そうか……。

「そろそろ、おじや作ってやっか……」

〝小父ちゃん〟がいった。

「うん、そうだね。腹減ったよ」

「待ってな。いま、飯と卵を取ってくるずら……」

〝小父ちゃん〟がそういって、台所に立った。竹迫は何食わぬ顔でリュックを引き寄せ、中からバックのナイフを出して上着の懐に入れた。

〝小父ちゃん〟が、飯のお櫃《ひつ》と卵を持って戻ってきた。自在鉤《じざいかぎ》に掛かった鍋の蓋を開け、中に冷や飯を入れた。

「小便してくる」

竹迫がそういって、立った。

「便所の場所、わかっか？」

〝小父ちゃん〟がいった。

「うん、覚えてるよ。縁側の、突き当りだろう」

竹迫は襖を開けて、部屋を出た。暗い縁側の廊下を歩くと、床板が生き物を踏んだように、きぃきぃと鳴いた。

裸電球の光の下で、ゆっくりと小便をした。

この古い黄ばんだ小便器も、よく覚えていた。便所掃除はいつも竹迫の役目だったし、汚れていれば頭を突っ込まれて上から小便をかけられた。

便所を出て居間に戻ると、〝小父ちゃん〟が囲炉裏に向かっておじやを作っていた。

「もうすぐ、できっからな……」

背中を向けたまま、そういった。

「うん……」

竹迫は後ろ手に襖を閉め、上着の中からナイフを抜いた。裸電球を反射して、刃が鈍く光った。その刃を下に向けて、両手で握った。

〝小父ちゃん〟は何も気付かずに、器の中に卵を割って溶いている。

——殺せるなら、殺せ——。

竹迫は〝小父ちゃん〟が鍋に卵を入れ終わるのを待ち、跪《ひざまず》くように全体重を掛け、ナイフを背中に突き立てた。

「ぎゃあぁぁぁぁ……」

一五センチ近い刃が、根本まで肉に埋没した。骨を断つその感触も、〝小父ちゃん〟の悲鳴も、顔に浴びた生温かい血飛沫《ちしぶき》も、すべてが心地好かった。

体を突っ張らせ、痙攣《けいれん》する〝小父ちゃん〟を畳の上にころがした。

〝小父ちゃん〟はほんの数秒、驚いたように竹迫を見上げていた。だが、すぐに目の光が消え、痙攣も止まって、ぐったりとなった。

〝小父ちゃん〟……死んだんだね……。

仕方ないよ。おれは子供のころに〝小父ちゃん〟にさんざん姦られたからね。いまだにちゃんと糞もできないんだよ。

竹迫は風呂場に行き、冷たい水で顔と手を洗った。血で汚れた上着も、脱ぎ捨てた。替えはリュックの中に入っている。

居間に戻り、ころがっている〝小父ちゃん〟の反対側の囲炉裏端に座った。

鍋の中で、おじやが良い具合に煮えていた。

竹迫は杓子《しやくし》でおじやを器にすくい、食った。肉や、キノコや、卵が入っていて、とても美味かった。

〝小父ちゃん〟が横になったまま、薄目を開けてこちらを見ていた。まるで、まだ生きているようだった。

――〝小父ちゃん〟……これ、とても美味《おい》しいよ――。

心の中で礼をいった。

腹がいっぱいになったら、急に眠くなってきた。ウイスキーをもう一杯飲み、空いた鍋を自在鉤から下ろした。風呂場に行って歯を磨き、もう一度、顔を洗った。

居間に戻ってきて、押入れから蒲団を出し、囲炉裏端に敷いた。裸電球の明かりを消して、蒲団に入った。

〝小父ちゃん〟、おやすみ。明日の朝は、早く出ていくよ……。

囲炉裏の反対側に寝ている〝小父ちゃん〟に、心の中でいった。

目を閉じると、すぐに眠りに落ちた。

竹迫はその夜、久し振りに野守虫の夢を見た。

8

深夜に一度も目覚めずに朝まで眠れたのは、久し振りだった。

昨夜は寝る前に、温泉で温まったからか。

それともいつもよりも少し、酒を過ごしたからだろうか。

片倉は蒲団の上に起き上がり、あくびをして体を伸ばした。外はまだ、薄暗い。だが、枕元に置いたアイフォーンを見ると、時刻は五時半になろうとしていた。

メールをチェックした。石神井署からのものも含め、メールは一通も入っていない。着信履歴もない。

つまり、夜の間にも〝竹迫和也〟の件は何も動きがなかったということか。もしくは、片倉の存在そのものが忘れられているということなのか……。

朝食まで、まだだいぶ時間がある。テレビをつけてみたが、たいしたニュースもやっていなかった。片倉は立って浴衣を直し、丹前を羽織って部屋を出た。

風呂には、誰もいなかった。広い湯舟に一人で浸かり、体を伸ばした。思わず、息が洩れた。たまにはこんなのんびりとした一日の始まり方も、悪くない。

だが、静かすぎる……。

湯気に煙る天井を、見上げた。

ぼんやりと灯る明かりの中に、また竹迫和也の顔が浮かんだ。

六年前――平成二四年の夏ごろ――片倉は竹迫の逮捕に前後して何人もの〝被害者《ガイシャ》〟から事情聴取を行なった。その中で、いまも心に引っ掛かる一人の女性の証言がある。あの年の六月三日の夜に起きた強盗傷害事件の被害者、久保田優美《くぼたゆみ》の証言である。

久保田は当時、二六歳。職業は、看護師。小柄で、顔色が青白く、やつれ果てた印象があった。だが、一方で、十代の少女のように若く見えたことを覚えている。

その日も久保田は杉並《すぎなみ》区阿佐谷《あさがや》にある病院の通常の日勤を終え、バスで帰宅した。終点の一つ前〝石神井公園前〟のバス停で降りたのは、午後八時半ごろだった。そこから公園内のボート池のほとりを通り、石神井町五丁目の自宅アパートに向かった。

久保田がこの経路を通勤に使うのは、単に「公園を歩くのが好きだったから……」だった。特に夏場は夜八時半を過ぎても公園内を散歩する者は多く、それまでは特に不安を覚えることはなかった。だが、この日は、すでにボート池のほとりを歩いている時点で、久保田は竹迫和也に尾行されていた。

アパートに着くまでは、何も起きなかった。一階の一〇二号室に入り、ちゃんと鍵を掛けたことを確認した。これは福島県の郷里から東京に出てきて、一人暮らしをするようになって以来の久保田の習慣だった。

その後、久保田は阿佐ケ谷の駅前で買ってきたお惣菜《そうざい》をテーブルの上に置き、部屋着に着替え、まず風呂を沸かした。病院は、様々な菌やウイルスに溢《あふ》れている。体の一日の汚れを洗い流すまでは夕食を摂《と》らないのも、久保田の日常の習慣だった。

夏場なので、風呂に入ればどうしても汗をかく。久保田は湯上がりに服を着ずに、裸で髪を乾かしていた。その時、部屋から物音がしたような気がして風呂場を出ると、異様な光景が目に飛び込んできた。

自分のベッドに、男が座っていた。その男がテレビを見ながら、テーブルの上のお惣菜を食べていた。

——やあ、今晩は——。

男が振り向き、笑いながらそういった。立ち上がり、こちらに向かってきた。

久保田は恐怖で声も出せなかった。金縛りにあったように体も動かず、その場に座り込んでしまった。

裸のまま体を丸めて脅える久保田に、男はこんなことをいった。

——お金、あるかな。お金をくれたら、すぐに出て行くからさぁ——。

久保田が財布を取り、中から一万数千円の金を抜いて差し出した。男はそれを受け取り、数えると、笑みを浮かべてポケットに仕舞った。

男はそれからも、しばらく部屋にいた。裸の久保田を見つめ、体を触り、何かを考えるように首を傾げた。久保田は黙って、それに耐えた。

その間、数分から三〇分。時間の感覚があまりない。

だが、男は結局、久保田には何もせずに部屋を出ていった。

後に片倉は、その時のことを竹迫に問い質《ただ》してみたことがある。

石神井公園を歩いている時に久保田優美に目を付けたのは、なぜなのか。彼女を襲うつもりではなかったのか――。

実際に彼女は女性として魅力的だったし、もし竹迫が〝プレデター〟タイプの犯罪者だとすれば、〝獲物〟にされやすいいくつかの特徴――小柄で大人しく見える――を備えていた。反面、もし竹迫が金銭目的だけの〝強盗〟の相手を物色していたのだとしたら、久保田は大金を持っているようには見えなかったはずだ。

第二に裸で無抵抗の久保田を目の前にして、なぜ強姦しなかったのか――。

元FBIプロファイラーのジョー・ナヴァロも、〝プレデター〟タイプの人間の一五〇項目のチェックリストの中に〈――力や脅しを利用して性的な関係を強要する――〉という特徴を挙げている。竹迫が久保田を襲わなかったことは、この特徴と矛盾する。もちろん一五〇項目のチェックリストすべてが一致するわけではないが、当時の状況を考えれば不自然ではあった。

最初の質問に対して竹迫は、取り調べの中でこう答えている。

――何となく、可愛《かわい》かったから――。

さらに二番目の質問に対しては、こう答えた。

――別に、姦りたくなかったから――。

だが、それは嘘だ。久保田は後に、「あの時に男は自慰をしていたように思う……」と証言した。実際に、久保田の体にはその痕跡が残っていた。

さらに久保田は、こんなこともいっていた。

――あの男は、女の人を知らなかったのかもしれない――。

当時、竹迫は二四歳だった。普通ならば、特に竹迫のような生き方をしてきた男ならば何人かは〝女〟を知っていると考える方が自然だ。だが、確かにあの時は、竹迫の周辺を洗ってもまったく〝女〟の影は出てこなかった。

片倉の心に引っ掛かっているのは、その六年後、竹迫が川崎で起こした今回の〝事件〟だ。この時も〝被害者〟は同じ二十代の若い女性だったが、竹迫は女性を殴打して重傷を負わせ、強制性交にまで及んだと聞いている。両方とも同一の人間が起こした〝事件〟とは思えないほど、温度差がある。

この六年間に、竹迫はなぜ大きく変わったのか。〝府刑〟に収監されていた五年七カ月の間に何が起き、何が竹迫を覚醒させたのか。もし思い当る節があるとすれば、竹迫の収監中に母親の美津子が一度も面会に行かなかったと聞いていることくらいだ。

竹迫が東川崎署から逃走してからというもの、片倉は繰り返し同じことを考え続けてきた。だが、答は出ない。ひとつだけ確かなのは、いまの竹迫が逃走を続ける状態が、いかに危険かということだけだ。

片倉は頭の中から竹迫の顔を振り払い、風呂から上がった。

そんなことばかり考えていたら、せっかくの休暇を楽しむことはできない。せめてこの旅の間だけは、自分が刑事であることも忘れていたかった。

部屋に戻り、片倉は旅行雑誌と周辺の地図、飯田線の時刻表をテーブルの上に広げた。お茶を淹《い》れてすすりながら、さて今日は何をしようかと考える。

天龍峡の周辺は、意外と観光名所が少ない。渓谷を周回する遊歩道は昨日すでに歩いてしまったし、残っているのは天龍峡名物の川下りくらいだ。

それならばもう一度、金野や千代などの秘境駅をゆっくりと巡ってみようか。だが、本数の少ない飯田線を使って巡るよりも、タクシーの方が効率がいいかもしれない。

午前中は秘境駅を巡り、川下りは午後に予約を入れておこうか。時間があれば、天龍峡温泉の立ち寄り湯を探してみてもいい。

そんなことを考えていたら、携帯が鳴った。時間は朝の六時三〇分。こんな時間に誰だろうと思って開いてみると、智子からのメールだった。

〈――おはようございます。
旅行を楽しんでますか。今日も天龍峡に泊まるのかしら？――〉

それだけの素っ気ないメールだった。

〈――うん、旅は最高だよ。
今夜も天龍峡の同じ宿に泊まる予定だ。もし来るなら、予約を入れておくぞ――〉

もう一度、誘ってみた。
だが、智子からの返信はなかった。

9

片倉が宿で朝のひと時を過ごしているころ、近くの県道一号線を一台のハイエースが走っていた。

車は早朝の五時半に飯田市内を出発し、途中で二人の作業員を拾い、運転手を含めて三人が乗車していた。この後、金野に近い旧野守の集落で最後の一人を乗せ、九月の台風の時に崩れた県道六四号線の道路工事現場に向かう予定だった。

六時二五分——。

予定よりも五分ほど早く、山間の野守の集落に着いた。

運転していた西沢昌次《にしざわしようじ》は、いつものように小松達巳《こまつたつみ》の家の前に車を停めてクラクションを鳴らした。そうすれば小松がすぐに現れて車に乗り込むはずだった。だが、しばらく待ってみたが、小松は家を出てこない。

もう一度、クラクションを鳴らした。やはり、小松は出てこなかった。古く、いまにも倒れそうな荒屋は、しんと静まり返ったままだ。

確か小松は一人暮らしだったはずだ。夜中に何かあったのか、それともまだ寝ているのか。屋根の上のストーブの煙突を見上げてみたが、煙は出ていない。

「ちょっくら見てくるにぃ、待っとらしてくれなぁ」

西沢は他の作業員たちにそういって、車を降りた。

入口に、鍵は掛かっていなかった。ガラス戸を引くと、きしみながら開いた。

土間に入って、声を掛けた。

「小松さん、いるらぁ。現場に行くで、迎えに来たにぃ……」

だが返事はない。家の中は、しんとして静かだった。

かすかに、髪の毛を焼くような嫌な臭いがした。土間のストーブは薪が燃え尽きていたが、家の中には火の温《ぬく》もりが残っていた。

土間から、居間を覗いた。火の消えた囲炉裏の向こうに、小松が寝ていた。

「何だ小松さん、寝てるんらぁ。ほら、現場に行くけぇ、起きれて……」

だが、どこか様子が変だった。そのうちに家の中の暗さに目が慣れてくると、やっと情況が見えてきた。

小松は薄目を開け、口から何かを吐いていた。体を奇妙な恰好に曲げて、右手を囲炉裏の中に突っ込んでいる。その周囲が油か何かで濡れたように、赤黒く光っていた。

油じゃない、血だ……。

死んでいる……。

西沢は後ずさりするように、家を出た。携帯を手にして一一〇番通報しようと思ったが、電波が通じない。

「小松は、どうしたんらぁ」

西沢が車の運転席に戻ると、仲間の作業員の一人が訊いた。

「どうも、死んどるらしいらぁ……」

西沢はハイエースの後部を小松の家の庭先に入れて、Uターンさせた。

妙に、冷静だった。

県道に出た所で車を停め、もう一度、携帯を出した。電波が通じていることを確認し、一一〇番通報を入れた。

「人が死んどるらぁ……。ああ、たぶん、間違いねぇらぁ……」

この時、六時四三分――。

10

片倉は朝食を食べながら、パトカーのサイレンの音を聞いた。

刑事という職業柄か、箸を休めて聞き耳を立てた。

一台……二台……三台……。

少なくとも、五台。その中の一台は、救急車だった。音は、天龍峡の姑射橋の方角から聞こえてくる。

「何かあったんですかね……」

片倉は、飯のお代わりを頼みがてら、宿の仲居に訊いた。

「さあ、どうでしょう……このあたりは、平和な場所ですから……。火事か、交通事故でもあったのかしら……」

消防車のサイレンは聞こえないので、火事ではない。おそらく、交通事故か何かだろう。

それにしても、騒がしいが。

片倉は仲居から茶碗を受け取り、二杯目の飯を掻き込んだ。

朝食を終えて時計を見ると、時刻は七時一五分になったところだった。早食いも、〝刑事〟の芸のひとつだ。

さて、どうするか。どうせならば、早く行動を開始した方がいい。部屋に戻る時に帳場に寄り、宿の女将にいった。

「すみません、タクシーを一台、呼んでもらえませんか」

「はい、どちらまで……」

「ええ、このあたりの飯田線の秘境駅を、少し回ってみたいので……」

片倉が〝秘境駅〟といっただけで、女将は心得てくれたようだった。

「はい、承知いたしました」

そういって、帳場の電話の受話器を取った。

11

〝現場《ゲンジョウ》〟には、嫌な臭いが籠もっていた。

動物の毛か骨でも焼いたような、そんな臭いだ。

長野県飯田警察署刑事課の下平《しもひら》欽一郎《きんいちろう》警部補は、市内千栄《ちはえ》の山間部にある旧野守の集落の〝殺人《コロシ》〟の〝現場〟にいた。

そう、〝殺人〟だ。

三〇年近くも〝刑事〟をやっていれば、いくら平和な所轄でも一度や二度は〝殺人〟を担当したことくらいはある。だが、これほど凄惨な〝現場〟は、他に記憶にない。

〝被害者《ガイシャ》〟は背中の左肩近くに、大型の刃物で刺されたような大きな傷があった。その傷から大量に出血し、口から胃の内容物を嘔吐《おうと》して、囲炉裏端に横たわっていた。

傷の深さと出血の量からすると、刃先はおそらく心臓を貫《ぬ》いている。ほぼ、即死だったのだろう。倒れた時に右手が囲炉裏の中に入ったのか、手首から先が灰の中ですでに炭化していた。

〝被害者〟は薄目を開き、暗い空間を見つめている。その視線の先に、内容物が底に少し残った鉄鍋とウイスキーの角のボトルがあった。この〝被害者〟が、おそらく七〇年ほどの人生の最後に見たものは、この雑然とした囲炉裏端の風景だったのだろうか。

いや、違う。この男が最後に見たものは、自分を刺した相手の〝笑い顔〟だったのではなかったのか――。

その時、下平は、ふと不思議に思った。自分はなぜ、この男を刺した相手の〝笑い顔〟

を想像したのだろう……。

「欽《きん》さん、〝被害者〟の身元がわかったよ。ほら、この免許証、顔写真を見ても本人に間違いないだろう……」

同僚の今村茂《いまむらしげる》が、壁に掛かった上着の内ポケットの中から見つけた運転免許証を差し出した。

男の名は小松達巳、昭和二三年四月二四日生まれの七一歳。後で郵便局の配達原簿と照らし合わせてみれば、この家の住人かどうかもはっきりするだろう。

「他にもう一人〝男〟がいたようだにぃ。グラスも器も、箸も二人分あるずらぁ……。そいつが〝犯人〟か……」

鑑識の土屋《つちや》がいった。

「どうして〝男〟だとわかるらぁ」

下平は思わず、土屋の訛《なまり》に釣られてしまった。

「囲炉裏の向かい側に、蒲団が敷いてあるらぁ。その枕のあたりに、この髪の毛が落ちてたんだにぃ……」

土屋がそういって、ビニール袋を見せた。中に、短い黒髪が数本、入っていた。若い男の髪の毛だ。それに部屋の隅に脱ぎ捨ててある血まみれの上着も、確かに男物だった。

死後硬直の進み方からすると、〝被害者〟の死亡推定時刻は昨夜の二一時から二二時くらいといったところか。だとすると〝犯人〟は、死体の正面で囲炉裏を挟み、一緒に一夜を明かしたことになる。

蒲団の中に手を入れてみると、まだ温もりが残っていた。〝犯人〟がこの家を出ていってから、まだ二時間ほどしか経っていない。

「おい、前田《まえだ》……」

下平が部下を呼んだ。

「はい、何でしょう」

前田が振り向き、銀縁の眼鏡を指先で上げた。これがこの男の癖だ。

「先に署に戻って、〝緊急配備《キンパイ》〟の準備を進めてくれ。飯田線の各駅と、このあたりの県道や町道に〝検問《バンカケ》〟を張るんだ。手配するのは、二十代から四十代の男、短髪。〝犯人〟はまだそう遠くには逃げていない」

「承知しました」

「ちょっと待ってくれ」

下平は、立ち去ろうとする前田を呼び止めた。

「はい、何でしょう……」

「もうひとつ、この〝小松達巳〟という男の〝前科《マエ》〟を洗ってみてくれないか。何か、出てくるはずだ……」

「はい、わかりました……」

前田が怪訝な顔をして、〝現場〟から出ていった。

下平はもう一度、手にしている小松の運転免許証を見た。免許番号は、〈──546 6○○○○○○2──〉になっている。

頭の二桁は最初に免許を受けた場所で、〈──54──〉は愛知県を表す。次の三〜四桁目は最初に免許を取得した年の西暦の下二桁で、〈──66──〉は一九六六年を意味する。つまり小松は一九六六年、一九歳の時に、愛知県で初めて運転免許を取得したということになる。

ところが免許証の発行場所を見ると〈──長野県公安委員会──〉に、発行年月日は〈──平成二九年九月二一日──〉になっている。

気になるのは一二桁の免許番号の末尾の〈──2──〉という数字だ。この数字は、免許の再交付を受けた回数を表す。つまり小松達巳という〝被害者〟は過去に二回、免許の再交付を受けていることになる。

運転免許証の再交付は、交通違反などによる失効の再取得とは違い、入院、長期海外在住、収監、遺失、盗難などいずれかの〝正当な理由〟が条件となる。だが、下平には、この小松という男が二度も免許の再交付を受けるほど長期入院していたようには見えなかったし、海外に長く在住していたとも思えなかった。もちろん遺失や盗難ということも考えられなくはないが、それが二回も続くような事例は少ない。

考えられるとすれば、〝収監〟だ。

だとすればこの〝殺人《コロシ》〟の動機は、〝怨恨〟の線という可能性もある。

12

片倉は七時三〇分ちょうどに、宿に迎えに来たタクシーに乗った。

運転手は湯出川《ゆでがわ》という、変わった苗字の男だった。気さくだが、歳は七〇を過ぎているだろう。

このあたりの飯田線の秘境駅を巡りたい旨を伝えると、我が意を得たりと少し訛のきつい言葉でこういった。

「最初に千代に行って、その後は金野、唐笠と順番に行くんでいいずら？」

「ええ、それでお願いします。最後はまた天竜峡駅まで戻ってきたいんですが、時間と料金はどのくらい掛かりますか」

片倉が訊くと、運転手は少し考えた。

「そうずらぁ……料金は一万円ちょっと、ゆっくり見て回っても一〇時ごろまでには戻れっと思うだがにぃ……」

天竜峡駅から唐笠駅までは、飯田線だと五キロ弱の距離である。ところが橋梁やトンネルでほぼ直線に走り抜ける鉄道に対し、山や渓を大きく迂回する県道や林道を通って車でこれらの駅を巡ると、その三倍近い距離を走ることになる。それを往復するのだから、一万円くらいの料金は仕方ないだろう。

「それでかまいません。行ってください」

片倉がいうと、運転手は上機嫌で車のギアを入れた。

タクシーは狭い温泉街の中を抜けて天竜峡の駅前に出ると、これを右に折れて、左手にライン下りの乗り場を見下ろして姑射橋を渡った。朝の光のせいか、天龍峡の紅葉は昨日よりも少し色が鮮やかになったような気がした。

間もなく県道一号線に出てさらに右へ。天龍峡を大きく迂回するように南へと下っていく。それほど走らないうちに、また畑の中の道を右に折れた。

車一台が通るのがやっとの狭い道を、ゆっくりと進む。あたりにぽつぽつと人家はあるが、人気《ひとけ》はない。

「お客さんは、あれずら。やっぱりローカル線が好きで、飯田線を見に来た〝鉄ちゃん〟ちうやつだだ?」

片倉は運転手に〝鉄ちゃん〟といわれ、思わず苦笑してしまった。

「まあ、そんなところです」

「ここんとこは、お客さんみたいな人がよく来るずら……」

車は開けた丘を越えて、森の中を下る。もう一度、風景が開けたところで、道が行き止まりになっていた。前方に、飯田線の単線の線路が見えた。運転手がそこで、タクシーを停めた。

「ここが千代駅ずら」

片倉はショルダーバッグの中からＬＵＭＩＸのカメラを出して、タクシーを降りた。線路の前まで行くと、右手に駅に続く小径《こみち》があり、その向こうに森の斜面にしがみつくようなホームと待合所の小屋が見えた。

片倉は、小径からホームに上がった。風景は深い森と草原に囲まれ、鉄道の施設以外に人の気配のするものは何もない。

何枚か、駅の写真を撮った。それ以外には何もすることがなく、誰もいない待合所のベンチに座った。昨日の車窓から見た風景とは違い、いまは夢と現実の間を行き来して、まったく別の時空に迷い込んでしまったかのような奇妙な錯覚があった。

こんな寂しい駅で、いったい誰が乗り降りするのだろう……。

改めて、そんなことを思う。

耳をすましても、鳥の鳴き声しか聞こえない。その時、幻聴だろうか、遠くから列車が走ってくる線路の音が聞こえたような気がした。

いや、幻聴ではない。確かに列車の音が聞こえる。

片倉はベンチから立ち、待合所に掲示してある時刻表を見た。ちょうど、七時四三分発の上り豊橋行きの普通列車が来るところだった。

片倉は待合所を出て、ホームの右手の天竜峡駅方面を見た。列車の音が、次第に近付いてくる。間もなく、深い森の陰からヘッドライトを照らした213系二輛編成の上り列車が姿を現した。

列車にカメラを向けて、何枚か写真を撮った。目の前をゆっくりと通過し、ホームに停車する。だが、列車からは誰も降りず、誰も乗らなかった。

「発車しますが、よろしいですか」

車掌が片倉に、声を掛ける。

「はい、行ってください」

片倉がいうと、車掌が白い手袋をはめた手で小さく敬礼し、発車した。列車が走り去り、音が遠ざかると、千代駅のホームはまた片倉以外に誰もいなくなった。

飯田線のこの区間のダイヤは、上り下りとも朝夕は一時間に一本。日中は二時間から三時間に一本しか列車がない。ホームに入ってくる列車を見られたことは、運が良かったのかもしれない。

片倉はタクシーに戻り、運転手に告げた。

「おかげ様で、列車の写真が撮れましたよ。では、次の金野に行ってください」

「運が良ければ、次の金野でも下り列車を見れっかもしれねぇずら」

運転手がいった。

13

竹迫和也は、森の中に身を潜めて一部始終を見ていた。

昨夜は〝小父ちゃん〟と一緒に、少しウイスキーを飲みすぎたのかもしれない。朝は思っていたよりも、一時間は寝過ごしてしまった。

しかも、足が付かないようにと、金野ではなく、昨日とは違う千代駅に向かったのもいけなかった。途中で山道に迷い、飯田方面の六時五一分の始発に乗り損ね、次の七時三七分発の下り伊那松島《まつしま》行きも目の前で行ってしまった。

ついていない……。

仕方なく七時四三分の上り豊橋行きに乗ろうとしたら、今度は車のエンジン音が聞こえた。車が、道路の突き当りで停まった。

人が降りてくる気配がしたので、竹迫はホームの背後の森の中に身を潜めた。もう警察の手配が回ったのかもしれないと思ったからだった。もし普通の乗客ならば、何食わぬ顔で森から出ていって、一緒に来た列車に乗ればいい。

ところが、ホームに歩いてきた男を見て、息を呑むほど驚いた。知っている男だったからだ。

あの男、石神井警察署の片倉刑事じゃないか……。

間違いない。片倉刑事だ。しかし、なぜあの男がこんなところにいるんだろう……。

竹迫は、片倉が苦手だった。そして、虫酸《むしず》が走るほど嫌いだった。

理由は、あの男の目だ。あの目に見つめられて話をしていると、つい話したくないことまで話してしまう。嘘をつけなくなるだけでなく、こちらの心の底まで見透かされているような気がしてくるからだ。

森の中で息を潜め、固唾《かたず》を呑んで成り行きを見守った。片倉はしばらく、ホームにいた。あたりの写真を撮り、待合所で休み、竹迫が乗るつもりだった上り七時四三分発の豊橋行きをやり過ごして、また車で立ち去った。

その間、竹迫の頭の中を様々な考えが目まぐるしく駆け巡った。

奴は、何をしにここに来たのか。考えられることは、ひとつだ。なぜだかはわからないが、何らかの理由により東川崎署と石神井署が合同で捜査し、自分の行き先が知られて、すでにこの山奥にまで手配が回ったということだ……。

竹迫は車が走り去るのを待って、あたりにもう誰も人がいないことを確認し、森の中から出てきた。

待合所に行き、時刻表を見た。次の電車は下り八時二八分発の飯田行きだ。いま七時四三分発の上り電車が行ってしまったばかりだから、まだ四〇分以上ある。

それまで、待つか。いや、四〇分もこの駅にいたら、警察に逮捕してくれというようなものだ。それ以前に、これ以上飯田線を使うこと自体が危険だ。

だが、その時、竹迫の顔から思わず笑いが洩れた。

でも、面白い……。

片倉さん、あんたがここにいるなら勝負しようか。六年前のぼくとは、違うんだ。簡単には捕まらないからね。

今度は五分《ごぶ》と五分、殺《や》るか殺られるかだ。

殺れる時には、殺るからね……。

そうと決まったら、一刻も早くここを立ち去ろう。

竹迫は、誰もいない駅のホームから飛び降りた。

林道に出て、近くの集落に向かって駆けた。

14

タクシーは県道一号線に戻ると、それを南に向かった。

県道とはいっても、山と田園の中を走る長閑《のどか》な道だ。空には薄い雲が流れているが、穏やかに晴れている。秘境駅をのんびりと巡るには、絶好の日和《ひより》だった。

「その先を右に入って、山を越えた所が金野だにぃ。道が険しくなるから、少し揺れるずら……」

運転手が、おっとりといった。

タクシーが速度を落とし、右にウインカーを出した。その時、どこからかパトカーのサイレンが聞こえてきた。

曲がろうとした道から、パトカーが二台、飛び出してきた。赤色灯を回し、白昼にヘッドライトをハイビームにしてこちらに向かってくる。片倉の乗るタクシーと擦れ違うと、そのまま飯田方面に猛スピードで走り去った。

「あんな急いで、怖いこったにぃ……」

運転手がそういって、いまパトカーが出てきた細い道を右に曲がった。

「何か、あったんですか」

片倉が訊いた。そういえば今朝、宿にいる時にもパトカーのサイレンの音を聞いた。

「ああ、何だか会社にいる時に聞いたところによっと、今日、飯田署から連絡があって、このあたりの村で死体が見つかったらしいずら……。うちのタクシーが昨夜から今朝にかけて、金野のあたりで不審な客を乗せてねぇかとか……。もしかしたら、殺人事件かもしんねぇだにぃ……」

死体が見つかった？？？

殺人事件かもしれないだって？？？

この長閑な風景と〝殺人〟という凄惨なイメージがどうしても結び付かなかった。それにしても、いくら偶然とはいえ、〝刑事〟である片倉の旅行先でそんな〝事件〟が発生するとは……。

タクシーは人家が点々と続く道を、小高い丘の上へと上っていく。しばらくすると右手に山と森が迫り、無縁仏が立つ荒れた林道の入口があった。そこに〈――飯田警察署　立入禁止――〉と書かれたバリケードが置かれていた。

「この奥に、何があるんですか」

片倉が訊いた。

「昔は〝野守〟っていう集落があったんらが、昭和六〇年ごろに廃村になったずら。いまは、誰も住んどらんと思っとったんだがにぃ……」

その廃村になった集落が、〝殺人〟の〝現場〟なのか……。

タクシーは無縁仏の前を通り過ぎ、丘へと上がっていく。上り切ったあたりで金野の集落との分岐点に差し掛かり、それを右に折れる。しばらくすると人家が途切れ、路面の舗装もなくなって、道はさらに細く、険しくなった。

荒れた林道は見上げるような断崖に沿って、渓へと下っていく。左手の、タクシーの車幅ぎりぎりの路肩には、ガードレールもない。もし深い渓に落ちることがあれば、それこそ一巻の終わりだ。だが老練な運転手は、巧みなハンドル捌《さば》きで次々と現れる難所を越えていく。

「お客さん、少し揺れるずら。摑まってとってくださいよ……」

大きな岩を回り込んだ時に、運転手がいったとおり、車が大きく揺れた。

こんな道の先に、本当にJRの駅があるのだろうか……。

かなり長く、走ったような気がした。だが、実際の距離は、県道を逸れてから三キロか四キロほどだったのかもしれない。渓に下りきり、橋を渡ると、道はそこで行き止まりになった。

車が方向転換できる程度の、森を切り開いた空地があった。目の前に飯田線の線路があり、その奥に金野の駅のホームと青い小さな待合所の小屋が見えた。

他に、小型のパトカーと警察車輌のバンが一台。駅のホームには、制服の警官が四人立っていた。

「あらぁ……。もう、警察の手配が始まってるずら……」

運転手が、パトカーのかなり手前でタクシーを停めた。

「ここで待っていてください」

片倉は車から降りて、駅に向かった。四人の警察官も、こちらを見ている。ホームに上がっていくと、その内の三人が片倉の方に近付いてきた。

「お急ぎのところ、失礼します。今日は、どちらにお出掛けですか」

年配の警官が小さく敬礼をして、声を掛けてきた。

「別に急いじゃいないさ。秘境駅を見て回ってるだけだ。鉄道ファンなんでね」

片倉は、自分の応答が少しぶっきらぼうになっていることに気付き、思わず苦笑した。いつもは、自分が〝職質〟をする側だ。だが、逆に自分が受ける立場になると、あまり愉快なものではない。

「東京からですか。もし、身分証のようなものがありましたら……」

言葉は丁寧だが、人を疑うような視線も気に入らなかった。まあ、警察官としての職務上、仕方ないことなのだが。

「身分証ね。これでいいかな」

片倉は面倒になり、ポケットから自分の警察手帳を出した。

「あ、これは失礼しました。お疲れ様です……」

警官の態度が一変した。背筋を伸ばし、改めて全員が敬礼をした。

「〝検問《バンカケ》〟ご苦労様。〝事件《ヤマ》〟があったそうだね。〝殺人《コロシ》〟だって?」

意図的に、警察用語を使った。警察の内部では、階級の上下関係は絶対だ。

「いやぁ、情報が早いですね。本部からの情報によると、〝犯人〟はもっと若い男だということなんで、最初から違うとは思っとったんですが……」

年配の警官が、いい訳をした。

「まあ、しっかりやってください。私は休暇で旅行中なので、もう行きますよ」

片倉も軽く敬礼をして、その場を立ち去った。

警察官たちがいることを忘れれば、やはりこの駅も静寂だった。ホームの正面が切り立った崖になり、周囲を森に囲まれている。できればこのホームで一人になってみたかったのだが、今日は仕方ない。

〝きんの　金野〟と駅名の入った駅名標の写真を撮り、さらに先に歩く。待合所に入ると、表紙に〈――金野駅ノート5　2018・4・19〜――〉と書かれた寄せ書き用のノートが置いてあった。

片倉は、ページを捲った。各ページにびっしりと、この駅を訪れた旅行者の思い出の言葉や落書き、日付が記されていた。それにしても山奥の秘境の駅に、よくこれだけ多くの旅行者が訪れたものだ。

ページの最後に、奇妙な書き込みがあった。

〈――野守虫さんじょう――〉

下手な字だった。〝さんじょう〟は、〝参上〟という意味だろうか。書き込みの日付は、昨日になっていた。

旅行者だとは思うが、変な奴がいるものだ。そういえば、先程タクシーの運転手が〝野守〟の集落がどうのといっていたが……。

片倉はノートを閉じた。


壁には、時刻表が掛かっていた。時間は、八時一五分になろうとしている。次の八時二五分発の下り飯田行きまで、まだ一〇分ほど時間があった。

ベンチに座り、列車を待つことにした。どうせ、急ぐ旅でもない。もしこの寂《さび》れたホームに入ってくる列車の写真を撮れたら、旅のよい記念になるだろう。

カメラを膝の上に置き、野鳥の声に耳を傾けながら、しばし物思いにふける。それにしても、この平和な風景の中で〝殺人〟か。偶然とはいえ、あまり気分のいいものではない。

待てよ、本当に〝偶然〟なのか……？

片倉は、頭の中を整理した。自分はなぜ、ここにいるのか。そもそもどうして、飯田線に乗ったのか……。

発端は、竹迫和也の件があったからだ。〝捜査〟というわけではないが、あの男の生まれ故郷を訪ねてみようと思った。豊川稲荷の、狐塚を見てみたかったからだ。

あの男はいずれ、人を殺す。いや、すでに殺しているかもしれない。そんなことを思いながらの旅の途中で、本当に〝殺人〟が起きた……。

列車の走る音が聞こえてきた。

片倉はベンチから立ち、カメラを構えた。間もなく、森の中に、ヘッドライトの光が見えた。駅に近付いてくる列車に向かって数回、シャッターを切った。

列車が速度を落とし、ホームに停まる。片倉はズームレンズを広角に切り換えて、シャッターを切った。

二輛編成の列車に、乗客が数人。前方のドアから、二人の警官が乗り込む。車内を見回り、最後尾のドアから降りて車掌に合図を送る。

片倉はその一部始終を、カメラのレンズを通して見守った。だがその時、幻影を見た。若い男が一人、閉じているはずのドアから抜け出してきて、レンズの死角を掠《かす》めたような気がした。

竹迫和也……。

だが、カメラを下ろすと、そんな男の姿はどこにもなかった。

列車が発車した。駅を離れると、列車は間もなく急なカーブに差し掛かり、切り立った崖の向こうに消えた。

静かになった駅で、もう一度、自分に問い掛けた。本当に、偶然なのか……。

片倉はカメラを肩に掛け、駅の出口に向かった。ホームを下りる手前で、先程の年配の警察官に声を掛けた。

「ちょっと、いいかな。確かさっき、〝犯人《ホシ》〟はもっと若い男だといったね。もう、〝容疑者〟の目星は付いているのか」

片倉に訊かれ、警察官は少し戸惑った顔をした。

「はい……〝犯人〟は二十代から四十代くらいだと聞いております……。しかし、〝容疑者〟の目星に関しては、ちょっと……」

警察官同士とはいえ、さすがにそこまではいいにくそうだった。

だが、警察官の態度とニュアンスで、だいたいのことはわかった。飯田署は、〝容疑者〟の目星を付けていない。

「ご苦労様、それで十分だよ」

片倉はホームから下りて、タクシーに戻った。そして、待たせていた運転手にいった。

「すみません、ちょっと予定を変更してもらえますか。この後は唐笠駅には行かずに一度、宿の方に戻ってください」

「はい、わかりました……」

運転手が、車を出した。

携帯の電波が通じる所まで戻り、東京の柳井に電話を入れた。

「柳井か、片倉だ。いま、どこにいる」

――署にいますが、何か――。

「実は今朝、旅行先の飯田署の管内で〝殺人〟が起きたんだ。場所は、飯田線の金野駅の近くだ」

――〝殺人〟、ですか――。

「そうだ。それでちょっと頼みがあるんだが、署の方から所轄の刑事課に連絡を取って、今回の〝事件〟に関して探りを入れてみてくれないか。飯田署ではまだ〝容疑者〟については目星は付けていないみたいなんだが、〝被害者〟の素性が知りたいんだ。もし名前がわかったら、その〝被害者〟に〝前科〟がないかどうか調べてみてくれ」

――わかりました。やってみます――。

一度、電話を切った。

「お客さんは、刑事さんだったら……」

運転手が、驚いたようにいった。

「ええ、まあ。でも、そのことは忘れてください……」

「だいじょうぶです。私は、口が固いずら……」

もし片倉の勘が当っていれば、〝被害者〟は六十代から七十代くらいの男だ。しかも、ある特殊な性癖に起因する〝前科〟がある可能性が高い……。

一〇分ほどで、片倉のアイフォーンにメールが着信した。柳井からだった。


〈――報告。

飯田署管内の殺人事件の被害者に関して。

名前は小松達巳、昭和22年（1947年）4月生まれの71歳。職業は彫物師。

この名前で警察庁の犯罪者リストを検索したところ、2件の前科が引っ掛かってきました。いずれも10代の少年に対する性的な暴行と、暴行未遂などで……――〉

やはり、そうか……。

竹迫和也は、背中に奇妙な〝刺青《スミ》〟を入れていた。おれがこうなったのは、〝母ちゃんたち〟のせいだともいっていた。

おそらく殺された小松達巳という男は、母親の美津子の〝愛人《イロ》〟だったのだ。そして少年時代の竹迫は、その小松から性的な虐待を受けていた。背中に無理やり〝刺青〟を入れられ、暴行された。だから竹迫の過去に、〝女〟の影が無かったのか……。

これは、偶然なんかじゃない……。

小松という男を殺ったのは、竹迫だ。動機は、少年時代に受けた虐待に対する復讐《ふくしゅう》だ。

だが、竹迫は小松が住んでいる場所をどうやって知ったんだ？

「すみません、ちょっとそこで車を停めてもらえますか」

「はい……」

運転手がタクシーを路肩に寄せた。

片倉は車から降り、柳井にもう一度、電話を掛けた。

「片倉だ。報告を読んだ。やはり、おれの思ったとおりだった」

――思ったとおり、というと――。

柳井がわからないのは当然だ。

「飯田の〝殺人〟の〝犯人〟は、おそらくあの竹迫和也だ」

――本当ですか。でも、なぜ――。

「説明は後だ。それより、いくつか頼みがある。やってくれるか」

――はい、何でも。今日は、私も時間を取れますから――。

「そうか、ありがたい。まず飯田署の刑事課に連絡を取って、今回の〝事件〟の担当者に伝えてくれ。〝犯人〟はおそらく竹迫で、石神井署の管内で起きた以前の〝事件〟の担当者がたまたま私用で飯田市内にいる。もしよければ、情報提供を含め、捜査に協力できると……」

――わかりました。すぐに連絡を取ります。他には――。

「もし飯田署の了解を得られたら、柳井もこちらに向かえるように待機していてくれ」

――それも了解しました。拳銃はどうしますか――。

殺人犯の竹迫が、この秘境の山に潜伏しているのだ。これは、非常事態だ。

「もちろん、携帯する。キンギョにいって、おれの分も使用許可を取ってくれ」

――わかりました。康さんの銃は、例のニューナンブですね――。

「そうだ。七七ミリ銃身のやつだ。保管室長の村瀬さんに訊けばわかる。あと、もうひとつ……」

――はい、何でしょう――。

「橋本に、竹迫の母親の美津子に連絡を取るようにいってくれ。竹迫は、おそらく母親のところに寄っているはずだ」

そうだ。もし竹迫が小松の居場所を知ることができるとしたら、母親の美津子以外には有り得ない。

片倉は電話を切り、タクシーの後部座席に戻った。そして、運転手に告げた。

「運転手さん、度々行き先を変更してすみません。旅館ではなくて、飯田警察署に向かってもらえませんか」

「承知しました！」

運転手が勇んでタクシーを発車させた。

片倉は、腕の時計を見た。八時五二分——。

「ところで運転手さん、先程〝野守〟の集落とかいってましたね」

片倉が訊いた。

「はい、今日、事件があった集落ずら」

「それでは、〝野守虫〟という言葉を聞いたことはありませんか」

「さて、聞いたことはねぇが……」

運転手が、首を傾げた。

15

同じころ、智子は東海道新幹線で新横浜駅を通過したところだった。

東京駅八時三三分発〝ひかり505号〟に乗り、九時五六分に豊橋着。その後、一〇時八分豊橋発の飯田線〝特急ワイドビュー伊那路1号〟飯田行きの切符を持っている。順調に行けば、一二時二四分には天竜峡駅に着く予定だった。

私が急に宿に行ったら、あの人きっと驚くだろうなあ……。

そんなことを思うと、ちょっと楽しくなった。

智子が片倉の泊まる天龍峡の竜峡館という宿に予約を入れたのは、昨夜の遅い時間になってからだった。最初は行くつもりなどなかったのだが、退屈凌《しの》ぎにインターネットで天龍峡のことを調べているうちに居ても立ってもいられなくなってきた。

気紛れに宿に電話をしてみると、部屋は空いているという。どうしようかと迷う間もなく、予約を入れていた。名前はいまの姓ではなく、〝片倉智子〟と告げて、主人を驚かしたいので自分が行くことは内緒にしてほしいと、小さな嘘をついた。

もしかしたらそれって、法律違反になるのかしら……。

そんなことを考えたらおかしくなって、人目を気にしながら笑ってしまった。

それにしても私はいい歳をして、何でこんな小娘みたいなことをして喜んでいるんだろう……。

智子は車窓に流れる風景をぼんやりと眺めながら、昔のことに思いを馳せた。

片倉と初めて出会ったのは、智子がまだ大学生のころだった。確かゼミのコンパか何かで、遅くなった時だ。新宿の繁華街を歩いていて、酔った暴漢に絡まれたことがあった。

その時に、たまたま通り掛かって助けてくれたのが片倉だった。

強く、毅然《きぜん》として、ずいぶん大きな人に見えた。その後で片倉は、服を破られた智子を、タクシーで新井薬師《あらいやくし》の自宅まで送ってくれた。知らない男の人と車に乗るのも初めてだったが、本能的に信頼できる人だと思ったことを覚えている。

片倉は自分よりも六つも歳上で、大人だった。石神井警察署の刑事だと知ったのは、それからかなり後のことだ。二人はごく自然に恋をして、さして疑問を持つこともなく結婚した。

二人の結婚生活は、二〇年近くに及んだ。だが、その間に、子供に恵まれることはなかった。そしていつしか二人はお互いに些細《ささい》なことで責め合うようになり、次第に信頼は薄れ、愛情も冷めていった。

片倉と離婚して、もう一〇年近くになる。その理由が何だったのかは、いまは明確に思い出せない。自分が刑事の妻という立場に疲れてしまったのか。それともお互いに、二人でいることに息が詰まるようになってしまったからなのか……。

あれから、長い時間が過ぎた。自分はその間に別の相手と再婚し、離婚した。そしてその後は、また片倉と連絡を取り合い、この一年ほどはよく会うようになった。

数カ月前には、旅先でつい縒《よ》りを戻しそうになった。いや、あの夜の出来事は、男と女の仲として決定的な既成事実といえるのかもしれない。でも、今回は別に部屋を取ってあるので、そんな間違いもないだろう。

間もなく左手に、熱海《あたみ》の海が見えた。そういえば片倉の仕事が忙しい最中《さなか》に、二人で出掛けた最初の旅行は熱海だった。

お母さんには、友達と行くと嘘をついて行ったんだっけ……。

あのころが懐かしい。

ふと、そう思った。

16

飯田署の下平欽一郎警部補は同僚の今村茂と共に〝現場《ゲンジョウ》〟を離れ、ＪＲ飯田線の天竜峡駅に向かった。

前日の夜〝現場〟に近い金野駅で、不審な男を見掛けたという情報が入ったからだった。

ＪＲ職員の小木曽実は、駅の駅長室で待っていた。

知らぬ顔ではない。地方の狭い地域社会の職員同士として、過去にも不明者の捜索や様々な合同訓練の場で何度か顔を合わせたことがある。

「ああ、小木曽さん、あなたでしたか」

「どうも、ご苦労様です」

下平が駅長室に入っていくと、小木曽が椅子から立ってぺこりと頭を下げた。

「それで、昨日の夜ですか。金野駅で不審な男を見掛けたんだってね」

下平と今村が別の椅子を引いて、小木曽と向かい合って座った。

「ええ、怪しいかどうかはわからんのですが、夜にあの駅で乗客が降りるということはあまりないものでしてね……」

小木曽によるとその男を見掛けたのは昨日の夜、一八時一六分飯田発・普通豊橋行きの車内だった。おそらく天竜峡駅あたりで気付いたのだが、見馴れない男だったので観光客だと思っていた。

ところがこの男が、近くに人家のない金野駅で降りた。時刻は一八時四八分、すでに日没を過ぎて周囲は暗くなっていた。

――発車しますよ――。

――かまわないですよ。ぼく、この駅に用があるので――。

男との間に、そんなやり取りがあったように記憶している。結局、小木曽は男から切符を受け取り、列車のドアを閉めた。

だが、次の列車まで二時間はある。最寄りの人家まで山道を歩いて数キロは離れているし、車が迎えに来ている様子もなかった。いったいあの男はどこに行くのだろうと思いながら、列車を発車させた。

「金野の駅で、あの時間に見知らぬ乗客が降りるなんていうのは過去に記憶がなかったもんですからね。それで、変だな、と……」

小木曽が腕を組み、首を傾げる。

「男の人相、風体《ふうてい》を覚えてるかね」

下平が訊いた。

「そうですね……。年齢は二十代の後半から四〇歳くらい。身長は私よりだいぶ低くて、どちらかといえば小柄でしたね……。眼鏡を掛けて、リュックを背負っていたように思いますけど……」

「髪は、短かったかね」

「ああ、野球帽のようなものを被ってたので、わからないな……。服装も、あまり覚えていないんですが……」

下平は、今村と顔を見合わせた。服装は覚えていないといいながらも、小木曽はさすがにJRの職員だけあって、記憶がはっきりしていた。

そして小木曽の記憶は、これまでの捜査の結果と一致する部分が多かった。下平は〝現場〟に残っていた短い黒髪から〝犯人《ホシ》〟は二十代から四十代の男。土間に残っていたトレッキングシューズ風の〝足跡《ゲソコン》〟の大きさから身長は一六〇センチ前後と推測していた。

「もう一度、署の方に来て詳しい調書を取らせてもらえるかね」

下平がいった。

「ああ、かまわないですよ。今日の乗務は、他の者に代わってもらったので」

「それじゃあ、どうするかな。我々はもう一度〝現場〟に戻って、署に帰るのは昼近くになると思うから……」

下平が腕の時計を見ようとした時に、ポケットの中で携帯が振動した。電話は、刑事課の滝沢《たきざわ》課長からだった。

「はい、下平です……」

電話に出て、席を外した。

——ああ、欽さんか。そちらの方はどうだい。〝現場〟で何か進展はあったかな——。

滝沢課長独特の嗄《しやが》れた声が聞こえてきた。

「まあ、いろいろと。〝犯人〟の〝足跡〟や遺留品はかなり残ってましたね。いま鑑識が〝指紋《モン》〟を取ってますから、それを照合すれば〝犯人〟も割れるかもしれませんね。それで、何かありましたか」

下平が訊いた。滝沢課長は、用もないのに〝現場〟に出ている部下に電話をしてきたりはしない。

——うん、こちらもちょっとした動きがあってね。実はいま、警視庁の石神井警察署から連絡があったんだ——。

「石神井署……？」

——ああ、そうだ。東京の練馬区の、石神井署だ。それで、先方の情報だと、今回のうちの〝事件《ヤマ》〟の〝犯人〟は、例の竹迫和也じゃないかということなんだがね——。

「竹迫って、誰でしたっけ……」

〝竹迫和也〟と聞いても、下平はまだ事情が理解できなかった。

——ほら、あれだよ。何日か前に東川崎署から逃げた、〝逃走犯〟だよ。最近よくニュースでやってるだろう——。

〝逃走犯〟と聞いて、やっと〝竹迫〟という名前を思い出した。

「でも、なぜ東川崎署じゃなくて、東京の石神井署から連絡があったんです？」

下平が訊いた。

滝沢の説明によると、竹迫には六年ほど前に〝強盗《タタキ》〟の〝前科《マエ》〟があり、その所轄が東京の石神井警察署だったらしい。

「しかし、それでは竹迫が〝犯人〟だという根拠にはならないですよね……」

下平がいった。

——うん、そこなんだよ。先方によると、何でも〝被害者《ガイシャ》〟の小松達巳にも十代の少年に対する性的な暴行や暴行未遂という〝前科〟が数件あって、竹迫もその〝被害者〟の一人だった可能性があるとかでね——。

滝沢課長も、半信半疑のようだった。だが、実際に〝現場〟を見ている下平は、その説明で納得がいった。

あの〝殺人《コロシ》〟は、怨恨だ。下平も、直感的にそう思った。だから部下の前田に、小松達巳の〝前科〟を洗うように指示したばかりだった。

「それで、石神井署の用件は何なんです。ただ、〝犯人〟は竹迫だという情報提供だったんですか」

——いや、それだけじゃないんだ。実はいま、その六年前の〝事件〟の石神井署の〝捜査主任《シュニン》〟がたまたま私用で飯田市に来ているらしいんだよ。それで、もしこちらの事情が許せば、捜査に協力してもいいといってきたんだ——。

竹迫和也の担当が飯田に来ているだと？

下平の頭の中で、考えが目まぐるしく交錯した。

もし〝犯人〟が本当に竹迫和也という逃走犯だとしたら、今回の〝殺人〟を機に〝警察庁《ホンシャ》〟が特別指名手配を取る可能性がある。そうなれば、所轄の飯田署の範疇《はんちゅう》では収まらない。今後はいずれにしても、東川崎署や石神井署との共同、もしくは合同捜査になる可能性が高い。

「それで課長は、どうするつもりですか」

下平が訊いた。

——その件で、署長や副署長を含めて九時から会議がある。欽さんも、それに出られんかな――。

時計を見た。現在、八時五五分……。

「私はいま、天竜峡駅にいます。すぐに、ここを出ます。少し遅れると思いますが、先に会議を始めていてください」

下平は電話を切り、今村と小木曽の元に戻った。

「今村、ちょっと事情が変わった。我々も一度、署の方に戻ろう。詳しくは、車の中で話す。小木曽さんも一緒に来てくれるかな」

駅を出て、パトカーに乗った。サイレンを鳴らし、飯田署に向かった。

17

片倉はタクシーの車内から、東川崎署の阿部にメールを送信した。

〈――報告。

本日未明、長野県の飯田署の管内で起きた殺人事件が、竹迫和也の犯行の可能性あり。

私は現在、飯田署に向かっています――〉

この本文に、先程柳井から送られてきた〝被害者〟の小松達巳の資料を添付した。

直後に、阿部から電話が掛かってきた。

——片倉さん、阿部です。いまメール、拝見しました。この情報、本物なんですか——。

声が、慌てている。

「おそらく、間違いないと思います……」

片倉は、掻い摘んで理由を説明した。

竹迫が、少年時代に性的な虐待を受けていた可能性があること。小松達巳が、その加害者であったとしても不思議ではないこと——。

そして、さらに続けた。

「小松達巳と竹迫和也の接点は、年齢からして母親の美津子でしょう。そうだとすれば竹迫は、飯田に来る前に美津子に連絡を取っているはずです。いま、うちの橋本が、竹迫美津子に当っているはずです」

——わかりました。私も橋本さんに連絡を取って、竹迫美津子に当ってみます。それで、片倉さんはいま、飯田署に向かっているんですね——。

「そうです。実はいま休暇中でして、たまたま旅行で飯田の方に来ていたんです。詳しいことは、会った時にお話ししますが……」

——了解しました。それでは竹迫美津子に確認が取れたら、私も飯田署の方に連絡してそちらに向かいます――。

被疑者逃走という不祥事を出した東川崎署も必死だ。

阿部からの電話を切ると、今度はすぐに柳井から掛かってきた。

「柳井か。どうした。キンギョは何といっている」

――はい、課長の方からは了解を取りました。拳銃の使用許可の方もＯＫです。あとは飯田署の方との交渉次第です。もし先方から合同捜査、もしくは共同捜査の要請が出れば、私もすぐにこちらを発《た》てます――。

「わかった。そうしてくれ。こちらもいま、タクシーで飯田署に向かっている。何か動きがあれば、連絡する」

電話を切り、ひと息ついた。

それにしても、急に慌《あわただ》しくなってきた。いったいこの先、どうなるのか。まったく先行きが読めない……。

「飯田署まで、あとどのくらい掛かりますか」

片倉は、運転手に訊いた。

「そうだら……。もうさっき天竜峡駅は過ぎたから、あと一五分か、二〇分くらいでねえかと思うずら……」

時計を見た。すでに針は九時を回っていた。もし柳井がこちらに向かうとすれば、何時ごろに飯田署に着けるのか……。

だが、こうなったら焦っても仕方ない。

片倉は窓の外を流れる紅葉に染まりはじめた風景に目をやり、息を吐いた。

左手に流れる天竜川の対岸から、パトカーのサイレンが聞こえてきた。

18

森は深く、樹々が行く手を阻んだ。

つい先程まで遠くでパトカーのサイレンが鳴っていたが、いまは何も聞こえない。

周囲では木洩れ日の中を舞う小鳥たちが、平穏な囀《さえず》りを奏でるだけだ。

竹迫和也は、森の中に続く小径を歩いていた。

おそらく、この近くの村人が山仕事や山菜採りのために切り開いた道だろう。人が一人、やっと歩けるほどの道は所々が下生《したば》えに埋もれ、至る所が崩れていたが、ナイフで小枝や下生えを払いながら何とか辿《たど》ることができた。

千代駅を出て山の中に分け入ってから、そろそろ一時間半になろうとしていた。ひとつ小さな山の尾根を越えて、いまはまた下りに差し掛かっていた。

しばらくすると、樹木の間から眼下に集落が見えた。丘陵を開墾した農地の間に、五軒ほどの民家が寄り添う箱庭のような集落だった。

竹迫は森の中から、しばらく集落の様子を窺った。軽自動車が二台ほど見えたが、人の姿はない。警察の手配が回っている様子もなかった。

あの軽自動車のどちらかを奪って逃げようか……。

だが竹迫は、車を運転したことがない。だから〝小父ちゃん〟の車も盗むのを諦めた。

バイクがあったらなぁ……。

ナイフを上着の下のシースに仕舞い、あたりの様子に気を配りながら、村に通じる小径を下りた。途中でまた森に入り、椎茸《しいたけ》の原木が並ぶ暗い場所を抜けると、一軒の民家の裏手に出た。

古い家だが、人の生活の匂いがあった。だが、庭に誰もいない。家の中に人がいるのかどうかもわからない。

竹迫は足音を忍ばせて民家に近付いた。屋根のある納屋があった。中に農作業機具の他に、軽トラックが一台。それに、ミニバイクが一台……。

あった！

竹迫は、ミニバイクに駆け寄った。

古いバイクだった。シリンダーに鍵がささったままになっている。だが、車体が錆《さ》びて埃《ほこり》を被り、タイヤの空気も抜けていた。

このバイクは〝死んで〟いる……。

「何してるずら」

背後の声に振り返ると、作業着を着た小柄な老人が立っていた。竹迫よりも、背が低い。

「あ、すみません。千代駅で降りて歩いていたら、道に迷っちゃって……。山の上から、この家が見えたものですから……」

竹迫はそういって、愛想良く笑った。老人も、笑った。

「そりゃ、えらいこっだだ。そんで、これからどこに行くずら」

「天竜峡に行きたいんですが……」

咄嗟《とっさ》に〝天龍峡〟という地名が口に出た。

特に天竜峡に行こうと思っていたわけではなかったが、飯田から金野まで来る間では天竜峡が一番大きな駅だった。観光地なので、旅館や行楽客も多い。その中に紛れ込めれば食べ物にもありつけるだろうし、うまく逃げられるかもしれない。

「天竜峡だったら、ここを真っ直ぐ行って、道にぶつかったら左へ行くずら。そんでまたしばらく行くと県道にぶつかっから、それをまた左ずら……」

老人は、竹迫のことをまったく疑っていない。つまり、このあたりにはまだ警察の手配が回っていないということだ。

「ありがとうございます。行ってみます」

竹迫は、礼儀正しく頭を下げた。この手の老人を騙すのは、簡単だ。

「ああ、気ぃ付けてな。それより、急いでねぇなら家に寄ってお茶でもどうかね。うちで採れた甘い柿もあるずら」

柿と聞いて、腹がぐうと鳴った。そういえば今日は、朝から何も食っていなかった。

「いいんですか……」

竹迫が、人懐っこい表情で笑った。

「ああ、かまわんにぃ。婆《ばあ》さんに茶でも淹れさせっから。天竜峡なら用があっから、後で車で送ってってやるらぁ……」

老人が母屋に向かって歩き出した。竹迫も、その後についていった。

細く曲がった老人の背が、目の前にあった。上着の中に隠したナイフの柄を握った。

殺せるなら、殺せ……。

いや、やめた。この爺《じい》さんを殺しても、意味はない。そんなことをしたら新しい上着がまた血で汚れるし、せっかくの柿が食えなくなる。

縁側に座って、お茶と柿が出てくるのを待った。

秋の日差しがぽかぽかと暖かくて、とても幸せな気分だった。

19

市街地に入って少し道が渋滞したために、思ったより時間が掛かった。

飯田署に着いた時には、すでに九時半を回っていた。

「いろいろと行き先を変えて、すみませんでした」

片倉は礼をいって、タクシーの料金を支払った。

「何のなんの。私も警察に協力するなんて初めてのこったで、冥土《めいど》の土産になったずら」

運転手から釣りと領収書、名刺を受け取り、タクシーを降りた。

ロータリーから飯田署の建物に入ろうとした時、携帯が鳴った。石神井署の橋本徳郎からの電話だった。

「ああ、徳《とく》ちゃんか。どうした、竹迫の母親と連絡は取れたか」

片倉が訊いた。

——いえ、まだです。実は先程から竹迫美津子に電話を入れてるんですが、まったく連絡がつかないんですよ——。

まったく連絡がつかない……。

「電話が切れているということか？」

――そうじゃないんです。携帯も、固定電話の方も呼び出し音は鳴ってるんですが、誰も出ないんです――。

嫌な予感がした。

「東川崎署の阿部さんからは何かいってきたか」

――はい、先程、電話をもらいました。阿部さんの方でも竹迫美津子に連絡を取ってるようですが、やはり応答はないそうです――。

「わかった。もし電話に出ないようなら、三島署に協力を依頼して美津子の住居を調べてもらったらどうだ」

――わかりました。すぐに、やってみます――。

電話を切り、建物に入った。

受付の前に、刑事課の〝刑事《デカ》〟然とした男が二人、立っていた。歩み寄ると、そのうちの一人が声を掛けてきた。

「もしかして、石神井署の片倉さんではないですか」

やはり、餅は餅屋だ。先方も、片倉が〝刑事〟であることがひと目でわかったらしい。

「そうです。片倉です。そちらは……」

片倉が訊く。

「今回の〝事件〟を担当している、下平といいます。ご苦労様です」

「同じく担当の前田です」

二人が差し出す手を、交互に握った。

「それで、どうなりましたか。捜査協力の件は……」

三人で歩きながら、話した。

「いま、会議中です。おそらく、正式にお願いすることになると思います。その前に、見てもらいたいものがあるんですが、よろしいですか……」

下平と前田に案内され、エレベーターで建物の三階に上がった。リノリウムの床の長い廊下を歩き、〝映像解析室〟と書かれたドアを開けた。

モニターの前に、映像技師らしき男が一人。片倉を含めた三人も、モニターを囲むように椅子に座った。

「実は昨夜、飯田線の車掌が〝現場〟の最寄りの金野の駅で降りた不審な男を目撃しとりましてね。片倉さん、金野は知っとりますか」

下平がいった。

「はい、知ってます。飯田線の無人駅、いわゆる秘境駅のひとつですね」

片倉が昨日、飯田線で通ったこと。今朝もタクシーで訪ねたことを話すと、下平と前田が少し驚いたような顔をした。

「それならば、話が早い。実はその男が降りる時に車掌に手渡した切符から、昨日の一八時一六分の飯田発、普通豊橋行きに乗っとったことがわかりましてね……」

その不審な男は始発の飯田駅から、金野までの三二〇円の切符を持っていた。

「その切符から、指紋は出ましたか」

片倉が訊く。だが、下平は首を横に振った。

「残念ながら。そこで飯田駅に何台か設置してある防犯カメラの映像を調べてみたんですが、その不審者らしき男が映ってましてね……。ところが我々は竹迫本人に会ったことがないので、写真と見比べても本人かどうか判断できんのですよ……」

当然だろう。これまでの情報でも、竹迫は東川崎署を脱走以来、再三にわたって服を着替えて変装を繰り返している。

「わかりました。私が見てみましょう」

「助かります。池田《いけだ》君、ちょっと映像を流してみてくれないか」

池田と呼ばれた映像技師が機器を操作し、モニターの画像が動き出した。

最初は、駅の改札の映像だった。

誰もいない改札を上から映した画面の正面から、男が入ってくる。キャップを被り、リュックのようなものを背負っている。眼鏡かサングラスを掛けているが、画像が不鮮明なために顔つきや表情まではわからない。

男は改札機に切符を入れ、出てきたものを取り、画面の外へと消えていく。

「片倉さん、どうですか。この男なんですが……」

下平が訊いた。

「もう一度、見せてもらえますか……」映像が巻き戻され、再生される。「一瞬、ですね。竹迫に似ているような気もしますが、これだけでは何ともいえないなぁ……」

正直、竹迫をよく知る片倉にも本人とは断定できなかった。

「それならば、こちらの映像はどうです。駅のホームのカメラなんですが……」

技師が機器を操作し、別の映像を再生した。モニターに、駅のホームの画像が映し出される。照明が明るいからか、先程の映像よりもこちらの方が解像度が高い。

最初に画面の右から、若い女性が二人、歩いてくる。その後ろから、年配の女性が一人。三人が画面の左手に消えた数秒後、右手から先程の男が入ってきた。

今度は斜め横からの映像なので、歩き方や姿勢がよくわかった。少し前屈《まえかが》みになって尻を突き出し、内股気味で歩幅の小さい独特の歩き方は、竹迫の特徴と一致する。

男はカメラに気付いたのか、途中で一瞬立ち止まり、こちらを見上げた。確かに眼鏡を掛けていたが、その表情は片倉の記憶にある竹迫和也そのものだった。そして男はまた歩き出し、画面の左側にフレームアウトして消えた。

「すみません、もう一度……」

「池田君、もう一回やってくれ」

画面が巻き戻され、再生された。間違いない。奴だ……。

「これは、竹迫和也ですね。間違いありません」

片倉は、確信をもって断言した。

「前田、署長と副署長に報告してくれ」

「わかりました。伝えてきます」

若い前田という刑事が、部屋を出ていった。

「これで、決定的ずら……」

下平が、溜息をつくようにいった。

数分後――。

今回の〝事件〟の捜査本部長、矢部勘次《やべかんじ》飯田警察署長より、石神井警察署と東川崎警察署に正式な捜査協力の要請が出た。

これを受けて片倉は改めて〝事件〟の捜査に加わると共に、石神井署で待機していた柳井淳が東京を発った。

この時、午前九時四五分――。

20

静岡県三島警察署地域課の石井正男《いしいまさお》巡査長は、通常の巡回勤務中だった。

パトロールカーの運転を〃相勤《アイキン》〃の遠藤《えんどう》巡査にまかせ、助手席から市内の様子や周囲の車の運転に気を配る。

時折、一時停止違反ぎりぎりの車などを見つけてサイレンを鳴らすかどうか迷うことはあったが、三島市東町《ひがしちょう》から東本町《ひがしほんちょう》、三島田町《みしまたまち》にかけての巡回地域は大旨、平穏だった。

三島田町に出て、北田町《きたたまち》の交差点から折り返した時に、本部から無線連絡が入った。

〈——巡回連絡……一七二号……。東本町二丁目……〇〇〇番地……。コーポ松本《まつもと》……二〇三号……竹迫美津子方……〃現状確認《ゲンニン》〃……願います……。繰り返す……巡回連絡……一七二号——〉

また、あの女か……。

石井は連絡を受け、すぐに応答した。

「こちら巡回一七二号連……現在北田町付近……〃現場〃に向かいます……」

無線を切り、遠藤巡査に告げた。

「東本町二丁目のコーポ松本に行ってくれ。例の、竹迫美津子の部屋だ」

「サイレンは、どうしますか」

遠藤が訊いた。

「いらんだろう。どうせ、ここから数分の距離だ」

石井は、竹迫美津子という女のことをよく知っていた。以前、巡回連絡票を書く書かないで揉《も》めたことがあったし、市内のパチンコ屋での磁石を使った〝仕事《ゴト》〟や、スーパーの万引きで通報されたこともある。

連絡を受けてからおよそ一〇分後に、住宅地の奥まった所にあるコーポ松本の前に〝現着〟した。

昭和五十年代に建てられた古いアパートで、いまは六部屋の内の二部屋にしか人が入っていない。建物の南側に鬱葱《うつそう》とした竹藪《たけやぶ》があり、建物全体が昼間でも薄暗い。

「さて、行くか……」

パトカーを路地に駐め、石井は遠藤と二人でアパートに向かった。錆びた鉄の外階段を上る。竹迫美津子は、二階の一番奥に住んでいる。

二〇三号室の前に立ち、旧式の呼び鈴を押した。部屋の小窓に、明かりが見える。室内から呼び鈴の音が聞こえてくるのだが、誰も出てこない。

「留守なのかな……」

「部屋の明かりはついてるんですけれどね……」

石井は、安っぽいデコラ張りのドアをノックして声を掛けた。

「竹迫さん、いらっしゃいますか……。三島警察です。巡回に参りました……。竹迫さん、いませんか……」

だが、やはり応答はない。

試しに、ドアノブを回してみた。鍵が、掛かっていなかった。

「開いてるな……」

「それじゃあやはり、いるんですかね……」

石井はドアを少し開け、室内を覗き込んで声を掛けた。

「竹迫さん、いないんですか……」

その時、異様な臭いを嗅いだ。警察官ならば誰でも知っている臭いだった。

石井は遠藤に眴せを送り、ドアを開けて室内に入った。

「竹迫さん……何かありましたか……。上がらせてもらいますよ……」

ハンカチを出して口と鼻を被《おお》い、靴を脱いだ。最初の部屋は、台所のある居間だった。奥にもうひとつ部屋があり、襖が少し開いている。そこから敷いてある蒲団と、南側の窓が見えた。

「竹迫さん、だいじょうぶですか……」

居間を横切り、奥の部屋に向かった。襖の前に立ち、後ろの遠藤に合図した。

「開けますよ……」

声を掛けて、襖を開けた。

六畳間に蒲団がふた組、敷かれていた。その上に、南側の窓から竹藪越しの淡い陽光が差し込んでいる。どこから入ったのか、光の中に無数のギンバエが飛んでいた。

手前の蒲団は空だが、奥には誰かが寝ていた。掛け蒲団が盛り上がり、枕の上に赤っぽい色で染めた白髪の頭が見えていた。

「竹迫美津子さんかい……」

石井がそういって、掛け蒲団を捲った。

蒲団の下から目を見開き、どす黒く変色した女の顔が、現れた。口の中からは、紫色の舌がはみ出ていた。腐敗が始まり、人相が変わっていたが、おそらく竹迫美津子だろう。

蒲団を胸まで捲った。ちょうど心臓のあたりを中心にして、大小三本の包丁が柄《つか》まで突き刺さっていた。胸から体の周囲の敷蒲団にかけて、まるでタールでもぶちまけたような大きな血溜《ちだ》まりができていた。

死体に、ギンバエが集《たか》ってきた。酷い臭いだった。この様子だと、死後二日近くは経っているだろう。

「車に戻って、署に連絡を入れよう」

石井が、溜息をついた。

21

午前一〇時——。

飯田警察署に正式に『旧野守村男性殺害事件特別共同捜査本部』が設置された。

捜査本部長は矢部勘次飯田警察署長、捜査主任に滝沢信彦《のぶひこ》刑事課長、副主任に〝現場〟に最初に入った下平欽一郎警部補。あえて〝共同〟の二文字が入ったのは、この時点ですでに神奈川県の東川崎警察署、東京の石神井警察署との〝共同捜査〟となることが決定していたからだった。

捜査本部の設置と同時に、飯田警察署内において第一回捜査会議が招集された。片倉も当然、この会議に出席した。

最初に今回の〝事件〟の説明に立ったのは、〝現場〟を検証している下平警部補だった。

〝被害者〟は小松達巳、男性、七一歳。十代の少年に対する性的な暴行などで前科二犯。ここまではすでに片倉も知っているとおりだった。

検視による暫定的な死亡推定時刻は、昨夜二一時から二三時。死因は左肩の肩甲骨下から心臓に達する、刺傷による外傷性ショックと推定。凶器は刃渡り一五センチほどの両刃のハンティングナイフのようなものと思われるが、〝現場〟では発見されていない。

遺体は、囲炉裏端に突っ伏すように倒れていた。右手が火の中に入り、手首から先が炭化していたことから、ほぼ即死だったことが窺える。

奇妙なのは〝犯人〟と思われる男が、囲炉裏の反対側に蒲団を敷き、遺体と同じ部屋で一夜を明かしたと思われることだ。これは、通常では考えられない異常な行動だ。

犯人が小松宅を出たのは、蒲団の中に残っていた温もりから今朝の五時か六時ごろだと思われる。遺体の第一発見者が小松宅に入ったのは午前六時二五分ごろなので、その三〇分から一時間半前までは〝犯人〟が〝現場〟にいたことになる。

〝犯人〟が一夜を明かした蒲団の中からは、長さ一三ミリから一五ミリほどの黒い頭髪が数本、発見された。さらに室内には、血糊《ちのり》の付着した男物、Sサイズのアウトドア用の上着が脱ぎ捨てられていた。このことから〝犯人〟は二十代から四十代ほどの若い男であると推定される。

この〝犯人〟らしき男は、昨夜、飯田線の車掌によって目撃されていた。男は飯田駅から豊橋行き普通列車に乗り、一八時四八分ごろ、〝現場〟の旧野守村最寄りの金野駅で下車したことが確認されている。

またこの男は昨夕、飯田駅構内の防犯カメラにも姿が映っており、石神井警察署の片倉康孝警部補によって、一〇月一五日に東川崎署から逃走した竹迫和也、男、三一歳と確認された。

なお、竹迫和也の身体的特徴は――。

片倉は下平の説明に耳を傾けながら、一方で竹迫の行動について思索していた。

今回の〝事件〟で最も驚いたのは、竹迫が自分が殺した〝被害者〟の遺体と一夜を同じ部屋で過ごしたということだ。しかも殺された小松達巳と竹迫とは、過去に母親の美津子を介してよく知った関係だった可能性がある。

人間の死、もしくは死体を怖れない――畏怖を感じない――ということも、〝捕食者〟型の犯罪者の特徴なのだろうか。だが、例の元FBIプロファイラー、ジョー・ナヴァロのチェックリストの中には、そのような項目はなかった。

逆に〝被害者〟の小松達巳という男の方にも、ナヴァロのチェックリストの中にいくつかあてはまる項目がある。

●レイプ、強盗、凶器による暴行の経歴がある。

●小児性的虐待の経歴がある。または小児との性的関係を空想する。

●小児に対する性的嗜向《しこう》がある。

以上は、正に小松達巳の特徴そのものだ。つまり今回の旧野守村の〝事件〟の図式は、若い〝捕食者〟が老いた〝捕食者〟を食い殺し、復讐を果したということになるだろう。

だとすれば竹迫にとって、小松の死体は、単なる勝利の証《あかし》——トロフィー——にすぎなかったのか……。

いずれにしても、いま竹迫和也はこの飯田市の山中を逃げている。昨日、片倉が飯田線の中で想像した〝最悪の事態〟が、現実に起きているのだ。

下平が今後の捜査方針に関して、説明を続ける。

「……これまでにはっきりしていることは、竹迫和也の動向は今日になってまだ一度も確認されていないことです。金野駅七時〇〇分発の始発豊橋方面、同六時四八分発の始発飯田方面並びに千代駅を発着した列車を含め、竹迫が飯田線に乗った形跡はありません。また、すでに〝現場〟周辺の県道、並びに村道等の主要道路で〝緊急配備《キンパイ》〟が始まっています。おそらく〝犯人〟は、いまもその網に囲まれた山中に潜んでいると思われます。さらに今後は捜索範囲を絞り込み、周辺の集落への巡回警備を強化する予定です。ここまでで、何か質問は……」

「下平君、ちょっといいかね」

刑事課長の滝沢が小さく挙手をした。

「何でしょう」

下平が応じる。

「手元の資料だと犯行の動機は〝怨恨〟になっているが、その理由が書いてないね」

「ああ、その件ですか。〝被害者〟は〝犯人〟を家に上げて一緒に酒を飲んで食事をしていること、また背後からかなり強い力で心臓を刺し貫いていることなどから〝怨恨〟と判断しました」

竹迫と小松は、一緒に酒を飲んでいた……。

片倉は下平と滝沢のやり取りに耳を傾けながら、竹迫と小松が囲炉裏を挟んで酒を酌《く》み交《か》わす光景を想像した。二人の間に、どのような会話があったのか。二人の邂逅《かいこう》は、お互いに過去を悔やみ、来るべき惨状を覚悟したものだったのか——。

滝沢と下平のやり取りは続く。

「〝怨恨〟のもうひとつの根拠は、竹迫の母親と〝被害者〟の関係だろう」

「そういうことになります」

「しかし、竹迫和也を含めた三人の関係は現在のところ確認されてはいないわけだろう」

下平が助け船を求めるように片倉を見た。

「石神井警察署刑事課の片倉です。その件については、私の方から補足させていただきます……。

私は六年前、管轄内で起きた竹迫和也による一連の〝事件〟を〝捜査主任〟として担当した関係で、この男のことをよく知っています。その時の印象から今回、飯田駅のカメラに映っていた男を〝竹迫〟と特定させていただいたわけですが、もうひとつ。実は当時、竹迫の取り調べの中でいくつか気付いたことがありまして……」

片倉は、さらに説明した。

竹迫が、いわゆる〝捕食者〟タイプの犯罪者の特質を備えていること。さらにその原因が、少年期に母親を含め複数の人間に虐待を受けていたことにあると本人がほのめかしていたこと。そして竹迫の過去に女性関係がまったく浮かんでこなかったこと——。

「そこで私は、竹迫は少年時代に同性の大人から性的な虐待を受けていたのではないかと考えたわけです。それで、〝被害者〟の過去を部下に洗わせてみたところ、十代の少年に対する暴行と暴行未遂という二件の〝前科〟が引っ掛かってきました」

「うん、それはおたくの署の柳井さんという方から報告を受けていますがね……」滝沢が首を傾げる。「ただ、竹迫が本当に小松から虐待を受けていたかどうかは、現時点では確認が取れていないわけだからねぇ……」

問題は、そこだ。実際に小松達巳の二件の〝前科〟の被害者は、竹迫和也ではなく別の人間だった。

「それについては、いま部下が静岡県の三島に住む竹迫和也の母親に、確認を取っています。おそらく母親の竹迫美津子は、今回の〝事件〟で殺害された小松達巳という男と、過去に夫婦もしくは愛人関係にあった可能性が高いと見ています……」

片倉が話している途中で、飯田署の捜査員の一人が呟《つぶや》いた。

「東京の刑事さんは、さすがに大胆な読みをするずら……」

同時に、周囲からかすかな失笑が洩れた。

確かに現時点では多少、飛躍した推理かもしれない。竹迫をまったく知らない者からすれば、根拠のない暴論とも思うだろう。だが逆に、竹迫の母親と小松との関係が確認されれば、今回の〝事件〟が怨恨の線であったことがほぼ決定的になる。

「片倉さん、もうひとついいですか」

捜査本部長の矢部が挙手をした。

「何でしょうか」

片倉が応じる。

「そもそも片倉さんは、なぜ飯田にいらしたんですか。たまたまだったのか。もしくは、竹迫という男の犯行を予見していたということなのか……」

そうだ。それをまだ、説明していなかった。

だが、説得力のある説明は、難しい……。

「たまたまといえばそれまでですが、ある意味では予見の延長線上に、今回の〝事件〟が起きたともいえるのかもしれません。曖昧ないい方で申し訳ありませんが……」

片倉はさらに、説明を続けた。

自分は、休暇を利用して竹迫和也の生家を訪ねてみようと思った。生家は、愛知県の豊川町、豊川稲荷の近くにあった。そこから飯田線に乗り、昨日から天龍峡温泉に泊まっていたところに、今回の〝事件〟が起きた。つまり、予見していたわけではないが、単なる偶然であったともいえない……。

説明を終えても、矢部をはじめ捜査会議の全員が半信半疑という風だった。当然だろう。片倉自身が、今回の一連の出来事に納得できていないのだから……。

「それで、竹迫の生家を訪ねてみて、何か収穫がありましたか」

矢部が訊いた。

「ひとつ、気になることがありました。平成一一年の暮れに、竹迫の祖母の竹迫吉江が何者かに殺された〝強盗殺人《ゴウサツ》〟が起きてるんです。当時、竹迫は一二歳で、静岡県の沼津市に住んでたんですが……」

その時、ポケットの中で携帯が振動した。石神井署の橋本からの電話だった。

「失礼、署から電話です。ちょっと、話してきます」

片倉は一度、会議室を出て、電話を繋いだ。

「何かわかったか……」

――はい、たったいま、三島署の方から竹迫の母親の消息について、報告がありました。竹迫美津子は、死んでいたそうです――。

「死んでいたというのは、どういうことなんだ。まさか……」

──何者かに、刺殺されていました。胸に数本、包丁が刺さったまま蒲団の中で発見されました。死後、二日ほど経っているようです──。

竹迫美津子が、殺されていた……。

「他に、わかったことは」

──いま〝現場〟に三島署の鑑識が入って、遺留品や〝指紋《モン》〟の採取をやっているそうです。もし〝指紋〟が竹迫のものと一致すれば、飯田署の〝事件〟との関連も康さんの読みどおりになりそうですね──。

「わかった。三島署の方に、竹迫美津子の部屋から小松達巳に関するものが出ないかどうか、調べるように伝えてくれ。手紙でも年賀状でも、何でもいい……」

片倉は電話を切り、捜査会議の席に戻った。そして、全員に告げた。

「竹迫の母親の美津子は、殺されていました……」

一瞬、会議室全体が、凍り付くように静まり返った。

しばらくして、下平が訊いた。

「殺ったのはやはり、竹迫和也ということでしょうか……」

「まだ、わかりません。いま三島署の方で捜査に入りましたので、結果が出れば飯田署の方にも報告があるかと思います。しかし竹迫美津子の死因は、小松と同じ刺殺でした。さらに遺体は、死後二日ほど経っていたそうです。もし竹迫が飯田に来る前日に母親の家に寄ってきたのだとしたら、時系列も矛盾はしません……」

片倉は言葉を選びながら、あえて断定せずに、慎重に説明した。

だが、竹迫美津子を殺したのは、間違いなく息子の竹迫和也だろう。他の可能性は、有り得ない。奴は、小松だけでなく、母親にも復讐を果たしたのだ。

それにしても、実の母親までなぜ……。

この時、時計の針は一〇時二〇分を指した。

22

縁側に座って待っていたら、〝婆ちゃん〟が柿を剝いて持ってきてくれた。

〝爺ちゃん〟と二人でお茶を飲み、柿を食った。本当に、甘くて、とても美味しい柿だった。

そういえば豊川の家に住んでいた時にも、うちの〝祖母ちゃん〟がよく柿を剝いてくれたっけ。

でも、その〝祖母ちゃん〟もとっくの昔に死んじゃったけれど……。

「あんた、どっから来たずら」

〝爺ちゃん〟がタバコに火をつけ、おっとりと訊いた。

「東京から来ました……」

〝爺ちゃん〟がタバコの箱を差し出したので、竹迫も一本もらって火をつけた。久し振りにタバコを吸ったら、頭がくらくらとして少しむせた。

「旅してるだぁ？」

〝爺ちゃん〟がタバコの煙を、秋の空に向かってぽっ……と吐いた。

「ええ、ローカル線に乗るのが好きなんです。今回は飯田線に乗って、秘境駅を巡ってみようと思って……」

「秘境駅って、金野とか千代とかけ」

「そうです。千代で降りて写真を撮ってたら、電車が行っちゃって。次の下り電車まで一時間半以上あったんで天竜峡まで歩こうと思ったら、山の中で道に迷っちゃって……」

「そうかね。それでこんなとこ、歩いてただずら……」

「はい、今夜は天龍峡温泉に泊まろうと思ってるんですが……」

吐き出すタバコの煙と一緒に、嘘がすらすらと出てきた。

今日は、調子がいい。昨日、〝小父ちゃん〟を殺したからかもしれない。

柿は、とても美味しかった。なくなると〝婆ちゃん〟がまた柿を剥いて持ってきて、お茶を淹れてくれた。

太陽が眩《まぶ》しくて、秋風が気持ちいい。こんな幸せな気分は、何年振りだろう。

「さて、そろそろ天竜峡まで送ってってやるらぁ」

〝爺ちゃん〟がそういってタバコを消した。

「すみません。助かります……」

竹迫が、傍らに置いたリュックを引き寄せた。

だが、その時だった。

突然、集落の消防団のサイレンが鳴った。そのサイレンが鳴り終わると、拡声器で町内放送が始まった。

――町内の……皆様に……お知らせいたします……。

本日……未明……近くの……旧……野守村において……殺人事件が……発生……しました……。

警察によりますと……犯人は……未だ……逃走中と……みられ……この付近に……潜んでいる……可能性も……ありますので……十分に……注意してください……。また……怪しい者を……見掛けた場合には……すみやかに……消防団に報告するか……一一〇番通報するよう……お願いします……。

繰り返します……。本日……未明……近くの……旧……野守村において――。

竹迫は放送を聞きながら、〝爺ちゃん〟と顔を見合わせて笑った。

〝爺ちゃん〟も、最初は笑っていた。だが、そのうちに、〝爺ちゃん〟の顔が強張《こわば》りはじめた。

「あんた……」

〝爺ちゃん〟がいった。

「何だい」

竹迫は笑いながら、首を傾げた。

「あんた、まさか……」

〝爺ちゃん〟の顔から、笑いが消えた。

「〝爺ちゃん〟、どうかしたの？」

徐に〝爺ちゃん〟が立った。縁側から家に上がり、竹迫を見ながら部屋の奥にいった。

茶簞笥《ちゃだんす》の上にある古い電話機の受話器を取り、震える手で番号を押しはじめた。

「〝爺ちゃん〟、だめだよぉ……」

竹迫が靴のまま部屋に上がった。

顔は、笑っていた。上着の下からバックのナイフを抜き、〝爺ちゃん〟に歩み寄った。

「うわあぁぁ……」

〝爺ちゃん〟が受話器を放り出し、ころげるように逃げた。

竹迫は、それを追った。

「電話なんかしたら、だめだよぉ……」

ナイフを頭上に掲げ、振り下ろした。

「ぎゃあぁぁぁ……」

ナイフを避けようとした〝爺ちゃん〟の手に当り、指が何本か飛んだ。

「〝爺ちゃん〟が悪いんだよぉ」

もう一度、ナイフを振った。刃が〝爺ちゃん〟の頭に刺さり、血が噴き出した。それでも〝爺ちゃん〟は、這《は》いつくばって逃げた。

「痛《いて》ぇら……。痛ぇら……」

「逃げんなよぉ」

竹迫はさらに、〝爺ちゃん〟を追った。

背中に飛び乗って、刺した。もう一度、刺した。

〝爺ちゃん〟が口から血を吐き、体が痙攣して、やっと動きが止まった。

気が付くと、そこに〝婆ちゃん〟が立っていた。

〝婆ちゃん〟は、血だらけの〝爺ちゃん〟に馬乗りになっている竹迫を見て、腰を抜かして座り込んだ。

「ひやぁぁ……。勘弁してくだせぇ……。勘弁してくだせぇ……」

竹迫は〝爺ちゃん〟の背中からナイフを抜き、〝婆ちゃん〟の前に立った。

「〝婆ちゃん〟……。そうじゃねぇんだよ。違うんだよ……」

ナイフを持つ手が、かすかに震えていた。

「お願《ねげ》ぇずら……。勘弁してくだせぇ……。殺さんでくだせぇ……」

〝婆ちゃん〟が頭の上で手を合わせ、命ごいをした。

「〝婆ちゃん〟、心配せんでいいよ……。違うから……。おれ、〝婆ちゃん〟のこと、殺したりせんから……」

竹迫は、その場に立ち尽くして動けなかった。

「お願ぇずら……。殺さんでくだせぇ……」

「〝婆ちゃん〟……ごめんよぉ……。もう、殺したりせんから……」

竹迫は、いつの間にか涙を流して泣いていた。

涙と一緒に、ナイフから血が滴《したた》り落ちた。

涙が溢れ出て、いつまでも止まらなかった。

第三章　山狩り

1

犬が啼《な》いていた。

もう長いこと、啼き続けている。

何かの気配に興奮したのか、唸《うな》るように吠《ほ》え立てる声が山間の集落に響き渡っていた。

「こら、リク、吠えるのやめれ。静かにするずら」

飼い主の久保田弥太郎《くぼたやたろう》は、庭に出て犬をなだめた。だが、リクと呼ばれた雄犬は、いくらなだめても啼き止まない。鎖を引きちぎらんばかりに、山に向かって吠え続けている。

猟用犬として、甲斐犬《かいけん》とビーグルを掛け合わせた犬だ。普段は大人しいが、近くに獲物がいたり、血の臭いを嗅ぐと興奮が収まらなくなることがある。

「どうした、リク。どこかに鹿か猪《いの》でもいるだか……」

その時、久保田はつい先程、消防団の町内放送を聞いたことを思い出した。今朝、近くの旧野守村で殺人事件が起き、まだその犯人がこのあたりを逃げている。

まさか……。

「リク、ちょっと待ってろや」

久保田は道具小屋に走り、山刀《さんとう》を持ち出してきた。長い山刀の杉材の鞘《さや》を腰に吊るし、リクの首輪に引き綱を付けて鎖を外した。

「よしリク、行け！」

リクが、脇目も振らずに走り出した。

久保田は、強い力で引かれながら、その後を追った。

「待て、リク……。おらぁ、そんなに速く走れんずら……」

だが、リクは止まらない。毎日の散歩の時のように周囲の匂いを嗅ぐこともなく、農道を山に向かっていく。

途中から、いつもの散歩コースから外れて右に折れた。この先は、久保田の伯父《おじ》の家があるだけで、行き止まりになっている。やはり、何かがある。

リクは、迷うことなく伯父の宮田喜一《みやたきいち》の家に入っていった。庭を横切り、母屋の前まで来ると、そこでまた家の中に向かって吠えた。

「ここで待ってろ」

久保田は廂《ひさし》の柱にリクの引き綱を繋ぐと、縁側から家の中を覗いた。台所の出口の壁に、伯母《おば》のキミエがもたれ掛かるように座り込んでいた。

「伯母ちゃん、どうしたずら……」

何か、様子が変だ。久保田がサンダルを脱いで家に上がろうとすると、キミエが震える手を上げて部屋の奥を指さした。座卓の裏の暗がりに、伯父の喜一が俯《うつぶ》せに倒れていた。

「お……伯父ちゃん……」

久保田は、伯父に駆け寄った。

薄くなった頭が、鉈《なた》でやられたようにざっくりと割れていた。背中にも何カ所か刺し傷のようなものがあり、あたり一面、血の海だった。壁にも、血飛沫が飛んでいる。

死んでいることは、確かめるまでもなかった。

「伯母ちゃんは、だいじょうぶだ……」

久保田は、あたりに気を配りながらキミエに歩み寄った。腰の山刀の柄を握る手が、震えていた。リクが、吠え続けている。

「誰が、やったずら……」

久保田が訊くと、キミエは意味不明の声を発しながら首を横に振った。

目は虚《うつ》ろだが、意識はしっかりしていた。腰が抜けて立てないが、どこにも怪我はしていないようだった。

「知ってる奴か……」

キミエが、首を横に振った。

「知らない男か……」

キミエが首を縦に大きく振り、頷いた。

やはり、そうか……。

「ちょっと待ってな。いま、一一〇番するずら……」

久保田は伯父の死体の脇を通り、電話の受話器を取った。血溜まりを踏んでしまったのか、足の裏に不快な感触が広がった。

「くそ……」

久保田は震える手で、靴下を脱ぎ捨てた。

指先の血をズボンで拭い、一一〇番を押した。

2

飯田警察署は、蜂の巣を突いたような状態だった。

刑事課にはひっきりなしに電話が鳴り響き、怒号が飛び交っていた。その間を、慌しく人が走り回っている。

刑事課の外、生活安全課や交通課からも騒ぎが伝わってくる。その間隙《かんげき》を縫って、パトカーがけたたましくサイレンを鳴らしながら次々と走り出ていく。

その間に、新しい情報が次々と舞い込んできた。旧野守村の〝現場《ゲンジョウ》〟で採取された〝指紋《モン》〟数点が竹迫和也のものと一致。これで竹迫が〝犯人《ホシ》〟であることが確定した。

片倉は一人だけ騒ぎから取り残されたように、刑事課の応接スペースの古いソファーに座り、様子を見守っていた。

時計を見た。午前一〇時四五分――。

間もなく飯田警察署、消防署、各地域の消防団共同の〝山狩り〟が始まる。午後になれば、県警の応援も入る。だが、この不慣れな土地でたった一人では、動きようがない。

片倉がぼんやりとコーヒーを飲んでいると、そこに下平と前田がやってきた。

「我々も間もなく〝山狩り〟に出ます。片倉さんは、どうしますか」

下平が訊いた。

「もしよろしければ、私も同行させてもらえますか」

片倉はコーヒーを飲み干し、ソファーから立った。

柳井と橋本がここに着くのは、まだだいぶ先だろう。それならば、一人でここで待つよりも、〝現場〟に出ていた方がいい。

「それじゃあ、行きましょう。我々は、まずこれから旧野守村の〝殺人《コロシ》〟の〝現場〟に向かいます。一緒に来てください」

下平と前田の後に続き、刑事課の部屋を出た。廊下を早足で歩き、階段を下りる。外に待たせてあったパトカーに乗り込んだところに、制服の警官が追ってきた。

「下平警部補、緊急です」

警官が、窓のガラスを叩いた。

「どうした。何があった」

下平が、窓を開けた。

「たったいま一一〇番通報が入りました。千代の〝宮田の集落〟で、また〝殺人〟があったようです……」

パトカーの中で片倉と下平、前田の三人が顔を見合わせた。

「詳しい場所は？」

「ここです……」

下平が制服の警官からメモを受け取った。それを運転席の警官に渡した。

「片倉さん、事情が変わった。我々も、新しい〝現場〟に急行しましょう」

パトカーがサイレンを鳴らし、走り出した。

第三の〝殺人事件〟は、飯田線の千代駅の東、約二キロの集落で起きた。

つい一時間ほど前に、片倉がタクシーに乗って通ったあたりだった。地番は飯田市千代になっているが、周辺に〝宮田〟という名字が多いことから〝宮田の集落〟と呼ばれている。

〝現場〟の家は小高い里山に囲まれた五軒ほどの民家が肩を寄せ合う集落の、山際の一番奥にあった。すでに制服の警官二人が小型パトカーで〝現着〟していた。

〝被害者《ガイシャ》〟はこの集落の長老の宮田喜一、八二歳。大型の刃物で頭部や背中を滅多刺しにされ、すでに心肺停止が確認されていた。

「目撃者は？」

下平が、先に現着していた制服の警官に訊いた。朝方に、千代駅で見掛けた警官だった。

「キミエという八〇歳になる妻が犯行を見ていたようですが、ついいましがた救急車で搬送されました……」

「怪我は、ひどいのか」

「いえ、怪我はしていません。ただ、犯行を目撃したショックで軽い脳梗塞でも起こしたようで、何も話せない状態でした。妻もかなり高齢ですので、まあ仕方ないとは思いますが……」

片倉は遺体を検分しながら、下平と警官の二人の会話に耳を傾けていた。

縁側には食べかけの柿が載った皿が一枚と、茶碗が二つ置いたままになっている。竹迫は老人と柿を食べている時に突然、襲ったのか。もしくは夫婦でお茶を飲んでいる所を、襲ったのか。

それにしてもなぜ八二歳の夫の方をあれだけ滅多刺しにしておきながら、八〇歳の妻の方には危害を加えなかったのか——。

「あそこに座っている男は」

下平が警官に訊いた。

「ああ、一一〇番通報した男です。〝被害者〟の甥《おい》で、久保田弥太郎と名告ってますが、いま確認中です。大きな山刀を所持していたので、一応聴取したのですが……」

「山刀だって。見せてみろ」

警官がパトカーの中から山刀を持ってきて、下平に見せた。杉の鞘に入った、かなり大振りの山刀だった。

下平が手袋をはめ、山刀を鞘から抜いた。刃渡りは、三〇センチ近くある。だが、血糊は付いていない。

片倉は遺体から離れ、下平に歩み寄った。

「これは、〝凶器〟ではありませんか……」

下平が、首を傾げる。

「違うと思いますね……。この山刀は片刃だけど、二つの遺体の傷は両刃の大型ナイフによるものですからね……」

確かに、そうだ。それにこの山刀はよく研《と》がれていて、最近使った形跡はない。血のりも付いていない。

「とりあえず、話を訊いてみますか……」

片倉と下平が歩いていくと、奥の居間のソファーから男が立った。

「久保田さんだね」

下平が警察手帳を見せた。

「そうです……」

男が不安そうに、頭を下げた。

「まあ、座って」

「はい……。でも、おれは殺ってないですよ……」

男が不安そうに下平と片倉の顔を交互に見て、またソファーに腰を下ろした。年齢は五〇を過ぎているだろうか。体格が良く、実直そうな男だ。

「もちろん、あんたが殺ったんじゃないことはわかってるさ。あの山刀も、凶器じゃないしね」

下平がいうと、男の表情にやっと安堵《あんど》の色が浮かんだ。

「タバコ、いいかね……」

男がポケットからタバコを出し、火をつけた。

「何があって、何を見たのか。最初から順を追って話してもらえんかね」

下平もタバコに火をつけ、男の前に座った。

「うん、最初は、犬が吠えたずら……」

久保田という男の話は、一応の筋が通っていた。

異変に気付いたのは、猟犬として飼っているリクという雑種の犬が吠えたからだった。その三〇分ほど前に町内放送を聞いて、近くで殺人事件が起きたことは知っていたので、犬を連れて見回りに出た。

犬に連れられて、伯父の宮田喜一の家までやってきた。家に着いた時にはすでに伯父は死んでいて、伯母はショックでまともに話もできない状態だった。それで一一〇番通報し、救急車も呼んだ。

「山刀を持ち出したのは、もし犯人に出くわしたらおっ怖《かな》いと思ったからずら……」

男がそういって、タバコの煙を吐き出した。

「その、伯母のキミエさんの方は、何かいってなかっただか。犯人は、どんな奴だったかとか、何かを見たとか……」

下平が訊く。

「さてなぁ……。腰が抜けて、何も話せん状態だったずら……。でも、〝知らない男か〟

と訊いたら、そうだと頷いてたから……。だったら、このあたりの奴じゃないと思うずら……」

片倉は黙って二人のやり取りを聞いていた。縁側にある茶碗から〝指紋〟を取れば、二つの内のどちらかが竹迫のものと一致する可能性はある。

片倉が訊いた。

「ところで、久保田さんをここに連れてきたリクという犬は、どこにいるんですか」

「ああ、リクかね。あんまり吠えるんで放ってやったら、山の方に走っていっちまったずら……」

片倉は、家の外に出た。

庭に立って耳を澄ますと、遠くの山から犬が吠え立てる声が聞こえてきた。

3

竹迫和也は、山へ逃げた。

深い森を掻き分け、急な斜面を上った。

返り血を浴びて、全身が血だらけだった。息が切れて、足が上がらない。それでもただひたすらに、逃げ続けた。

背後から、犬の吠える声が聞こえる。その吠え声が、どんどん迫ってくる。どうやら自分は、犬に追われているらしい。

警察犬だろうか。もし警察犬なら、まずい。万事休すだ……。

だが、犬の声は一匹だけのように聞こえる。それなら、野犬か猟犬かもしれない。一匹なら、何とかなる。

竹迫は、上着の中からバックのナイフを抜いた。刃に、血糊がべっとりと付いていた。立ち止まり、背後を振り返った。声は聞こえるが、犬の姿は見えない。ナイフを右手に握ったまま、また急な斜面を上った。

どこで待ち伏せてやろうか……。

竹迫は、手頃な場所を物色しながら進んだ。しばらくすると、山の斜面にしがみつくように立つ老木があった。幹が途中でふた手に分かれ、枝の一本が斜めに張り出している。

ここがいい……。

竹迫は周囲を確かめ、幹に飛びついて木に登った。子供のころから、木登りは得意だった。幹の分岐点まで上がると、まるで猿のように張り出した太い枝の方に進み、その上に跨がって座った。

眺めがいい。周囲の樹木の梢の間から、遠くの山々や眼下の集落が見渡せた。

ついさっき、柿を食べた家も見えた。庭と道路にパトカーが二台、駐まっている。やはり、もうあの〝爺ちゃん〟の死体は見つかっちゃったらしい。

そういえば〝母ちゃん〟の死体はどうなったのかな。まだ見つかってなければ、そろそろ腐りはじめているころだ。

考え事をしているうちに、犬の吠え声が大きくなってきた。そして竹迫が上がってきた斜面の下生えががさがさと動き、黒っぽい犬がひょっこり顔を出した。犬は竹迫が登っている木に走り寄ると、上に向かって跳ね上がりながら吠えた。

何だ、こんなに小さな犬だったのか。それに、耳が垂れていて間抜けそうな顔をしている。

「おい、そんなに吠えるなよ。おれは、犬が好きなんだ。殺したくないんだよ……」

それでも犬は、吠えるのを止めない。木の幹に前肢《まえあし》を掛けて立ち上がり、吠え立てる。

そのうちに竹迫は、猟犬に木の上に追い立てられた獲物のような気分になってきた。

「お前、本当に殺すぞ……」

ここで、のんびりしているわけにはいかない。そのうちにこの犬の吠え声を追って、警察がやってくる。

殺せるなら、殺せ……。

竹迫は、ナイフを下に向けて両手で握った。このまま犬の上に飛び降りてやろうか。

でも、やっぱり、犬を殺すのは嫌だ……。

子供のころに、犬を飼っていたことがある。ペスという名の、白くて小さな犬だった。散歩をさせるのは、竹迫の役目だった。だが、それが面倒で、ペスを殺して隠してしまった。

あの時は、本当に嫌な気分だった。だからもう、犬は殺したくない。

「おい、あっちに行けよ。おれが殺したの、お前の飼い主だったわけじゃないだろう。なぜ、おれに吠えるんだよ……」

あの家で、犬は飼っていなかった。匂いもしなかったし、犬小屋も見なかった。

その時、竹迫は、あることに気が付いた。

もしかして、これか……。

竹迫は、自分が着ている血まみれの上着の臭いを嗅いだ。もしかしたらこの犬は、血の臭いに興奮して自分を追ってきたのかもしれない。

「そんなに欲しければ、やるよ……」

竹迫はナイフを鞘に仕舞い、太い枝の上に跨がったまま血まみれの上着を脱いだ。

「ほら……」

上着を投げると、思ったとおり犬はそれに飛びついた。

噛み付き、唸りながら首を振って引き摺り回した。そのうちに上着を銜《くわ》えたまま、来た方向に意気揚々と走り去った。

やっぱり、上着が欲しかったのか……。

竹迫は笑いながら、犬を見送った。完全に犬の姿が見えなくなってから、周囲の様子を窺い、木の上から飛び降りた。

さて、どちらに逃げようか。

決まっている。〝警察〟のいない方だ。

竹迫は自分が襲った集落とは逆の方角に、山の中を疾った。

4

午前一一時――。

飯田警察署『旧野守村男性殺害事件特別共同捜査本部』主導による〝山狩り〟が、飯田市千代の山間部を中心に一斉に開始された。

動員数は飯田署員が各部署から計六二名、飯田消防署より四五名、飯田市千代の消防団、青年団から七一名の計一七八名。午後には県警から約七〇名の応援も入る予定なので、最終的にはおよそ二五〇人態勢となる。

それでも、これだけ広大な山間部の〝山狩り〟を行なうには、あまりにも人手が少ない。竹迫が千代の宮田の集落で〝第三の殺人〟を起こしたためにある程度は地点を絞り込めるようになったが、それでも〝山狩り〟の範囲は北が天龍峡地区、東が県道一号線、南が金野地区、西が下瀬地区を中心に天竜川の流域にまで及んだ。その間にはいくつかの集落や飯田線の施設があるが、大半が人の通う道もない森と里山だ。

片倉は警察官としての長年の経験から、〝山狩り〟の難しさを知っている。

例えば行動半径の小さい子供や老人を捜索する場合には、もっと小さな範囲に絞り込んだとしてもなかなか発見できない。まして相手が大人の若い犯罪者で、追手の目を欺《あざむ》いて逃走しようとしている場合には、二五〇人態勢の包囲網を突破することはそう難しくはないだろう。

もし警察側に優位な要素があるとすれば、少なくとも現時点で、竹迫和也をこの山間部に追い込んだという事実だけだ。あとは、どちらに運があるのか。それ次第だ。

〝山狩り〟は県道一号線に面した下村《しもむら》公民館が集合場所に指定され、そこが出発地点となった。まず捜査本部長の矢部署長から動員された参加者に挨拶があり、捜査主任の滝沢刑事課長が概要を説明。全員に昼食の弁当が配られ、それぞれの持ち場へと散っていった。

片倉はその間、下平や前田、後から駆けつけた飯田署の鑑識員らと共に、宮田の集落の〝殺人《コロシ》事件〟の現場検証に立ち会っていた。当然のことながら、竹迫の足取りが最後に確認されたこの宮田の集落が、今回の〝山狩り〟の最重点配備地区となる。動員数およそ二五〇名の内、その五分の一に及ぶ五〇名がここに投入される予定になっていた。

午前一一時一五分――。

その第一陣、飯田署員と飯田消防署員を主力としたおよそ三〇名が宮田の〝現場〟に到着した。この後、昼過ぎには警察犬を連れた県警の捜索隊二〇名が応援に入る予定になっている。

「県警と犬は、もう少し早く出動できんのかな……。のんびりしてると、〝犯人〟に逃げられちまうよ……」

下平が腕時計を見ながら、苛立《いらだ》たし気にいった。

「犬を待つことはないだろう。とりあえずこれだけの人数が集まったんだから、警察隊と消防隊の混合で五つくらいの班に分けて、裏山に入ったらどうかね……」

第一陣と共に〝現場〟に到着した滝沢課長が、裏山を見上げながらいった。

片倉としては、滝沢の意見に賛成だった。

ここに集まっている飯田署員のほとんどが拳銃を携帯しているし、山を案内する地元の消防団や青年団の団員も集まっている。

「片倉さんは、どう思いますか。これまでの竹迫の行動パターンからして……」

下平に、意見を求められた。

「あの男は、行動パターンが読みにくいんです。常に行動しながら、一貫性がない。しかもその範囲が広い。時間が経てば経つほど、こちらが不利になる。私は、犬を待たずに

〝山狩り〟を始めるべきだと思います……」

もちろん多くの人間が山に入った後では、警察犬も竹迫の臭いを追いにくくなる。だが、それ以上に、あの男をこれ以上、野放しにしておくのは危険だ。

犯行後、竹迫が山に逃げてから間もなく一時間になろうとしている。これ以上待てば、竹迫を本当に取り逃がしてしまう。

「よし、〝山〟に入るか……」

下平が、そういった時だった。裏山から、一匹の黒っぽい犬が駆け下りてきた。口に、何か布のようなものを銜え、引き摺っている。

「あれは、リクだ……」

縁側に座っていた久保田が立ち上がり、犬に駆け寄った。犬は尾を振りながら、その腕の中に飛び込んだ。

久保田が犬の口から、銜えているものを取った。汚れた上着のようなものだった。

片倉は、下平や前田と共に久保田の許《もと》へ走った。汚れてはいるが、まだ真新しい男物の山用の上着だった。べっとりと、血糊が付いている。

「これは……竹迫のものかな……」

下平が、上着を手に取った。

「おそらく、そうでしょう。昨日、防犯カメラに映っていたものとは違うようですが、大きさは竹迫のサイズですね」

男物としては、かなり小さい。襟のタグには〝S〟と入っている。

「すると、この血は……」

「竹迫のものですかね……」

前田がいった。

「いや、見たところ、返り血を浴びたようになっているから、〝被害者〟の血だと思いますが……」

片倉は、竹迫が犬にやられるような男だとは思えなかった。

犬と対峙《たいじ》したとしても騙すか、もしくは殺すか。いずれにしても、うまく切り抜けるだろう。

「だとしたら、この上着は……」

下平が首を傾げる。

「犬を追い払うために、竹迫が脱ぎ捨てたのではないかと思いますが……」

竹迫ならば、そのくらいの知恵は回るだろう。学歴は小学校もまともに出ていないが、ＩＱは一五〇以上ある。

「そうすると、竹迫はいま上着を着ていないわけか……」

「それに、もしこの犬が竹迫と遭遇したのだとしたら……。うまくやれば、竹迫を追えるかもしれませんね……」

片倉がいうと、下平と前田が頷いた。

三人が、犬を撫でる久保田を見た。

「リクなら、その犯人を追うかもしれねぇずら」

それで、決まった。

午前一一時二五分——。

猟犬リクを連れた久保田を案内にして、第一陣の中から警察と消防の精鋭一五人が、宮田の集落の裏山に入った。

5

柳井淳は、同僚の橋本徳郎と共にサイレンを鳴らしたパトカーで東京の立川飛行センターに向かっていた。

東京の石神井署から長野県の飯田署までは、遠い。高速道路を車で移動すれば四時間は掛かるし、新幹線や在来線を乗り継げばさらに到着は遅くなる。そんな時間はない。

だが、東京の立川飛行センターから飯田市までは、直線距離で約一二〇キロしか離れていない。それならばヘリで移動した方が遥《はる》かに効率的だ。

警視庁航空隊が運用する七人乗りの小型機、ユーロコプター社のＥＣ１３５Ｔ２＋は、最高巡航速度時速二五四キロメートル、航続距離六三五キロメートル。実際には立川飛行センターから飯田署まで、安全な航路を取っても四〇分ほどで行きつけることになる。

パトカーが立川飛行センターに着くと、すでに東川崎署の阿部と望月の二人も先着していた。

「遅くなりました」

柳井と橋本が右手を出すと、阿部と望月がそれを握った。

「いや、我々もいま着いたばかりです。それよりも、〝警視庁《ホンテン》〟の方でヘリを手配していただいて助かりました。我々も、どうやって飯田に向かうか思案していたところです」

「とにかく、ヘリに乗りましょう」

すでにヘリポートではＥＣ１３５Ｔ２＋〝はやぶさ2号〟が飛行準備を終え、エンジンの暖機に入っていた。四人が拳銃や衣類の入った荷物を積み込み、シートに座った。

「それでは、長野県の飯田署までお願いします」

操縦席のパイロットが振り返って頷き、エンジンの回転数を上げる。

直後、〝はやぶさ2号〟は轟音と共に空に舞い上がった。

この時、一一時三〇分——。

6

山間の集落の上空に、ヘリの爆音が響き渡った。

片倉は、秋空を見上げた。県警のヘリが二機。他に地元のテレビ局や地元紙の社名が入ったヘリもいた。

すでに〝山狩り〟も予定どおり配備を終え、各地で捜索隊が行動を開始したという報告が入ってきた。一方、片倉がいる第二の〝事件《ヤマ》〟の〝現場〟では、坦々と検証が進んでいた。鑑識が入り、庭や部屋の畳の上に残っていた〝足跡《ゲソコン》〟が旧野守村の〝現場〟のものと一致。これで〝指紋〟の照合を待つことなく、この〝事件〟の〝犯人〟も竹迫和也であることがほぼ確定的となった。

「ところで片倉さんは、この後どうしますか」下平がいった。「私は午後の記者会見に出ねばならんので、ここを他の捜査員と鑑識にまかせて一旦署の方に引き上げますが……」

この〝現場〟にいても、片倉にはさし当りやることはない。

確かに竹迫の足取りはこの〝現場〟で途絶えているが、いくら犬と人に追われたとしても奴がまたここに舞い戻ることもないだろう。もし〝確保〟したという知らせが入れば、その地点に向かえばいい。

「私も、飯田署の方に同行させてください。東京からこちらに向かっている同僚を待たなくてはならないので……」

「そうしましょう。この〝事件〟は、長引くような気がします。我々も、準備を整えて出直すことにします……」

パトカーに乗った。ドアを閉め、ひと息ついたところで片倉の携帯に電話が掛かってきた。柳井からだった。

「ちょっと失礼……」

電話に出た。

「片倉だ。何かあったのか」

――はい、いま橋本さんと飯田署に着きました。東川崎署の阿部さんと望月さんも一緒です――。

片倉は、時計を見た。

「いま飯田署に着いたって……まだ昼を過ぎたばかりじゃないか。いったい、どんな魔法を使ったんだ」

――〝警視庁《ホンテン》〟に掛け合ってヘリを手配して、立川飛行センターから飛んできました。四〇分で着きました――。

そうか、その手があったか。さすがは、柳井だ。

「わかった。我々もこれから飯田署に戻る。話は、着いてからだ」

電話を切った。

「東京からですか」

下平が訊いた。

「はい……いえ、同僚からです。いま、ヘリで飯田署に着いたそうです」

下平と前田が顔を見合わせた。


飯田署に戻ると、柳井と橋本、それに東川崎署の二人が刑事課の応接室で待っていた。

「長旅、ご苦労さん。疲れてないか」

片倉がいうと、柳井と橋本が笑った。

「康さん、長旅といってもヘリでたった四〇分ですよ。疲れるどころか、むしろ快適でした」

「それで、拳銃は」

「荷物の中に入ってます。旅行用の私服では何かと不便でしょうから、康さんの防護服と刑事課の上着も持ってきました。後で渡します」

「すまんな。助かるよ」

さすがに柳井は、細かい所まで気が利く。

下平と前田に、四人を紹介した。その後で、三島署と連絡を取り合っていた橋本が、これまでの経過を説明した。

「三島市の〝事件〟では、いまも現場検証が続いています。まず〝被害者〟の竹迫美津子の死亡推定時刻は、一昨日の午後五時から八時くらい。死後およそ一日半から二日といったところのようです。これまでに凶器の包丁に付いていたものも含めて、〝現場〟に残っていた〝指紋〟のいくつかが竹迫のものと一致しています。まあ、母親を殺ったのも竹迫と断定していいようですね……」

三島の〝現場〟にも、〝指紋〟が残っていた——。

なぜ竹迫は、自分の犯行を隠そうとしないのか。あれだけのＩＱなら、〝現場〟の〝指紋〟を消そうとするくらい頭が回りそうなものだが。

「美津子と、小松達巳の関係についてはどうだ。何か出てきたか」

片倉が訊いた。

「はい、そちらの方も出てきました。美津子の部屋に、小松達巳から来た年賀状が何枚かあったそうです。最も新しい物は今年の一月の消印で、住所は飯田市の金野になっていたようです……」

橋本はその年賀状の写真を、タブレットの画面に拡大した。その住所の部分を、下平に見せた。

「間違いないですな。これは小松が殺害された〝現場〟の住所と同じです……」

これで、竹迫と小松との関係もほぼ明らかになった。やはり片倉が考えていたとおり、竹迫は母親の美津子から小松の住所を訊き出し、復讐を果たしたのだ。

「他にもうひとつ。三島の〝現場〟に奇妙な点がありましてね……」

橋本がいった。

「奇妙とは、どんなことだ」

片倉が訊く。

「はい。〝被害者〟の遺体が寝ていた蒲団の横に、もうひと組、別の蒲団が敷いてあったそうなんです。六畳の部屋なんですが、竹迫は母親の美津子を殺した後、そこで一晩、添い寝したのではないかと……」

片倉は下平と顔を見合わせた。旧野守村の、小松の〝事件〟と同じだ。竹迫はあの〝現場〟でも、小松の遺体と一晩、同じ部屋で過ごしている……。

「柳井、実はもうひとつ、頼みがあるんだが……」

片倉が、柳井にいった。

「はい、何でしょう」

「ここに来る時に豊川の竹迫の生家の跡に寄ってきたんだが、そこで興味深い話を聞き込んだんだ。確か平成一一年の一二月だったか、竹迫の祖母の吉江が何者かに殺された〝事件〟があってね。いわゆる〝強盗殺人《ゴウサツ》〟だったようだが、現在のところは〝犯人〟を特定できずに〝迷宮《オミヤ》〟になっているはずだ……」

「竹迫の祖母も、殺された……」

柳井と橋本が、顔を見合わせた。

「うん、私らも今日、その話を聞いて驚いているんですが……」

下平がいった。

「一応、過去のニュースを検索してそのような〝事件〟があったことは確認したんだが、詳細がわからない。所轄の豊川署に連絡を取って、少し調べてもらえないかな。特に吉江の死因は何だったのか。もし凶器が使われたなら、その種類。そして当時、孫の竹迫和也は一二歳だったはずだが、捜査線上に名前が浮かんだのかどうか……」

「わかりました。やってみます」

「ちょっと待ってください」下平が間に入った。「その件でしたら、いま捜査本部を置いているうちの署から問い合わせた方が早いかもしれない。豊川署とは、これまでにもいろいろと付き合いがありましたから。おい前田、やってみてくれ」

「了解しました。平成一一年の一二月ですね」

前田が小さく敬礼して、走り去った。

「さて、我々はどうするか……」

「とりあえず着替えて、いつでも出られるように準備しておきましょう」

刑事課の応接室を借りて、柳井と橋本が持ち込んだ荷物を開いた。下平が記者会見に出ている間に、着替えをすます。

片倉はまず私服の上着を脱ぎ、防護服と呼ばれる厚手のベストを身に着けた。本来は防弾ベストとして使われるが、刃物による攻撃も防ぐことができる。

次に、腰用の拳銃サック（ヒップホルスター）をベルトに通した。長さを調節し、緩みを取る。ホルスターに入っているのは、もちろん片倉が使い馴れたニューナンブM60、七七ミリ銃身の三八口径だ。

最後に、背中に〈――POLICE・石神井警察――〉とロゴが入った青いキルティングのコートを着込んだ。片倉はこのコートをほとんど着たことはないが、他の所轄との共同捜査の場合には便利だ。

柳井と橋本、東川崎署の二人も支度をすませた。やはり、防護服を着て拳銃を持つと気が引き締まる。

そこに、飯田署の前田が戻ってきた。

「お待たせしました。竹迫の祖母が殺された〝事件〟の詳細がわかりました」

「すみません。それで、どうでしたか」

「はい……」前田が手にしていたタブレットを開いた。「〝事件〟の概要はやはり〝強盗殺人〟ですが、死因は刃物による出血性ショック死、つまり刺殺ですね。凶器は吉江の家にあった包丁だったようです……」

やはり、〝刺殺〟か――。

「それで、竹迫和也は……」

「竹迫が捜査線上に上がったという記録は、まったく存在しませんね。他に有力な容疑者がいて、その男がシロだとわかってから、捜査は行き詰まったようです。ただ、異常だったのは〝被害者〟が背中や腹など十数カ所を刺されていたとかで、その意味では〝怨恨〟、〝犯人〟は親族の誰かではないかという意見も出ていたようです……」

だが、吉江の死因が〝刺殺〟だったとわかっただけでも大きな収穫だ。

過去の例を見ても、連続大量殺人犯は同一の殺害方法を取る傾向がある。

竹迫和也のこれまでの三件の〝殺人《コロシ》〟は、すべて刺殺だった。だとしたら祖母の吉江を殺害したのも、竹迫和也の可能性が高いということだ。

7

豊橋駅を一〇時八分に発車した〝特急ワイドビュー伊那路1号〟は、すでにだいぶ前から天竜川に沿って走っていた。

智子は、車窓に織り成す風景に見とれた。幾多の橋梁を渡る時に見かけた輝く渓谷や、まだ淡い紅葉に彩られた山々、そしていま目の前を流れる天竜川の雄大な流れを見ていると、人生とは何なのだろうなどと柄にもないことを考えたくなってくる。

最初は、ローカル線の旅に興味などなかった。なぜそんな旅が面白いのだろうと思っていた。だが、少し前に別れた、元夫の片倉と只見《ただみ》線に乗る機会があってから、考え方が変わった。

ローカル線の一人旅は、今回が初めてだった。一人の方が、誰に気兼ねすることなく風景に見とれることができる。そして深く、長く、様々なことを考える時間がある。

列車が山の陰に入った時に、車窓のガラスに片倉の顔が浮かんだ。

あの人、いまごろどうしているんだろう。私がこうして天竜峡に向かう列車に乗っていることも知らずに、呑気にお昼ご飯でも食べているのかしら……。

智子が異変に気付いたのは、天竜峡のひとつ前、列車が温田駅を発車してしばらく経ったころだった。通過駅の金野を通った時に、駅のホームに制服の警察官や消防団風の男たちが何人も立っていた。

何かあったのかしら……。

警察官は、途中の線路脇の森の中や、次の千代駅のホームにも立っていた。何があったのかわからないが、この長閑な風景に似つかわしくない物々しい警戒だった。

飯田線の沿線は途中で携帯が圏外になる場所が多かったので、この日、智子はニュースをまったく見ていなかった。金野や千代の秘境駅に近い山中で、何が起きていたかなど、知る由《よし》もない。いまさらながら調べてみようかと思ったが、車掌のアナウンスは、列車が間もなく天竜峡駅に着くことを告げていた。

智子は荷物を持って、席を立った。

一二時二四分――。

〝特急ワイドビュー伊那路1号〟は、予定どおり天竜峡駅に着いた。他の行楽客十数人と一緒に、列車を降りる。ホームを歩き、いかにも観光地らしい駅舎から改札を出た。

天竜峡駅のホームや改札にも、何人かの制服の警察官が立っていた。だが、それ以外は特に変わったこともなく、平穏だった。

駅を出ると目の前に土産物屋や蕎麦屋《そば》が軒《のき》を連ねる小さな商店街があり、道を渡った所に観光案内所が見えた。その小ぢんまりとした観光地の街に、いま列車から降りた旅行客たちが、それぞれ思いおもいに散っていった。

時刻は、まだ早い。午後三時に宿にチェックインするとしても、二時間半は時間を潰さなくてはならない。

列車の中で駅弁を食べたので、おなかは減っていない。駅の前の広場に出て、目の前に流れる天竜川を眺めると、眼下に川下りの舟着場が見えた。

あの船に乗ろうか。それとも、片倉に電話してみようか。

いや、止めた。あの人を宿で待ち伏せして、驚かしてあげないと。

それよりも、せっかくここまで来たのだから、このあたりを散歩でもして、名勝天龍峡を自分の目で見てみよう。

智子は姑射橋で天竜川を渡ると、道を逸れて、天龍峡の断崖へと至る秘境の森へと入っていった。

8

竹迫和也は、山の中で迷っていた。

ついさっき、〝爺ちゃん〟に天竜峡の方向を教わったのに、いまは自分がどこにいるのかわからなくなった。

深い自然林の葉に被われて、空も周囲の風景も見えない。時折、梢の隙に顔を出す太陽も、時刻が正午に近いためかほとんど真上にある。自分が東西南北のどちらに向かっているのか、方角もわからない。

竹迫は歩きながら、昔のことを思い出していた。

自分はまだ、子供だった。小学校には行っていなかったが、一〇歳になるかならないかだったろう。いまと同じように、たった一人で、山の森の中を歩いていた。

まだ明け方に近い時間で、森は薄暗かった。竹迫は暗い森を歩きながら、泣いていた。

寒くて、怖くて、涙が止まらなかった。

暗い森が怖かったわけじゃなかった。竹迫は、追われていた。〝小父ちゃん〟に見つかって、あの野守の家に連れ戻されるのが怖かったのだ。

でも、結局、〝小父ちゃん〟に見つかった。殴られて、縛られて、野守の家に連れ戻された。そしてまた、〝小父ちゃん〟に尻の穴を姦られた。

あの時だったか、その前に逃げた時だったか。罰として〝小父ちゃん〟に背中に彫られたのが野守虫の入れ墨だった。あの時、泣き叫ぶ竹迫を俯せにして両手を押さえていたのは、〝母ちゃん〟だった。

でも、〝母ちゃん〟も〝小父ちゃん〟も死んだ。おれが、殺してやった。だからこうして森の中を歩いていても、いまはちっとも怖くなんかない。

でも、あのころ、〝母ちゃん〟と〝小父ちゃん〟は何でこんな山奥に住んでいたんだろう。まるで、隠れるように。

パチンコで借金でもあったのか。その借金が元で、ヤクザにでも追われていたのか。

〝小父ちゃん〟と〝母ちゃん〟に、お金がないことは確かだった。二人はいつもお金のことで喧嘩《けんか》していたし、家には食べる物も満足になかった。

しばらくしてまた沼津に引っ越したが、家は小さなぼろアパートだった。給食代がもったいないという理由で、竹迫は小学校にもまともに通わせてもらえなかった。

だから竹迫は、〝母ちゃん〟と〝小父ちゃん〟に万引きをやらされた。鍵が掛かっていない家を見つけると、空き巣もやらされた。子供ならば見つかっても、謝れば許してもらえるからだといわれていた。

そして、あの時も……。

竹迫は、〝小父ちゃん〟に教わった。

盗めるなら、盗め——。

騙せるなら、騙せ——。

姦れるなら、姦れ——。

逃げられるなら、逃げろ——。

殺せるなら、殺せ——。

だからこれまで〝小父ちゃん〟に教わったとおりに生きていた。

唐突に、〝祖母ちゃん〟の顔が頭に浮かんだ。

優しかった、〝祖母ちゃん〟の顔……。

だが〝祖母ちゃん〟は、血の涙を流しながら泣いていた。

竹迫は、〝祖母ちゃん〟の顔を打ち消した。ぼくが悪いんじゃない。〝小父ちゃん〟と

〝母ちゃん〟に、いわれたとおりにやっただけだった……。

　上空には、何機ものヘリコプターが飛んでいた。竹迫を捜しているのか、時折、頭上のすぐ近くを掠めていく。

　遠くから、犬の声も聞こえてくる。さっきの、あの犬だろうか。いや、今度は一匹じゃない。たくさんの、犬の声だ。

　自分はいま、追われている。あの子供の時のように。

　だが、今度は捕まるわけにはいかない。捕まって、死刑になる前に、まだやらなくちゃならないことがある。

　逃げられるなら、逃げろ……。

　斜面を上り、尾根を越えた。見上げると、すぐ近くに、ヘリコプターが見えた。身を隠し、ヘリが飛び去るのを待って、斜面をころがるように暗い渓へと下った。

　渓には、沢が流れていた。

　ありがたかった。竹迫は沢の水で手や顔、ナイフについた血を洗い流した。そして、水を飲んだ。

　水は冷たくて、美味しかった。森の中では小鳥たちが何事もなかったように囀り、飛び交っている。

　水を飲んだら、少し元気になった気がした。竹迫は立ち上がり、濡れた手をTシャツで拭ってまた歩き出した。

浅い川の、水の中を歩く。岩から岩へと伝いながら、沢を上っていく。

特に理由があってそうしたのではなかった。ただ、何となく、そうしただけだ。いわば、竹迫の本能のようなものだった。

だが、水の中を歩くことにより、自分の匂いと足跡を消した。その結果、追跡する犬を惑わすことになった。

しばらく進むと、沢は大きな岩の段差で阻まれた。これ以上は、上れない。

竹迫は仕方なく、沢を少し戻った。途中で沢から出て、森を少し歩き、また流れを越えて対岸に渡った。こうして竹迫は本能的に、自分の匂いと足跡の迷路を作っていった。

対岸からまた斜面を上がった。次の尾根を越えて渓を下り、また沢を渡った。

山の中には点々と、獣道が続いていた。竹迫は、その獣道を伝った。まるで自分が、ハンターから追われる一頭の獣になったような気分だった。

でも、面白い……。

いくつ目かの尾根に上った時に、眼下に風景が開けた。

山を下りきった所に集落があり、その向こうに道路がある。道路を渡った所にも建物が並び、小高い丘のような森があって、その向こうに街が広がっていた。

少し、大きな街だ。飯田線の線路と、赤い屋根の駅舎、駅のホームが見えた。その向こうには、大きな川が流れている。

きっとあれが、天龍峡の街だろう……。

あの街に行きたい、と思った。きっとあの街に行けば、美味しい物が食べられる。もしかしたら、ラーメンを食べられるかもしれない。

ラーメンのことを考えたら、腹がぐう……と鳴った。自分はもう、何人も人を殺している。どうせ捕まって死刑になるなら、あと何度かビールを飲んでラーメンを食べておきたかった。

いや、もしあの街に行けたらバイクを盗めるかもしれない。バイクさえあれば、遠くに逃げられる……。

だが、天龍峡の街はまだ遠い。あの街に行くためには目の前の集落を突っ切って、その向こうの道路も渡らなくちゃならない。集落や道路には、点々と警察官や消防団員が立っていた。

いいま、こうして見ている間にも、数台のパトカーがサイレンを鳴らしながら道路を走っていった。集落の上空には、警察のヘリコプターが飛んでいる。みんな、自分のことを捜している。

どうしようか……。

だが、考えていても仕方ない。また別の尾根に上って、反対側に下りても同じだろう。

どうせ自分は、囲まれている。

逃げるには、どこかでその網を突破しなくちゃならない。どこだって、同じだ。それなら、近い方がいい。

竹迫は右手にバックのナイフを握り、集落を迂回するように森の中を下った。

盗めるなら、盗め。

騙せるなら、騙せ。

逃げられるなら、逃げろ。

殺せるなら、殺せ……。

9

このような日を〝小春日和〟というのだろう。

朝から地区内で二件の殺人事件があったというのに、皮肉なほど陽光が燦々《さんさん》として、穏やかな昼下がりだった。

地区の消防団に所属する竹田功二郎《たけだこうじろう》は、午前中から〝山狩り〟の警備に駆り出されていた。県道一号線沿いの空地に軽自動車を駐めて、周囲を警戒している。だが、昼飯を食べてこうして軽自動車の運転席に座っていると、暖かくて眠くなってくる。

「暇だな……。そのあたりを見回って、小便をしてくるずら……」

助手席にいた相棒の廣田学《ひろたまなぶ》がドアを開けた。

「気ぃつけてな……」

「だいじょうぶだぁ。向こうに警察や消防もいるし、犯人もこんなとこに出てこないずら」

廣田がそういって、山の方に歩いていった。

確かに右を見れば警察官が二人立っているが、ここから二〇〇メートル近く離れている。左手に見える消防署の三人は、もっと遠いだろう。だが、廣田がいうように、こんな何の変哲もない場所に犯人が出てくるとは思えない。

それにしても、暖かい。車の窓を開けていても、汗ばむほどだった。竹田は我慢しきれなくなって地区の消防団の揃いの半被《はっぴ》を脱ぎ、それを助手席に放った。

運転席を倒して、体を伸ばした。数分も経たないうちに気が遠くなり、鼾《いびき》をかきはじめた。

いつの間にか車の窓の外に、人が立っていた。男は右手にナイフを握り、助手席の窓から車内を覗いた。鼾をかいている竹田の顔を見て、口元がかすかに笑った。

ナイフを持つ右手が、窓から静かに車内に入ってきた。だが、竹田は目を覚まさなかった。

男の右手はナイフと一緒に、助手席の半被を摑んだ。そのまま、音を立てることなく、右手はゆっくりと窓の外に出ていった。

竹田は、鼾をかき続けていた。

窓の外の男は、いつの間にか姿を消した。

10

午後〇時一五分――。

飯田署で行なわれた記者会見が終わった。

この日、飯田市千栄の旧野守の集落と、同千代の宮田の集落において、二件の殺人事件が発生。犯人――竹迫和也――は、現在も千代もしくは金野の山中に潜伏中と思われる。現在、飯田署は県警と飯田消防署、両地区の消防団の協力を得て、周辺の〝山狩り〟を行なっている――。

記者会見が終わると同時に、会見場から新聞各紙やテレビ各局の記者が廊下に溢れ出てきた。後から出てきた捜査本部長の矢部署長や捜査主任の滝沢刑事課長、副主任の下平警部補を取り囲む。

片倉は柳井や橋本、東川崎署の二人と共に、少し離れた場所からその光景を見守っていた。昼のニュースには間に合わなかったが、これで各局の午後のワイドショーは〝竹迫和也〟一色に染まり、大騒ぎになるだろう。

この手の〝事件《ヤマ》〟の場合、情報が広まれば広まるだけ解決が早くなる。飯田署も、マスコミ各社に二カ所の〝現場《ゲンジョウ》〟を含めてできる限り情報を開放する方針だ。

だが片倉は、ひとつ不安があった。捜査本部がマスコミ各社に配布した、竹迫和也の顔写真だ。三週間ほど前、竹迫が東川崎署に〝強盗《タタキ》〟で逮捕された直後、勾留中に撮られたものだ。

竹迫が東川崎署から逃走してから、一貫してこの写真が使われ、メディアに流されている。だが、公共の交通手段を使うなど目立つ行動をしていながら、これまでまったく目撃者の通報が入ってきていない。つまり、メディアで竹迫の写真を見ていながら、誰も本人が目の前にいるのに気付かないのだ。

同じ人間でも、勾留中と自由に行動している時とでは、服装も顔つきも違う。一枚の写真が、かえって捜査を混乱させることにならなければいいのだが……。

「お待たせしました。やっと抜けられました……」

下平が額の汗をハンカチで拭いながら、マスコミの輪を逃れて片倉たちの方に歩いてきた。

「下平さんは、これからどうしますか」

「もちろん〝山狩り〟の〝現場〟に戻ります。問題は片倉さんたちや、東川崎署の方々がどうするかなんですが、実は署の方の車がほとんど出払ってましてね……。私の車に同乗してもらってかまわんのですが、あと二人しか乗れませんので……」

下平がそういって、片倉と東川崎署の二人を交互に見た。

「実は、うちの署から車が二台こちらに向かってはいるんですが、まだだいぶ時間が掛かるようです。その前に私らだけでも、何とか〝現場〟を見ておきたいんですが……」

東川崎署の阿部が、ちょっと困ったような顔をした。

「それならば阿部さんたちが下平さんと同行してください」片倉がいった。「私はすでに〝現場〟の周辺は回っていますので、足は何とかします」

「そうしていただけると助かりますが、だいじょうぶですか」

「ええ、当てはありますので……」

片倉は財布から先程のタクシーの領収書と名刺を出し、携帯で運転手の湯出川に電話を掛けた。

湯出川のタクシーは、電話をしてから五分もしないうちに飯田署の前に着いた。

「ずい分、早かったですね……」

片倉と柳井が後部座席に、橋本が助手席に乗り込む。

「ああ、刑事さんにさっき名刺を渡したんで、またお呼びが掛かるかと思って飯田駅の駐車場で待機してたずら……」

湯出川がそういって、満面に笑みを浮かべた。

「それで我々は、どこに行きますか」

橋本が地図を広げながらいった。

「まずは、飯田線の千代駅の方に行ってみよう。その少し手前に、第二の〝事件〟の〝現場〟がある……」

「了解しました。千代駅だにぃ。そんじゃ、行くずら」

湯出川がいかにも嬉しそうに、タクシーのギアを入れた。

「康さん、何か〝狙い〟でもあるんですか」

タクシーが走り出してすぐに、横に座る柳井が訊いた。

「どうしてだ」

「いや、特に理由があるわけじゃないんですが、康さんは我々三人だけで単独行動が取りたかったのかな、と……」

柳井に、心の中を見透かされたような気がした。片倉自身が、意識してそうしようと思ったわけではないのだが。

「まあ、確かにそうしたかったのかもしれない。飯田署の連中と行動していればいろいろと便利だが、それじゃあ同じものしか見えてこないからな……」

片倉は、竹迫が東川崎署から逃走して以来、警察の捜査全体が翻弄されているように思えてならなかった。このままでは片倉もその大きな流れの中に呑み込まれて、間違った方向にミスリードされてしまう。

だが、別の考え方をすれば、竹迫のことを最もよく知っているのは片倉だ。奴がどのような行動を取るかある程度は予測できるし、どんな変装をしても顔の見分けが付く自信もある。それならば、飯田署とは別行動を取り、原点に立ち返った方が、自分のやるべきことが見えてくる。

「何か、気になることがあるんですね」

また、柳井に心の中を見透かされた。

「実は、そうなんだ……。柳井はこの秋の昇任試験の時に、かなりプロファイリングの勉強をしたといっていたな」

「はい、多少は……」

「それでちょっと訊いてみたかったことがある。ひとつは、竹迫の過去だ。奴は少年時代にあの小松達巳という男に、性的な虐待を受けていた。そして一二歳の時に、自分の手で実の祖母を殺した可能性がある。そういう経験が、いまの竹迫の人格形成の基盤になっているのかどうか……」

「おそらく、そうでしょうね。もちろん少年時代の経験がすべてではないし、その人間が持つ素質によるところも大きいのかもしれませんが……」

「うん、おれもそう思う。それで、訊きたいんだ。今回のことで気になってるのは、竹迫の変化なんだ。六年前、おれの知っている竹迫といまの竹迫では、まるで人格が違うように思える……」

「人格の変化、ですか？」

「うん、そうなんだ……」

片倉と柳井は、小声で話し続ける。前の席では運転手の湯出川が、隣の橋本にこれから向かう千代町について懸命に説明している。こちらの会話は、聞こえない。

片倉が続ける。

「以前の竹迫は、おれが知る限り、それほど〝凶悪〟という印象はなかったんだ。少年時代の実の祖母の件は別として、成人してからは〝強盗《タタキ》〟はやっても無闇に人を殺したりはしなかった。〝被害者《ガイシャ》〟が若い女でも、〝強姦《ツッコミ》〟はやらなかった……」

だが、出所してからの竹迫は大きく変わった。引ったくりをやるにしても、人を傷付けることに躊躇しない。〝強盗〟をやれば、〝被害者〟の若い女性を犯す。

さらに、人を簡単に殺すようになった。実際に竹迫は、〝府刑〟を出てから、自分の母親の美津子とその元愛人の小松を含めてすでに三人も殺している。

「つまり、なぜ竹迫が変わったのか。その理由ですね」

「そうなんだ。竹迫が自分の素質だけで、年齢と共にごく自然に変化したのか。もしくは少年期の体験のように、何か劇的な外部要因があったのか……」

「私は、後者だと思いますね。この六年間に、竹迫に何かが起きた……」

「しかし、この六年間といったって、竹迫はほとんど〝府刑〟に入ってたんだぞ」

「だとすれば、その〝府刑〟で何かがあったということではないでしょうか」

〝府刑〟に収監中に、竹迫の人格に変化を及ぼす何かが起きた。そんなことが、有り得るのだろうか。もしそのようなことがあれば、少なくとも〝府刑〟から東川崎署の方に何らかの報告があってしかるべきだが……。

「何かが起きたとしたら、例えばどんなことだと思う？」

片倉が訊いた。

「わかりません。〝府刑〟に問い合わせてみたらどうでしょう」

「そうだな。しかし、おれが世話になった刑務官は去年、定年になってるんだ。他に、知ってる奴はいないしな……」

歳をとるというのは、寂しいものだ。周囲の現場から一人、また一人と、付き合いのあった者が姿を消していく。

「わかりました。私の知り合いの刑務官が〝府刑〟にいるので、何か心当りがないか訊いてみましょう」

柳井がタブレットを取り出し、その場でメールを打ちはじめた。

タクシーは天龍峡の市街地を抜け、県道一号線を千代駅に向かっていた。サイレンを鳴らしたパトカーや、消防の車が引っ切りなしに走り過ぎていく。

このあたりまで来ると、沿道に立って警戒する警官や消防署員、地区の消防団員の姿を見掛けるようになってきた。どうやらこの県道一号線が、〝山狩り〟の警戒線のひとつになっているようだ。

だが、警備の間隔は一五〇メートルから二〇〇メートル。離れている箇所は、三〇〇メートルはあるだろう。しかも警備の人員は一カ所につき、二人から三人……。

このあたりの地形は平坦な場所が少なく、山と道路、人家の距離が近い。その分、死角も多い。

もし竹迫がこの警戒線を突破しようとすれば、それほど難しくないだろう……。

片倉は嫌な予感を心に閉じ込め、溜息をついた。

11

同じころ――。

警察犬五頭を伴う県警の応援隊二〇名が、すでに捜査本部の前線基地となる下村公民館に到着していた。

ここで応援隊は五班に分かれ、それぞれが〝山狩り〟の重要拠点に散開。各班は犬を中心にして、包囲網の山中へと捜索に入っていた。

だが、犬を使った捜索は、難航した。まず、県警の応援隊に先んじて宮田地区の〝現場〟から山に入った猟犬リクを中心とした捜索隊は、成果のないまま早々と戻ってきていた。リクが鹿の匂いに惑わされ、竹迫をまったく追わなかったのだ。

〝山狩り〟に参加した訓練士の丸山義彦《まるやまよしひこ》は、警察犬ビート号と共に同じ宮田地区の〝現場〟に配備された。ビート号は六歳雄のジャーマンシェパードで、丸山がこれまでに訓練士として扱った警察犬の中でも最も信頼する一頭だった。

丸山はまずビート号に〝犯人〟が寝たと思われる蒲団の切れ端の匂いを嗅がせ、他に警察官五名、道案内の地元の消防団員二名と共に宮田地区の裏山に入った。山には〝犯人《ホシ》〟の匂いの道が、二本付いていた。一本は西の尾根に、もう一本は北西に向かっていた。

一行は西のルートが千代駅の方角に向かっていることから、竹迫が宮田の集落に下ってきた道と判断。もう一本の北西に向かうルート一本に絞り、これを追った。

当初、ビート号は確実に〝犯人〟の匂いを特定し、追跡していた。森の下生えの中には、竹迫が履いていた山用のスニーカーらしき〝足跡《ゲツコン》〟も残っていた。

匂いの道は途中で山の斜面の大木の根本に行き当り、これを一周。ビート号はここで少し迷ったが、さらに北に向かう匂いの道を見つけ、これを追跡した。

だが、山に入って三〇分ほどすると、〝犯人〟の匂いの道は渓に下ったところで途切れていた。沢の中を歩き、少し上流に行ったところでビート号は再び匂いを見つけたが、これも対岸の森の中を一周してまた水の中に消えた。竹迫の痕跡は、ここで完全に追えなくなった。

同じ宮田地区から西に向かうルートを追った警察犬ジェット号の一行も、追跡に苦戦した。

故意なのか、もしくは迷っただけなのか。竹迫の匂いの道は山中を周回し、それを追っていくとまた同じ場所に戻ってしまう。

訓練士の高森《たかもり》は一度ジェット号を匂いの道の迷路から外し、少し離れた場所で竹迫の痕跡を探させた。しばらくするとジェット号は別の匂いを見つけ、これを追った。だが、その道は、飯田線の千代駅に下りてしまった。

千代駅では、旧野守村の〝事件《ヤマ》〟が発覚しておよそ一時間後の午前八時ごろから警察の非常線が張られていた。だが、誰も竹迫らしき男の姿は見ていない。

旧野守村の〝現場〟から〝山狩り〟に入ったラブラドールレトリバーの警察犬ブラッキー号は、訓練士の渡辺《わたなべ》が〝被害者〟の血の臭いを嗅がしたことが良かったのか、比較的順調に〝犯人〟の痕跡を追った。

匂いの道は林道から山中に入り、森の中を迷走していた。何度か沢を渡ったが、途切れることなく続いていた。そしてまた林道に出ると、その後は迷うことなく飯田線の線路の方向に続いていた。

この匂いの道は、やはり千代駅にぶつかり、ジェット号の班と合流することになった。もう一頭、警察犬サクラ号の一行は、金野駅で竹迫の匂いを見つけ、林道伝いに旧野守村の〝現場〟の方角に迫った。これで、前夜からの竹迫の足取りは、一応は繋がったことになる。


下平警部補は、東川崎署の阿部や望月と共に下村公民館の捜査本部の前線基地に詰めていた。捜査の全体を把握するには、ここが最も都合がいい。

会議室の長テーブルに設置された無線機からは、絶え間なく〝現場〟からの交信が流れてくる。下平は炊出しの握り飯を食いながら、その音声に耳を傾ける。

だが、状況は、思わしくない。配備に就いているどの班からも、〝竹迫確保〟の声は聞こえてこない。それどころか〝現場〟の切り札になるはずだった警察犬を活用する班からも、混乱する様子が伝わってくる。

「いま、どんな具合ですか。私らにはこちらの地元の言葉が、うまく聞き取れんのですが……」

東川崎署の阿部が、不安そうにいった。確かに〝現場〟の交信はほとんど地元の方言によるものだし、他県の人間には聞き取りにくいだろう。

「いまのところ、目立った動きはありませんな……」

下平はテーブルの上に国土地理院発行の二万五〇〇〇分の一の千代・千栄地区の地図を広げ、〝現場〟の状況を説明した。

「いま我々がいる下村公民館はここ。飯田線の線路がこのあたりにあって、千代駅と金野駅がここと ここです。そして第一の〝殺人《コロシ》〟の〝現場〟の旧野守村がこのあたりで、第二の〝現場〟の宮田地区がここです。それで我々の非常線は北から東にかけてこの県道一号線、西はこの飯田線天竜川、南は金野から県道に向かう林道に敷いていまして……」

「ずい分と、広い範囲で〝山狩り〟をやってるわけですね……」

「はい。まあこのあたりは道路が少ないですから、どうしても区分けが大きくなりますので……」

下平は〝山狩り〟の範囲を説明しながら、唐突に不安を覚えた。

竹迫は本当に、まだこの非常線の中にいるのだろうか……。

もし非常線を突破されているとしたら、奴はどこに向かうのか。

金野……旧野守村……千代……宮田の集落……。竹迫がこれまで移動してきたルートを辿っていくと、その先にあるのは——。

天龍峡、か……。

もし竹迫が非常線を突破して、天龍峡の市街地に紛れ込んだら大変なことになる。

奴はまた、人を殺すだろう。

12

竹迫和也は、山に囲まれた田んぼの畦道《あぜみち》を歩いていた。

邪魔なリュックは、捨てた。いまは地区の消防団の半被を羽織っている。頭にも、半被の内ポケットに入っていた同じ消防団の帽子を被っている。

この恰好で歩いていても、誰にも疑われない。遠くには、同じ半被を着た男たちも見えた。道路沿いを歩いていた時にはパトカーとすれ違ったが、サイレンを鳴らして走り去っていった。また自分が透明人間になったようで、楽しかった。

竹迫は、すでに警察の非常線を突破していた。いまは、〝山狩り〟が行なわれている警戒網の外を歩いている。自分が下りてきた山の上空を飛び交うヘリコプターも、遠くから聞こえるサイレンの音も、すべて他人事のような気がした。

それよりも、腹が減った。早く街に着いて、ラーメンが食いたい。

あとひとつ、丘を越えたら天龍峡だ……。

間もなく、畦道は行き止まりになった。そこに、朽《く》ちかけた廃屋が一軒、草に埋もれるように建っていた。木戸が壊れて、少し開いていた。

何か、缶詰でも残ってないかな……。

竹迫は半被の中からナイフを抜き、木戸の隙間から中を覗いた。家の中は暗くて、薄気味悪かった。土間や部屋の奥に埃を被った家具やごみが散乱しているが、食べられそうな物は何もなさそうだった。

仕方なく、竹迫は廃屋の裏に回った。朽ちかけた道具小屋があり、その横から森の中に石を積んだ道が続いていた。

竹迫は、道を上った。道は曲がりくねり、ほとんど草や灌木《かんぼく》に埋もれていたが、周囲に石垣があるので、迷う心配はなかった。どうやら昔、ここは段々畑だったらしい。

道は低い山を越えて、その向こうに続いていた。森を抜けるとそこにも段々畑の跡があり、その先に川が流れていた。

竹迫は灌木の茂みに身を隠しながら、あたりの様子を探った。

川の下流に、橋が見えた。橋の上には、パトカーが駐まっている。他に、五人ほどの警察官と、消防団員が立っていた。

天龍峡に行くためには、この川を越えなくてはならない。だが、いくら地区の消防団の半被を着ていても、まさかあの橋を渡るのは無理だろう。

竹迫は、川を見た。川幅はそれほど広くはないが、流れが速い。それに、けっこう深そうだ。歩いて渡るのは無理だし、泳ぐのも嫌だった。

仕方ない。遠回りして、渡れる場所を探そう……。

竹迫は灌木に身を隠しながら、川に沿って上流へと向かった。

腹が減った。ラーメンのことを考えて、腹がぐう……と鳴った。

13

片倉は、千代駅にいた。

駅のホームや周辺では、一〇人近い警察官や消防団員が警備に当っていた。

そこに、ホームの裏山から、警察犬を連れた捜索隊八名が下りてきた。班長の北原《きたはら》という巡査長に訊くと、宮田の集落の〝現場〟から竹迫の匂いを追ってきたら、ここに辿り着いたという。

しばらくすると、駅の入口の林道の方から、別の警察犬を連れた七人の一行が到着した。こちらの班は、旧野守村の小松達巳が殺された〝現場〟から血の臭いを追ってきたとのことだった。

だが、奇妙だった。いったい竹迫は、何時ごろにこの千代駅にいたのか。

警備に当っている飯田署員に確認すると、この千代駅には午前八時には非常線が張られていた。だとすれば竹迫が千代駅にいたのは旧野守村の〝事件〟が発覚する前か、その直後、いずれにしても早朝だったことになる。それなのになぜ、竹迫は飯田線に乗らなかったのか。その時間ならば上り列車も下り列車も何本かあったはずだし、旧野守村の事件が発覚する前ならば飯田線に乗って逃げられたはずだ。

その時、片倉の頭に、嫌な想像が浮かんだ。

自分がこの千代駅に来たのは、今朝の七時四〇分ごろだった。その直後に七時四三分発の上り豊橋行きの普通列車が入ってきて写真を撮ったのだから、間違いない。

もしかして竹迫は、その上り豊橋行きに乗るつもりではなかったのか。その時、片倉が駅のホームにいたために、列車に乗りそこねたのではなかったのか――。

もしその想像が当っているとしたら、竹迫は片倉のすぐ近くに隠れて、こちらの様子を窺っていたのかもしれない。つまり、奴は、片倉がここにいることを知っている――。

「康さん、何を考えているんですか」

隣に立っていた柳井が訊いた。

「いや、少し気に掛かることがあってな。ちょっと待っててくれ……」

片倉は待合所の小屋に向かい、時刻表を調べた。

やはり、そうだ。もし奴が七時半ごろにこの千代駅に着いたのだとしたら、七時三七分発の下り伊那松島行きの普通列車に乗ったはずだ。逆に七時四三分発の豊橋行きに乗り遅れれば、次の八時二八分の飯田行きまで四五分も待たなくてはならない……。

「どうしたんですか。何か、あったんですか」

今度は橋本が訊いた。

「うん、もしかしたら、おれは、とんでもないミスをやらかしたのかもしれない……」

片倉が、頭を掻きながらいった。

「ミスって、どういうことですか」

柳井が怪訝そうに首を傾げる。

「実は今朝、おれは七時四〇分ごろにあのタクシーでここに来てるんだ。いま時刻表を見て確認したんだが、竹迫もちょうどそのころ、この千代駅にいたらしい……」

片倉は、二人に自分の考えていることを説明した。竹迫が千代駅まで来て列車に乗らなかったのは、ちょうどホームに片倉がいたからだ。竹迫がすぐ近くにいたにもかかわらず、自分は気付かずに列車の写真を撮っていて、取り逃がした可能性がある……。

「しかし、もし竹迫が列車に乗っていたら、それこそどこに逃げたかわかりませんよ。歩いて逃げているからこそ、この山中に追い込むことができたわけでしょう」

橋本がいった。

「いや、まだ本当に追い込んだのかどうかは、わからない。それにもし、おれがあの時に竹迫に気付いて確保していたら、宮田の集落の〝事件〟は起きなかった……」

片倉は踵《きびす》を返し、ホームを歩いた。もう、ここにいても意味はない。ホームから下りて、柳井と橋本と共にタクシーに乗った。

「次は、どこに行くずら」

運転手が訊いた。

「下村公民館に行ってください」

片倉がいうと、タクシーはゆっくりと林道を走りはじめた。

ともかくいまのことを、下平に報告しなくてはならない。飯田署の捜査本部の情報と合わせれば、竹迫の行動がもっと正確に浮かび上がってくるだろう。

これ以上、竹迫に人を殺させるわけにはいかない……。

「柳井、ちょっと意見を聞かせてくれないか」

「はい、何でしょう」

「竹迫はこれから、どこに向かうと思う。それに、この警察の包囲網の中に、いまもまだいるのかどうか……」

片倉は、時計を見た。竹迫が宮田の集落で〝殺人〟をやって逃げてから、すでに二時間になる。もし包囲網の中にいるなら、もう〝確保〟されてもいいころだ。

「難しいですね。これはあくまでも、私見ですが……」

「ああ、わかってる。いいから、いってみてくれ」

「私はすでに、竹迫は警察の包囲網を抜けている可能性が高いと思います。飯田署からここまで来る間の警備状況を見ると、範囲の広さに対して人員不足は明らかです。緊急事態だったので、対応しきれなかったことは仕方ないとは思いますが……」

片倉も、やはり同じことを考えていた。明日になればさらに応援を増員できるのだろうが、それでは遅い。

「それなら竹迫は、どこに向かう」

「おそらく竹迫は、それほど食料を持っていないでしょう。もし食料を手に入れようとするなら、この周辺の民家に侵入するか。もしくは、近くの街に向かうのか……」

柳井のその意見も、片倉の考えていることと同じだった。

「この近くの街というと、天龍峡だな……」

確かにこれまでの竹迫の足跡を辿ってみると、その方角は天龍峡へと向かっている。

「私も、天龍峡だと思います。しかし、いまグーグルマップでこのあたりの地理を検索してみたんですが、竹迫が包囲網を突破したとしても簡単に天龍峡には行きつけないかもしれませんね……」

柳井が、タブレットを見ながらいった。

「どうしてだ」

「はい。竹迫の包囲網と天龍峡の市街地の間には、川が一本流れてるんです。天竜川の支流の紅葉川《もみじがわ》です。そして飯田線の西側には、線路に並行して本流の天竜川が流れている。つまりこのあたりは、北も西も川で囲まれているわけです」

「ということは、竹迫が天龍峡に行くためには、その紅葉川を渡らなければならないということになるな……」

「そうです。紅葉川には、県道一号線に一本、その東側の町道に一本、さらに二キロほど上流に行くともう一本小さな橋があります。しかし、いま通ってきた限りでは、一号線の橋には飯田署員がすでに何人か〝緊急配備《キンパイ》〟に入ってました。おそらく、町道の方もそうでしょう。もちろんもっと上流に行けば他の橋もあるはずですし、飯田線の橋梁を歩いても渡れますが、現実的には難しいでしょうね……」

最後の防衛線は、その紅葉川か……。

14

岩の上の展望台に立つと、息を吞む絶景が広がった。

遥か眼下には天竜川の急流が渦巻き、正面に切り立つ岩は秋の陽光を受けて輝く。その岩肌に、まだ染まりはじめたばかりの紅葉が彩りを添える。

智子は長旅の疲れも忘れ、しばしその光景に見とれた。少し冷たい秋の風が、汗ばんだ肌に心地好い。昨日、片倉もこの道を歩いたのかしらなどと思うと、まだどこかに気配が残っているような気がした。

左手を見ると、上流に吊り橋が架かっていた。智子はその吊り橋を目指して、また森の中の遊歩道を下りはじめた。行楽の季節だというのに、ほとんど人と出会わない。

天龍峡の遊歩道は、一周約二キロの周回路である。だが、高低差が大きく、石段の上り下りが続く健脚の道だ。

智子は学生時代にテニスをやっていたし、いまも体は動かしているので体力に自信はあったが、さすがに少しきつかった。一泊の旅行とはいえ、多少の荷物も持っているので、そのせいもあるだろう。

ここまで休み休み歩いてきたし、いろいろと寄り道もしたので、少しは時間を潰せたと思っていた。それでも時計を見ると、一時半を過ぎたばかりだった。

宿にチェックインするのは、まだ早い。だが、部屋は使えなくても、荷物くらいは預かってもらえるかもしれない。一度、宿に立ち寄って荷物を置き、それからまた散歩に出ればいい。

智子は天竜川の川面《かわも》の近くまで下り、吊り橋で対岸に渡った。そこからアイフォーンの地図を見ながら、予約した宿を探した。

竜峡館は、市街地から少し外れた森の中にある一軒宿だった。

素朴だが、風情のある構えの玄関に、歓迎看板がひとつ。たった一行、〈──歓迎　片倉様──〉と書いてあった。

ここだ。間違いない。

玄関の前に立つと、自動でドアが開いた。

「ごめんください……」

だが、帳場には誰もいない。広間の明かりも暗かった。仕方なく智子は靴を脱いで上がり框《かまち》に上がり、帳場のベルを鳴らした。

チーン……と、澄んだ音が鳴った。間もなく、どこからか人の足音が聞こえてきた。広間の明かりがつき、帳場から和服姿の女将らしき女が顔を出した。

「いらっしゃいませ……」

「予約した片倉ですが……」

「お早いお着きで。どうぞ、スリッパをお使いくださいまし」

「いえ、まだチェックインには早いので、荷物だけでも置かせていただけたらと思って……」

「いえいえ、もうお部屋は用意しておりますので、お休みくださいまし」

結局、宿の老女将の言葉に甘えて、部屋を使わせてもらうことになった。

「主人は……片倉はどうしてますか」

宿帳に名前を書きながら、訊いた。

「あら、まだお会いしてないのですか。今朝、飯田線の秘境駅に行かれるとかで、タクシーを呼んでお出掛けになられましたけれども……」

「そうですか。後で、連絡してみます」

飯田線の、秘境駅か。いかにも、あの人らしい。

女将と二人で長い廊下を歩き、階段を上がって部屋に向かった。

「お部屋は二階でございます。お風呂は地下一階にございますので」

部屋は二階の一番奥、〝楓《かえで》〟という札が掛かっていた。表玄関の森の方からはわからなかったが、宿の建物は天龍峡に面していて、天空に突き出した窓からは渓谷の絶景が一望できた。

「きれいな景色……」

智子は、窓の外の風景に溜息をついた。

「はい、このお部屋からの風景が、うちの自慢でございます。片倉様……ご主人のお部屋はお隣ですが、本当にご一緒でなくてよろしいんですか……」

女将がそういいながら、お茶を淹れてくれた。

「ええ、別の方がいいんです。その方が、お互いに気楽ですから……」

その時また、遠くからパトカーのサイレンが聞こえた。

「何かあったんですか。来る時にも、駅に警察の方がたくさん立っているのを見ましたけれども……」

智子が訊いた。

「はい、それが今朝、この先の金野という駅の近くで殺人事件があったとかで……」

「あら、物騒ですね……」

〝金野〟という名前の駅を、天竜峡駅の二つ前で見た覚えがある。そこにも警察官が、何人も立っていた。

「でも、ここから何キロも離れた場所ですから。それに先程、警察の方が見回りにいらして、犯人はすでに山の中に包囲されてるからすぐに捕まるだろうって。それでは私はこれで。ゆっくりお休みくださいまし」

女将がそういって、部屋から下がった。

智子は窓辺の椅子に座り、お茶を飲みながらぼんやりと考えた。

こんなきれいな風景の中で、殺人事件だなんて……。

その時、ふと思った。もしかしたらあの人も、その事件の捜査に係わっているのかしら。仕事のことは、何も話してくれない人だから……。

それならば、連絡しない方がいいかもしれない。

智子はお茶を飲み終えると、浴衣に着替えて風呂に向かった。

15

午後一時五〇分――。

捜査本部の前線基地となる下村公民館で、臨時の捜査会議が行なわれた。

片倉はこの席で、竹迫が今朝七時四〇分ごろに千代駅にいた可能性が大きいことを報告。さらに警察犬を使った捜索からわかった逃走経路と合わせ、この日の竹迫の行動のほぼ全貌が浮かび上がった。

下平がホワイトボードの前に立ち、周辺地図を指し示しながら説明する。

「竹迫和也は今朝六時二五分より前に旧野守村の〝現場〟を発ち、林道及び金野周辺の山中を迷走。七時四〇分ごろに千代駅に至り、なぜか飯田線には乗らず、さらに徒歩で逃走。千代の山中を迷走した後、一〇時三〇分ごろに宮田の集落に下り、宮田喜一を殺害。その後、さらに徒歩で逃走し、千代の山中のこのあたりで消息を絶った……」

「このコースを見ると、竹迫は天龍峡の方面に向かっているように見えるが……」

他の捜査員がいった。

「そのとおりだと思う」

下平が答える。

「そうだとしたら、いま我々は北東の県道一号線、西は飯田線、南は宮田の集落から東西の非常線のそれほど広くない山中に竹迫を包囲しているのではないか」

さらに、他の捜査員がいう。

「それならば、旧野守村の〝現場〟や金野方面に展開している隊を引き上げて、千代を包囲する非常線を強化するべきだ」

ここで、片倉が意見を述べた。

「もうひとつの可能性を考慮すべきと思います。最後に午前一〇時半に竹迫が宮田地区にいたことが確認されてから、間もなく三時間半になろうとしている。もしかしたら竹迫は、すでに〝緊急配備〟の網を抜けている可能性もある……」

議場が、騒《ざわ》ついた。

「実は片倉さん、私もそう考えていた。もし竹迫が網を抜けたとしたら、この先はどう動くと思いますか」

下平が訊いた。

「ふたとおりの可能性があると思います。留守にしているか老人が住んでいる家を見つけて侵入し、潜伏するか。もしくは、天龍峡の市街地に向かうか。山中に潜伏するということは、竹迫に限って有り得ないと思います」

片倉は、率直な意見をいった。

「理由は……」

「竹迫の過去の行動パターン、ということでしょうか。あの男は必要な物は躊躇せずに盗むし、人気のない場所に隠れるよりも雑踏に紛れて逃げる傾向があります。天龍峡はそれほど大きな街ではありませんが、観光地ということを考えれば竹迫が好む条件が揃っています……」

片倉の説明に、下平が頷いた。

「確かに、片倉さんのいうとおりだと思いますね」東川崎署の阿部がいった。「うちの管内の〝事件〟でもそうですが、竹迫はひと所に潜伏することなく、絶えず動き回って捜査を混乱させてきた。そうなるとやはり、天龍峡の街に入るでしょう。その公算が、高いと思います……」

下平が、頷く。

「それならば、我々はどのような手を打つべきだと思いますか」

「とにかく、竹迫が天龍峡に入ることを阻止することです……」片倉が前に進み出て、ホワイトボードに貼ってある地図を指し示した。「ここに天竜川の支流の、紅葉川が流れてますね。私は地元の人間ではないので地形的なことはわかりませんが、ここを最後の防衛ラインとして警備を固めることは可能ですか」

議場が、また騒ついた。

「その紅葉川には、橋が三カ所あります。すでにすべての橋に〝緊急配備〟を敷いて、警備に当っていますが……」

下平が、説明する。

「橋だけでなく、流域すべてです。極端なことをいえば、ネズミ一匹たりとも通さないように。出すぎたことをいって、すみませんが……」

片倉がいった。

「まあ、不可能ではないと思います。泳いで渡るのは、ちょっと難しい川だで……」

「それならば、すぐにやるべきです。一刻の猶予もありません……」

もしかしたら、それもすでに手遅れなのかもしれないが。

「わかった……」それまで黙っていた捜査主任の滝沢が、発言した。「竹迫のことをよく知る片倉さんがいうんだから間違いないな。よし、金野方面、特に旧野守村周辺に展開している警備を半分に縮小して、それをすべて紅葉川周辺に投入する。警察犬隊の全班もだ。以上」

会議は、二〇分で終わった。

片倉と柳井、橋本は、また待たせてあったタクシーに乗った。

「次は、どこに行くら」

運転手の湯出川が訊いた。

「紅葉川の、この橋がわかりますか……」

助手席に乗った橋本が、県道一号線に架かる紅葉川の橋を示した。

「すぐ近くずら……」

運転手がギアを入れ、公民館の駐車場を出た。

橋までは、車で五分もかからなかった。すでに周辺や橋の上には二台の警察車輌と消防車一台が駐まり、赤色灯を回していた。一〇人以上が警備に当り、橋を渡る車をすべて止めて〝検問《バンカケ》〟を行なっている。

片倉が乗るタクシーも、橋の手前で止められた。三人が警察手帳を出すと、〝検問〟に当った飯田署の二人の警察官が敬礼した。今回の〝事件〟が石神井署と東川崎署の共同捜査になっていることは、〝緊急配備〟につく全員に知らされている。

三人はここでタクシーを降り、橋に向かった。橋の上に立ち、紅葉川を眺めた。遥か上流に、町道に架かる橋が見えた。

間もなく、警察犬一頭を連れた班が到着した。訓練士が犬に匂いを嗅がせ、橋から川へと下りていった。その河原にも、点々と人が立っている。この警備は、今後さらに増員されることになる。

「橋本、柳井、どう思う……」

片倉が、傍らの二人に意見を求めた。

「まあ、蟻《あり》が這い出る隙もない警備ですね。もちろんその蟻が、この囲いの中にまだいればなんですが……」

橋本がいった。

「柳井は？」

「私はそれ以前に、この川の警備自体が難しいと思います。竹迫が橋を渡ろうとするわけがないし、そうなるとこの川の流域、何キロの区間を警備することになるのか……」

確かに、そうだ。紅葉川は一級河川だが、それほど大きな川ではない。下流のこのあたりは泳いで渡るのは難しいが、上流に行けばもっと水深が浅いところもあるだろう。

片倉は時計を見た。

時刻は間もなく、午後二時半になろうとしていた。

「そういえば柳井、〝府刑〟の知り合いの刑務官は、まだ何もいってきていないのか」

竹迫に関する問い合わせのメールを送ってから、すでに一時間半は経っている。

「そうでした。会議に出たりしていたので、忘れていました」

柳井がそういって、タブレットを開いた。

「どうだ」

「はい、メールに返信が入ってます……。いや、まさか、これは……」

柳井がタブレットのメールを読みながら、驚きの表情を浮かべた。

「どれ、おれにも見せてみろ」

片倉は柳井からタブレットを受け取り、戸田裕《とだゆたか》という府中刑務所の刑務官から送られてきたメールを読んだ。

「何なんだ、こいつは……」

なぜこれほど重要なことが、石神井署や東川崎署に報告されていなかったのか――。

16

竹迫和也は、紅葉川から離れた森の中を歩いていた。

あの川は、危険だ。警察官や消防署員が多すぎる。川に近付くと、この地区の消防団員の半被を着ていても、いつかはパクられる。

森の中を一キロほど歩いただろうか。急に森が開け、用水池のような水辺に出た。周囲が金網で囲まれ、軽トラックがやっと走れるほどの農道が続いている。

だが、金網の中に釣り人が二人。農道の行き止まりに、自転車が二台、置いてあった。

竹迫は森の中に隠れ、しばらく様子を窺った。釣りをしている二人は、まだ子供だ。このあたりの中学生らしい。

あの自転車を盗んで逃げようか。歩くより楽だし、遠くまで行ける。

竹迫は森から出て、自転車に近付いた。だが、中学生に気付かれた。二人ともロッドを振る手を休めて、こちらを見ている。

「こんちゃ〜。地区の消防団だけんどもさ。こんなとこで、何してっだら……」

竹迫は歩きながら片手を上げ、気楽に話し掛けた。子供のころ〝小父ちゃん〟の話し方を聞いていたので、このあたりの方言で話すのは得意だった。

「うん、バスを釣ってるずら……」

少年の一人がいった。

竹迫が地元の言葉で話したので、二人ともあまり警戒していない。

「釣れっか。でもこの池は、危ねえずら……。気いつけっだぞ。それより二人とも、今日この近くで事件があったこと知っとるらぁ……」

竹迫が金網のところまで行き、立ち止まった。自転車が、手の届くところにあった。

「うん、知っとる。だから今日は、学校が早く終わったずら……」

もう一人の少年がいった。

「いま、消防団で警備の見回りしてっだけど、怪しい奴さ見なかったらぁ」

竹迫がいうと、二人は首を横に振った。

「いんや、誰も見てねぇずら。この池は、ぼくらの秘密の場所だけんが、誰も来ねぇずら……」

いまなら、この自転車を盗める……。

でも、自転車を盗めば通報されるだろう。いまの中学生は、携帯電話くらい持っている。

そんなことを考えているうちに、二人は釣り竿《ざお》を持って金網の外に出てきてしまった。

竹迫は、二人の中学生を品定めした。一人は自分より背が大きくて、体格がいい。もう一人は小柄で色白で、好みだった。

「君たちは、このあたりのこと、詳しいらぁ。この森を下ってくと、川が流れてるらぁ……」

「うん、知っとる。紅葉川ずら。その川でも時々、釣りすっずら」

そうか、あの川は紅葉川っていうのか。

「そっだよ。いま、あの紅葉川の警備をしとるんだけんども、下流に行くと川幅が広くなって橋があるずら。そんで、これより上流に行くとどうなってるのか、君たち知ってるらぁ」

竹迫は足元から木の枝を拾い、地面に川と自分が見た道路の図を描きながら説明した。

「うん、知っとる。川はこうなってて、上流に行くとこの道とぶつかって、ここにもまた橋があるずら……」

可愛い顔をした少年が、自分も枝を拾い、川と道の続きを描いて説明した。

「この川、もっともっと上流に行くと、どうなってるらぁ」

竹迫が訊いた。

「川は、もっと細くなるずら……。ここにもう一本道があって、それをずっと行くと、その手前で川がなくなってるずら……」

川が、なくなっている……。

「そこは遠いらぁ。警備のために、見回りに行かなきゃならんずら」

「うん、少し遠い。歩いて行ったら、一時間以上は掛かるずら……」

「うん、そのくらい……」

二人が顔を見合わせて、いった。だが、ここからまた一時間も歩くほど時間はない。

「もし、自転車なら？」

竹迫が訊く。

「そうだらぁ……一五分くらいだら……」

「うん、そのくらい……」

少年が、頷く。

「その道をもっと行ったら、天龍峡に出るらぁ？」

「うん、遠回りすっけども、天龍峡の裏の方に出るずら……」

竹迫は、腹の中で笑った。それだけ遠回りすれば、まだ警察の手配も回っていないかもしれない。

「どうだらぁ、二人に、頼みがあるんだどもなぁ」

「うん、どんなこと?」

「時間がないずら、どっちか自転車を貸してくれんか。様子を見て、すぐに戻って来《く》っから」

竹迫がいうと、少年二人が顔を見合わせた。

「自転車は、貸せないよ……」

「ぼくも、嫌だ……」

二人がいった。

「そうか……。いまは緊急事態だから、消防団に協力してほしかったんだけどな……」

竹迫がそういって、右手を半被の懐に入れた。

「でも……。自転車がないと、家に帰れないし……」

「それじゃあ、これでどうらぁ……」

竹迫が半被の懐から財布を出し、中から一万円札を三枚抜いた。少年たちが、驚いた顔をした。

竹迫が続けた。

「これ、もし戻ってこなかったら、やるずら。帰ってきても、一万円はやるし……」

「ぼくの自転車、貸すずら」

大柄な少年がそういって、三万円を受け取った。

「どっちの自転車らぁ」

「その、銀色の方……」

ボロの方だが、仕方ない。

「この道は、どう行ったら出るらぁ」

「この農道を真っ直ぐ行って、広い道に出たら左に行くずら」

「ありがとうな。三〇分で帰っから」

竹迫は、自転車に乗って漕ぎ出した。まさか、ここに帰ってくるはずがない。

農道を走り、森を抜けると、間もなく舗装された道に出た。遠くに人家が何軒か見えたが、人影も車もなく、安全そうだった。

竹迫は少年たちにいわれたとおりに左に曲がり、力を込めてペダルを踏んだ。

汗ばんだ肌に、秋風が爽やかだった。少年たちを傷付けずに、お金を払って自転車を手に入れたことも、自分が正しいことをしたようで気分が良かった。自転車を返すつもりなんてなかったが、三万円あればこのボロよりももっといいのが買えるだろう。

竹迫は、口笛を吹きながら自転車を漕いだ。

——丘を越え行こうよ
口笛ふきつつ
空は澄み　青空——

昔、いつかどこかで聴いたことのある歌詞が、頭の中に浮かんだ。

そういえば子供のころに、〝祖母ちゃん〟が自転車を買ってくれたことがあった。あのセミドロップハンドルの、変速ギア付きの自転車。竹迫にはまだ少し大きすぎたけど、あのぴかぴかの自転車が近所の子供たちに自慢だった。

あの自転車を漕いでいる時も、竹迫は自分が口笛を吹いていたような覚えがある。いまのように、心の中で歌いながら。結局、その自転車も、〝母ちゃん〟がパチンコ代のために売ってしまったけれども……。

道は歌の歌詞のように、丘を上り、丘を下った。森の中を抜けて、広大な田園の風景を走った。途中で軽トラックと一台すれ違い、道を歩く老婆を一人見かけたが、他には誰とも出会わなかった。

竹迫は、自転車を漕ぎ続けた。しばらく行くと小さな橋があり、小川が流れていた。

ここで一度、自転車を止めた。少年たちがいっていたように、ちょうど一五分くらいは走った。ここが、「川がなくなってる……」ところなのかもしれない。

竹迫はまた、自転車を漕いだ。口笛を吹きながら。心の中で、歌を歌いながら。

遥か前方に、お椀を伏せたような山が二つ見えた。道は田んぼの中を真っ直ぐに、その二つの山の間に吸い込まれるように延びていた。

あの山の向こうまで行ったら、何があるんだろう。

きっと、天龍峡の街があるに違いない。

第四章　籠城

1

橋の上のパトカーの回転灯が、暗い川面を照らしていた。

黄昏《たそがれ》の光の中に揺れる紅葉川は、赤くぬめりながら橋の上に立つ片倉の足下を流れていく。その姿は傷付き、血を流す巨大な生物のように見えた。

まるで、傷付いた龍のように。

いや、龍ではない……。

この光景は竹迫和也の背中に彫られていた、あの奇妙な〝刺青《スミ》〟そのものだ。

片倉は腕の時計を見た。間もなく、午後五時になる。竹迫の姿が宮田地区の〝現場《ゲンジョウ》〟で最後に確認されてから、すでに六時間以上が経過している。

いまも片倉の視界の中には、紅葉川に沿って展開する捜査官や消防団員の影が点々と立っている。県道や村道に架かる橋の上は、猫の仔一匹たりとも通る隙はない。だがこの非常線の包囲網の中に、本当に竹迫がいるのかどうか――。

片倉は赤く光る川面を眺めながら、〝府刑〟の戸田裕という刑務官から柳井の元に送られてきたメールのことを考えていた。メールは、こんな書き出しで始まっていた。

〈――柳井様、お久し振りです。

早速ですがお尋ねの竹迫和也の件、実は私の方でも気になっていたことがあります。ちょうど竹迫が収監中の出来事なのですが、府刑内の雑居房の中で、受刑者の一人が不審死するという事故がありまして――〉

戸田のメールによると、事故が発覚したのは二〇一六年二月一八日の早朝だった。現場は雑居房A－12の室内で、朝六時四五分の起床点呼と同時に、見回りの刑務官に同室の受刑者たちから報告があった。

同室の一人が、死んでいるようだ――。

死んでいたのは太田《おおた》勇《いさむ》、当時二六歳。罪状は覚醒剤の使用と営利目的の所持で、懲役四年二カ月の判決を受けて前年の一〇月から服役中だった。

太田はそれ以前にも覚醒剤所持の容疑で執行猶予付きの有罪判決を受けた過去があった。

男色の性癖があることから、〝府刑〟の規定により独居房に入ることを希望していたが、慢性的に空きがなく順番待ちをしている最中に起きた事故だった。

〝府刑〟の雑居房は通常八畳間で、窓際が狭い廊下のような板の間になり、一角に受刑者の共用の便所がある。定員は、八人。事故当時もA－12には定員いっぱいの八人の受刑者が入っていた。

太田は八人の中でも最も〝新入り〟で、部屋の奥の隅、便所の脇の〝8番〟の畳を割り当てられていた。そしてその隣で寝ていたのが、竹迫和也だった。

遺体は蒲団を被って仰向けに横になったまま、発見された。第一発見者は、隣に寝ていた竹迫だった。

〝府刑〟の常勤医が検視を行なった。死亡推定時刻は前日の一七日の深夜から一八日未明にかけて。眼球に溢血点《いっけつてん》が残っていたことから窒息死と推定されたが、絞死《こうし》や扼死《やくし》による索条痕《さくじょうこん》や喉の舌骨《ぜっこつ》の骨折は認められなかった。結局、頭から蒲団を被って寝ていたための〝事故〟――つまり自然死――として片付けられることになった。

戸田はこの〝事故〟について、メールの中にこう書いていた。

〈――私としては、自然死という結論に納得がいきませんでした。太田は直接顔を知っていましたし、当日は遺体も自分の目で確認しています。確かに太田は覚醒剤中毒者にあり

がちな病的な一面は持っていましたが、二六歳の若者が蒲団を被って寝ただけで窒息死するものなのかどうか――〉

刑務所内や警察の留置場で服役中の受刑者が死亡することは、実はそれほど珍しいことではない。無期懲役の受刑者は基本的に服役中に人生を終えるわけだし、〝府刑〟などの大きな刑務所では年間に一〇人以上、特に重病者を収容する八王子医療刑務所では五〇人が死亡したこともある。

こうした服役中の死亡者は明らかな病死は別として、自殺や不審死もかなりの数になる。だが、一般社会とは違い、たとえ不審な一面があったとしても、刑務所内では捜査が形式的にすまされるという実情がある。遺体の法医学的な解剖などはまず行なわれないし、〝疑わしきは自然死〟で片付けられる傾向がないとはいえない。

つまり、戸田のいう太田勇の死は、自然死ではなかったということか。だとすれば太田は、なぜ死んだのか――。

戸田は柳井へのメールの中に、さらに次のように書いている。

〈――当時、私は、太田の横で寝ていた竹迫和也に疑いの目を向けていた覚えがあります。もしかしたら第一発見者でもある竹迫が、この事故について何か知っているのではないかと。なぜならそれまでの竹迫と太田は雑居房の同室の服役者という関係以上に親密な印象があったからです。あえていうならば竹迫がタチであり、太田がネコという関係ではなかったのかと――〉

片倉が最も気に掛かったのは、この部分だった。

竹迫の過去と太田という男の性癖を考えれば、二人が〈――雑居房の同室の服役者という関係以上に親密な印象――〉であったことは理解できる。だが竹迫が〝タチ〟（男役）で太田が〝ネコ〟（女役）というのはどういうことなのか。あの小松達巳に性的な虐待を受けていたとするならば、竹迫もまた〝ネコ〟の方であったと考えるのが自然ではないのか――。

だが、もし太田という受刑者の死に竹迫が何らかの形で係わっていたとするならば……。出所後の竹迫の変化も、漠然と理解できるような気がした。〝強盗《タタキ》〟の際に若い女を犯し、人を簡単に殺すようになったのも、すべて太田という受刑者との関係に起因しているのではないか――。

「片倉さん、ここでしたか……」

声を掛けられて振り返ると、背後に下平が立っていた。パトカーの赤色灯に照らされた表情に、焦燥が浮かんでいた。

「何か、動きがありましたか」

片倉が訊いた。

「ええ、報告しておきたいことがいくつか。先程、東川崎署の方から第二陣が着きましてね。〝本部〟も県警に預けられて、〝戒名〟も〝特別共同〟から東川崎署との〝特別合同〟に変わることになりました……」

つまり、それまで〝特別共同〟の一角だった石神井署は、今後は外されるということか。

「他には、何か」

「ついいましがた、千代の消防団の方から報告が上がってきました。何でも、消防団の半被をなくした団員がいるとかで。もしかしたら、車の助手席に置いておいたのを誰かに盗まれたんじゃないかと……」

半被を盗まれた……。

おそらく、竹迫だ。

「その消防団員が半被を盗まれたのは、何時ごろですか」

「昼過ぎから、午後一時ごろの間じゃないかといっとるんですがね」

片倉はもう一度、時計を見た。針は、五時を回っている。もしその消防団員が半被を盗まれたのが午後一時だとしても、すでにそれから四時間以上が経っている。

半被を盗んだのが竹迫だとすれば、絶望的だ……。

「竹迫が盗んだ半被を着て逃げていると想定して、全捜査員に指示を出した方がいいかもしれませんね」

「もう、指示は出してあります。それに、もうひとつ。先程、署の方に通報がありまして、今日の午後二時半ごろに、千代の中学生が不審な男に自転車を乗り逃げされるという出来事がありましてね。その男が地区の消防団員を名告って、半被を着ていたというんですよ……」

おそらくそれも、竹迫だ。

「もしその自転車を乗り逃げしたのが竹迫だとしたら、もうこの包囲網の中にはいないかもしれませんね」

片倉がいった。

「私も、そう思います。男は天龍峡の方に向かったと中学生がいっておったそうですから、今後は非常線の主力もそちらの方に移そうかと思っとります。ところで片倉さんたちは、どうなさいますか」

竹迫の一件が県警と東川崎署の合同捜査となり、石神井署が共同捜査から外されるとなれば、これ以上は出る幕はなくなる。

「今日はもう無理ですから、明日には東京に引き上げます。今夜のところは、宿も何とかなりそうですので……」

「そうですか。とりあえず明日の正午までは、捜査本部に石神井署の〝共同〟の籍は残しておくように県警の方にいっておきます。また、何か動きがあったらお知らせしますよ……」

下平がそういって、歩き去った。

肩を落とす後ろ姿が、パトカーの回転灯の光で赤く染まっていた。

2

旅館の夕食は早い。

智子は浴衣に丹前を羽織り、六時に指定された一階の広間に向かった。

広間とはいっても、テーブルが八つ置かれているだけの和室だった。その中で、料理が用意されているのは智子のテーブルだけだ。

どうやら今日、この宿に泊まっているのは、智子と片倉の二人だけらしい。だが、智子の向かいの片倉の席も箸と器、グラスが並べられているだけで、料理は何も出ていない。その光景が、少し寂しかった。

「ビールを一本ください……」

席に案内してくれた仲居に頼んだ。宿に着いてから二度、風呂に入ったので、喉が渇いていた。普段は一人でお酒を飲むことはないのだけれど、こんな旅の時くらい少しは悪いことがしたくなる。

「いただきます……」

目の前に片倉が座っているつもりで、手を合わせた。

今度のお仕事が、無事に終わりますように……。

ビールを飲んで、料理に箸を付けた。山間の宿らしく、川魚や和牛、地産の野菜や山菜を用いた懐石である。どれも美味しく、必要以上に量が多くないことも、どちらかといえば少食の智子にはありがたかった。

仲居が次の料理の仕度のために下がってしまうと、広間には智子が一人いるだけになった。がらんとして寂しいけれど、その空間が妙に落ち着いた。

料理を口に運びながら、ふと思う。

あの人いまごろ、どうしてるのかしら……。

智子は自分のグラスにビールを注ぎ、それを飲み干した。

次は、冷酒にしようかな。

今夜は少しだけ、酔いたい気分だった。

3

あたりは黄昏も終わり、闇に沈みはじめていた。

竹迫和也は、この時間が嫌いだった。夕暮れ時になると、いつも子供のころを思い出す。外で遊んでいても、家に帰らなくてはならない。遅くなれば〝母ちゃん〟に叱られるし、早く帰っても酔った〝小父ちゃん〟に、しばかれる。

だが、嫌いな夕暮れ時が終わってしまえば、間もなく本当の夜になる。背中の野守虫が、目覚める時間だ。

竹迫は、夜の闇が好きだった。闇は、いつも自分の味方だ。闇に同化し、力が湧き出てきて、何でもできるようになる。

金を奪うことも。女と姦ることも。人を殺すことも。

〝母ちゃん〟や〝小父ちゃん〟を殺したように。昼間〝やる〟よりも、もっと上手くできるようになる──。

でも、その前に何か食いたかった。腹が減って、力が出ない……。

竹迫は、暗がりを歩いていた。周囲には人家が並び、車が走っている。時々、人も見かけた。

中学生から手に入れた自転車は、峠から急坂を下る時にタイヤがパンクして、壊れてしまった。そこで自転車を捨てて、また森や山の中をしばらく歩き、市街地に出た。ここがたぶん、天龍峡の街だろう。

街道に沿って歩いていると、前方に〝ラーメン〟と書かれた黄色い看板が見えた。看板には、もう明かりが灯っていた。

腹が、ぐぅ……と鳴った。

竹迫は店の前で、少し迷った。調理場の窓が開いていて、そこからラーメンのスープのいい匂いが漂ってきた。たまらなくなって、暖簾を潜ってガラス戸を開けた。

「いらっしゃい……」

調理場に、店主らしき男が一人。七人ほど座れるカウンターと、テーブルが二つあるだけの小さな店だった。カウンターには地元の老人らしき客が一人座っていて、ビールを飲んでいた。

竹迫も、カウンターに座った。

「おれも、ビール……。それに、ラーメンと餃子……」

「はい……」

店主がビールの栓を抜き、カウンターに置いた。グラスに注ぎ、喉に流し込む。

たまらない……。

こんなに美味いビールは、初めてだ。

カウンターに座る老人は常連客なのか、調理場の店主に話し掛けている。

「今日のあの事件よ。このあたりの奴がやったんだらか……」

店主が餃子をフライパンに並べながら、それに答える。

「犯人は余所者《よそもの》だって聞いたらぁ。野守で殺された小松っちうのも務所《ムショ》帰りで、殺ったのも〝これ〟の関係だっつう噂らぁ」

そういって、店主が左手の小指を畳んで見せた。

「ヤクザかぁ。そうだらなぁ……」

竹迫は二人の話に耳を傾けながら、ビールを飲んだ。自分のことを話しているのかと思うとわくわくした。その内に客の老人が、竹迫にも話し掛けてきた。

「ところであんた、その半被は千代の消防団だら」

「うん、そうずら。今日は〝山狩り〟を手伝って、千代からここまで途中の家や森を見回りながら歩いてきたらぁ。そうしたら、腹が減っちまって……」

竹迫が、他人事のようにいった。

「そいつはえらいこったら。まあ、一杯やってくれ」

老人が自分のビールを差し出したので、竹迫はそれをグラスで受けた。

「すんません……」

ビールを一杯、得した。

「そしたらお客さん、犯人のこと知ってるらぁ。どんな奴だぁ」

店主が訊いた。

「うん、ヤクザだって聞いたらぁ。顔に大きな怪我してっから、すぐにわかるらぁ」

適当に、ごまかした。

「そうか、ヤクザで、顔に怪我してるつうらか……」

二人とも、竹迫の話を信じて頷いた。

間もなくラーメンと餃子ができてきた。竹迫は熱い餃子を頬張り、冷たいビールで腹に流し込み、ラーメンを食った。この世にこんなに美味い物は、他にない。

ちょうど夕方のニュースの時間で、油で汚れてノイズの入ったテレビに竹迫の顔が映っていた。店主と客は、ニュースに見入っている。だが、こんなに画面の乱れたテレビを見ても、いま目の前でラーメンを食っている男が犯人だとわかるわけがない。

「この犯人、捕まるらか……」

客が、タバコに火をつけながらいった。

「山に追い込んだってから、明日には捕まるら……」

店主がテレビを見ながらあくびをした。

山に追い込んだって？

明日には捕まるって？

おれはここで、こうしてラーメンを食っている。

ラーメンと餃子を食べ終えて、竹迫は金を払って店を出た。ビールを大瓶一本以上は飲んだので、少し酔っていた。日が暮れて、少し冷たくなった夜風が心地好い。

しばらく行くと前方に、大きな橋が架かっていた。橋の向こうに照明の光で駅舎が浮かび上がり、ホームに電車が停まっている。踏切りの音が、聞こえてくる。

ここは、知っている。天竜峡の駅だ。昨日、飯田線に乗って通ったばかりだ。

駅までの距離は、およそ二〇〇メートル。だが、その手前の橋の上に、人が立っている。

〝おまわり〟だ。

竹迫は、手前を左に折れた。遊歩道の狭い石段を下っていく。

しばらく行くと、左手に赤い鳥居があった。小さな稲荷神社だった。

竹迫は鳥居の前に立って、一礼した。鳥居を潜って石段を上ると、上に小さな祠《ほこら》があった。賽銭箱に一〇円玉を入れて鈴を鳴らし、二礼二拍手一礼をして祈りを呟いた。

――お狐さまお狐さま、人をたくさん殺してすみません。また人を殺すかもしれないけれど、許してください――。

神社を出て、また遊歩道を歩いた。人がやっとすれちがえるほどの、暗く狭い遊歩道だ。右手が切り立った崖になっていて、下から川が流れる音が聞こえてくる。

間もなく、風景の開けた場所に出た。遥か眼下に、天竜川の暗い川面が見えた。

竹迫は、しばらくその風景に見とれた。こんなに凄い風景を見るのは、初めてだった。自分がもっと普通の家に生まれて、学校に行っていたら、こんな風景をもっとたくさん見ることができたのに……。

先を急いだ。日が暮れたからか、誰にも出会わなかった。しばらく行くと遊歩道はまた天竜川から離れ、石碑が立つ空地を通り、そこからさらに階段を下って人家のある場所に出た。

古い旅館の前を通り、そこから道は山に上がっていく。小さな公園があり、そこに道標が立っていた。

〈——天竜峡　遊歩道——〉

暗がりで、その部分だけを読んだ。やはりここは、天龍峡だ。

だが、そんなことはどうでもいい。それよりも、もう夜だ。どこかに、安全に寝られる場所を見つけなくちゃならない。

さっきの旅館に戻って、押し入ろうか。旅館ならば温かい蒲団で寝られるし、食べ物やビールもいくらでもある。

いや、だめだ。あの旅館は、大きすぎる。人が何人もいるだろうし、全員を縛ったり殺したりするのは面倒だ。

竹迫は、歩き続けた。遊歩道はまた暗い川へと下っていき、東屋のある見晴し台で折り返した。さらに下り、揺れる吊り橋で対岸に渡る。

そこからはしばらく、森の中をさ迷った。断崖の上を歩き、石碑のある広場を通ったが、人とは誰も出会わなかった。

やがて、森の中にぼんやりと灯る白い明かりが見えた。人家がある……。

竹迫は、吸い寄せられるように明かりに向かった。間もなく森を抜けて、道路に出た。

白く灯る明かりは、その旅館の看板だった。〝竜峡館〟と書いてあった。

その突き当りに、旅館が建っていた。

竹迫は、旅館の前に立った。小さな旅館だった。

このくらいの旅館ならば、何とかなるかもしれない……。

旅館の入口に、歓迎看板が立っていた。たった一行、名前が書かれていた。

〈――歓迎　片倉様――〉

何だって？　片倉だって？

そういえば今朝、千代駅で片倉刑事を見た。あんなところで何をやっていたのかは、わからない。だけど、こんな旅館に泊まっていたのか……。

竹迫は、考えた。なぜ片倉は、こんなに早く自分の立ち回り先を嗅ぎつけたのか。

自分が〝小父ちゃん〞の居所を知ったのは一昨日の夜だし、〝母ちゃん〞の部屋を出たのは昨日の朝だ。その後、三島駅まで歩き、〝小父ちゃん〞を殺そうと決めたのは午前中のあまり早くない時間だった。

それなのに今朝の七時半ごろには、もう片倉は千代駅で待ち伏せをしていた。おかしい。いくら考えてもわからなかった。いや、そんなことはどうでもいい。もし片倉が本当にいくら何でも、早すぎる……。

竹迫は周囲を見回し、旅館の玄関の前に立った。ガラスのドアが、自動で開いた。ここに泊まっているなら、ちょっと楽しいことになる。

ドアが開く音で気付いたのか、和服を着た年配の女が奥から帳場に出てきた。

「いらっしゃいませ……」

女が、消防団の半被を着た竹迫を怪訝な目で見た。

「すみません、千代の消防団の者ですが、見回りに来ました。誰か、不審な者でも見かけませんでしたか……」

竹迫が愛想よくいうと、宿の女将らしき女の顔にやっと笑みが浮かんだ。

「ご苦労様です。先程も警察の方がいらしたんですが、特に怪しい人は見ませんですね。うちは今夜は、お客様が二人しかおりませんし……」

竹迫は、腹の中で笑った。客が、二人しかいないのか……。

「そういえば東京から来てる片倉刑事がここに泊まっとるはずやけど、もう戻ってますか」

「あら、片倉さんは、警察の方だったんですか。ちっとも知らなかった。朝タクシーで出掛けたきりまだお帰りになりませんけど、奥様なら一人でお待ちですよ……」

「そうですか、片倉刑事の奥さんがいるんですね……」

竹迫は笑みを浮かべながら、右手を半被の中にそっと入れた。

4

時刻はすでに、午後六時半を過ぎていた。

片倉は腕の時計を見ながら、溜息をついた。

「どうやら、だめなようだな……」

傍らに立つ柳井と橋本にいった。

「そうですね。竹迫はもう網の中にはいないでしょう……」

橋本が暗い川面を見つめながら、肩を落とす。

「康さん、これからどうしますか。我々は〝共同捜査〟から外れるんですよね」

柳井がいった。

今回の〝事件〟が長野県警と東川崎署の〝合同〟になり、石神井署が〝共同〟から外れることはすでに二人に伝えてある。

「こんな遠くにまで呼び付けておいて、すまなかったな。でも下平さんによると、〝捜査本部〟に明日の正午までは〝共同〟の籍を残しておいてくれるそうだ。それまで、できることをやろう……」

「そうですね。でも、明日ここを引き上げるにしても、足を何とかしなければならないですね。東京からの迎えを手配しておきますか。それに、今日はこれからどうしますか。もう、ここにいても意味はないでしょう」

「そうだな。とりあえず、〝本部〟に行ってみるか」

本部に行けば、何か新しい情報があるかもしれない。

橋の近くで待たせてあったタクシーに乗り、下村公民館に戻った。それほど広くはない館内は、警察関係者や消防の関係者でごった返していた。

この日、初めて見る顔も多かった。奥で立ち話をする五人ほどの一群は、阿部や望月と話し込んでいるところを見ると東川崎署からの応援だろう。その向こうの七〜八人の団体は、〝三島警察署〟と書かれたジャンパーを着ている。おそらく、竹迫の母親が殺された〝事件《ヤマ》〟の担当だ。

今後は三島署も、長野県警と〝合同〟になるのだろう。そうなれば益々、片倉たち石神井署の三人の居場所はなくなることになる。

片倉は飯田署の前田の顔を見つけ、声を掛けた。

「前田さん、お疲れ様。その後、どうですか。何か、新しい情報はありますか」

「ああ、片倉さん、お疲れ様です。情報といっても、特に目新しいものはありませんが……」

前田の表情にも、疲れと焦燥が滲み出ていた。

「先程、下平さんに地区の消防団員の一人が半被を盗まれたという話を聞いたのですが、その後、見つかりましたか」

「ああ、その話ですか。なくした本人は風で飛ばされたのかもしれないともいっているんですが、まだ発見されていないようです」

「その場所はわかりますか」

「はい、わかります。地図を見ながら説明します」

片倉は前田と共に、ホワイトボードに掲示してある二万五〇〇〇分の一の地図の前に立った。

「消防団員が半被を紛失したのは、県道一号線のこのあたりです……」

前田が、地図を指さしながら説明する。地図にはすでに、赤ペンで印が付けられていた。第二の〝殺人《コロシ》〟の〝現場〟から北に二キロほど離れた場所で、この下村公民館からも一キロほどしか離れていない。

なぜこのような重要地点の警備が、それほど手薄だったのか。人手不足だといってしまえば、それまでだが……。

「他にも下平さんから聞いたんですが、中学生が半被を着た消防団員風の男に自転車を乗り逃げされたとかいう話もあるようですね……」

「はい、そうです。それは、ここです……」

前田が地図の一点を指し示した。消防団員が半被を盗まれた場所からさらに北東に二キロほどいったところだ。紅葉川に近い。

片倉は第二の〝殺人〟の〝現場〟から消防団員が半被を盗まれた地点、さらに中学生が自転車を乗り逃げされた場所を線で結んでみた。もし、すべてに竹迫が関与していたとすれば、その逃走経路は警備重要地点の県道一号線の紅葉川に架かる橋を迂回し、やはり天龍峡に向かっているように見える。

「天龍峡の市街地の警備はどうなっていますか」

片倉が訊いた。

「すでに、飯田署の生活安全課を中心に三〇人ほどが警備に入ってます。今後も千代周辺の非常線を順次撤収して、天龍峡の方に配備する予定ですが……」

すべてが、後手に回っている。

もし竹迫が天龍峡の市街地に潜り込んだとすれば、夜になったいまは発見するのが難しい。まだ盗んだ半被を着ているのかどうかも、わからない。

「もし市街地で人家に侵入されたら、厄介なことになりますね」

「我々も、それを懸念しています。今後は消防の方とも協力して一軒ずつ巡回する案も出ているんですが、これからさらに時間が遅くなると難しくなりますね……」

片倉は、時計を見た。すでに、針は午後七時を回った。

結局、前田からもそれ以上の情報は得られなかった。

「さて、どうするか。我々も、天龍峡の方に移動するか……」

片倉はそういいながら、テーブルの上の炊出しの握り飯をひとつ取り、頬張った。そういえば今日は、朝食以外ほとんどまともな物を食べていない。

「そうですね。ここにいても、何もやることがない」

「天龍峡に向かいましょう」

橋本と柳井がいった。

「それならば、とりあえず宿を確保しておこう。おれが泊まっている旅館に、部屋があるかどうか訊いてみよう……」

片倉は携帯を出し、泊まっている竜峡館に電話を入れた。そういえば、晩飯をキャンセルするのも忘れていた。

「お前らも、腹ごしらえしておいた方がいいぞ」

片倉はそういいながら、電話が繋がるのを待った。

呼び出し音が鳴る。一回……二回……三回……四回……。

だが、一〇回以上鳴らしても電話には誰も出なかった。仕方なく、電話を切った。

おかしいな、まだ七時を過ぎたばかりなのに……。

奥歯で鉛を嚙んだような、嫌な予感がした。

5

帳場の電話のベルが鳴っている。

一回……二回……三回……四回……。

竹迫は、電話機を見つめていた。

ベルは一二回鳴って、止まった。電話線を握って、引き抜いた。

帳場から事務所の前を横切り、従業員の控室に向かった。畳の上にころがっている女将の鼻先にバックのナイフを突き付け、いった。

「いまの電話は、誰だい？」

両足にガムテープを巻かれ、後ろ手に縛られている女将は首を横に振った。

「知りません……。知りません……」

震える声で、いった。

「お前はどうだ。誰だか知ってるんだろう」

竹迫は笑いながら、その横に縛ってころがしてある宿の主人の頰をナイフの刃の腹でぴしゃぴしゃと叩いた。

「知らんよ……。本当に、誰だかわからんよ……」

主人の声も、震えている。

「いいかい二人とも、大きな声を出すなよ。もし声を出したら、このナイフで刺すよ」

二人が引き攣った表情で、頷いた。

ここ数日は何人も殺しているので、人の刺し方に慣れてきた。いまならこの二人を、一回ずつ刺すだけでちゃんと殺せる。

「わ、わかってるよ……。何でも、いうとおりにするら……」

宿の主人が、消え入るような声でいった。

「うん、そうしてくれると助かるよ。それじゃあ、訊くね。今夜はこの旅館に、他に従業員は何人いるの？」

竹迫が訊くと、主人と女将が畳に横になったまま顔を見合わせた。

「あと、一人……。仲居のヨシコさんが一人いるだけです……」

女将がいった。

「あと一人だって。そんなに少ないわけがないだろう。嘘をつくと、本当に刺すよ」

竹迫がナイフの刃の背で、女将の頭をこん……と叩いた。

「本当だよ……。今日はお客さんが少ないんで、もう一人は休みを取ってる……。料理は、おれが作るら……」

あと、一人か。どうやら、本当らしい。

ここまでは、簡単だった。まず女将をナイフで脅して控室に連れ込み、山のように置いてあった浴衣の帯とガムテープで縛り上げた。そこに入ってきた主人も、ナイフを突きつけて縛り上げた。

入口の自動ドアの電源を切って、明かりを消し、電話線も引き抜いた。あとはそのヨシコという仲居を始末すればいいだけだ。

「それで、ヨシコさんはどこにいるのかな」

竹迫が訊いた。

「たぶん、奥の調理場で夕食の片付けをしとるよ……」

「そうか、調理場にいるんだね。それじゃあ、もうひとつ教えてよ。片倉刑事の部屋はどこなのかな」

竹迫が訊くと、二人がまた顔を見合わせた。

「それは、いえねぇよ……」

主人が懇願するように、竹迫を見た。

頭に来たので刺してやろうと思ったが、やめた。

「まあいいや。自分で探すよ」

竹迫は荷造り用のガムテープを千切《ちぎ》り、主人と女将の口に貼った。帳場に出て、宿帳を見る。〝楢《なら》〟という部屋に片倉康孝、〝楓〟という部屋に片倉智子という名前が書いてあった。

何だ、簡単じゃないか。どちらの字も、読み方はわからなかったが、形で記憶した。でも、夫婦なのに、なぜ別々の部屋に泊まってるんだろう……。

まあ、いいや。片倉がまだ帰っていないなら、女房の方からだ。

竹迫は鍵箱の中から〝楓〟と書いてある鍵を探し、それをポケットに入れて帳場を出た。まずは、ヨシコという仲居からだ。暗い廊下を歩き、〝食事処〟と書かれた方に行くと、奥の調理場から明かりが洩れていた。

広間の前を通ったが、ここは明かりが消えてもう誰もいなかった。竹迫はナイフを左手に持ち替え、調理場に忍び寄った。

中から、水を流す音が聞こえてくる。ステンレスのドアノブを回し、ドアをそっと開ける。流しの前に和服の袖をたすき掛けにした中年の女が立ち、鍋を洗っていた。

「あなた、ヨシコさんだね」

名前を呼ばれた女が、振り返った。

「はい……」

女が怪訝そうに、竹迫を見る。だが、竹迫が大きなナイフを持っていることに気が付くと、顔が引き攣った。

「ひゃ！」

奇妙な声を出して、女が逃げた。竹迫が、それを追った。勝手口に手が届く前に女に追いつき、背中に飛び蹴りをくわした。何かが折れるような嫌な音がして、女が倒れた。

女が動かなくなった。どうやら気絶したらしい。竹迫は倒れた女の上に馬乗りになり、ナイフを振り上げた。

いや、殺すのはやめた。これからこの旅館に籠城《ろうじょう》するなら、人質は一人でも多い方がいい。

竹迫は仲居のたすきと帯を解《ほど》いて手足を縛り、俎板《まないた》の上にあった手拭いで猿ぐつわを噛ませた。

ふう……。

調理台の上を見ると、大きな包丁が何本も置いてあった。よく研いであって、自分が持っているナイフよりも切れそうだった。

竹迫は自分のナイフを半被の中の鞘に仕舞い、調理台の上の出刃包丁を握った。

うん、これがいい……。

包丁を持って、調理場を出た。暗い廊下を歩いて帳場の方に戻り、途中の階段を二階に上がった。客室は、二階と三階だ。

二階には、明かりがついていた。赤い絨毯《じゅうたん》を敷いた廊下の左側と突き当りに、部屋が五つ並んでいる。

手前から〝紅葉〟……〝橅《ぶな》〟……〝銀杏《いちょう》〟……四つ目に〝楢〟という部屋があった。ここだ。そして突き当りの部屋に、〝楓〟と書かれていた。

竹迫はポケットから鍵を出し、字を見比べた。間違いない。ここが、片倉刑事の女房の部屋だ……。

竹迫は鍵を鍵穴に差し込み、回した。鍵が外れる、小さな音がした。なるべく音を立てないように、静かに格子戸を開けた。框に上がり、奥の襖をそっと開ける。

部屋には蒲団が敷かれ、常夜灯がついていた。だが、誰もいない。

何だ、いないじゃないか……。

竹迫は部屋に入り、敷いたばかりの蒲団の上に大の字に横になった。

気持ち好い。花のような、かすかな残り香があった。

目を閉じると、そのまま眠ってしまいそうになった。

6

飯田市川路《かわじ》の川路公民館の駐車場に、警察車輛や消防車輛が続々と集まりはじめた。それほど広くない駐車場は間もなくいっぱいになり、車輛は周辺の道路にまで溢れ出した。

午後七時三〇分――。

〝戒名〟を『旧野守村・千代地区連続殺人事件合同捜査本部』と変更した〝本部〟は、その前線基地が下村公民館から川路公民館に移されることが決まった。

新しい非常線はこの川路公民館を北の境界線として、飯田線の天竜峡駅を中心に川路の市街地と駅の南側の観光名所を取り囲むように配備されることになる。同時に天竜峡駅の待合室にも、〝本部〟の出張基地が置かれる。

片倉と柳井、橋本の三人は駅前の駐車場にタクシーを待たせ、天竜峡駅の出張基地にいた。竹迫の痕跡が最後に確認された場所から計算し、もし奴が天龍峡に向かったとすれば川路の市街地ではなく、最初に姿を現すのは天竜峡駅周辺の観光地ではないかと考えたからだった。

　実際に、ここには飯田署の下平と前田もいた。鼻の利く地元の〝新聞記者《ブンヤ》〟や他のメディアの連中も、ここに集まりはじめている。

　駅前の駐車場も、警察車輛やメディア各社の車で一杯になってきた。テレビのニュース番組のロケ車は煌々《こうこう》と照明を焚いてその前にレポーターを立たせ、カメラを回している。おそらく今夜は、この天竜峡駅一帯が不夜城となるのだろう。

　不安なのは、メディア各社の行動だ。局や新聞社によってはごく少人数のグループで、もしくは単独で天龍峡周辺の遊歩道などに入っていく者もいる。

　もし暗い山中で刃物を持つ竹迫と遭遇したら、何が起きるのか。県警は指定された場所以外に取材に入らないように呼び掛けているが、スクープを物にしたいメディアの連中がそんなことを聞くわけがない。

　片倉は思い出したように携帯を出し、もう一度、竜峡館に電話を入れた。

　呼び出し音が鳴り続ける。だが、やはり、電話が繋がらない。

「康さん、どうしたんですか」

　柳井が訊いた。

「いや、さっきから何度か宿の方に電話してるんだが、誰も出ないんだよ……」

「宿って、康さんが泊まっている旅館のことですか」

「そうなんだ。竜峡館ていう旅館なんだが、お前たちの分も部屋を取っておこうと思ってさ。まあ、今夜は寝る時間もなさそうだから、部屋のことはどうでもいいんだが……」

時刻は、まだ八時にもなっていない。確かに宿泊客の食事は終わったとしても、旅館の人間がすべて寝てしまう時間ではない。

「気になりますね」

「まさかとは思うが、老夫婦でやっているような小さな旅館なんで、ちょっとな……」

老人の住居を襲うのは、竹迫の常套的なやり方だ。

「その竜峡館というのは、ここから遠いんですか」

橋本が訊いた。

「いや、それほど遠くはない。歩いても遊歩道を行けば二〇分、車なら一〇分も掛からんだろう」

「それなら、ここにいても仕方ないし、行ってみますか」

「そうだな。巡回がてら、歩いて行ってみるか……」

片倉は下平に断り、柳井と橋本を連れ、竜峡館に向かって歩き出した。

7

背中に、冷たい水滴が落ちた。

そういえば子供のころに流行《はや》った歌の歌詞に、そんな一節があったっけ……。

智子は、のんびりと風呂に入っていた。この日、もう三度目の風呂だった。

この宿には外湯はなく、内湯だけだが、泉質はいい。それに何よりも、今日は女性の泊まり客が智子だけなので、すべてを独占できて落ち着く。物音ひとつしない静かな湯に入っていると、つい長湯がしたくなる。

でも、さすがにそろそろ湯疲れしてきた。

智子は湯舟から上がり、体を拭いて脱衣所に出た。体にバスタオルを巻きつけて、扇風機の風に当る。火照《ほて》った体の汗がひんやりと引いて、心地好い。

その時、ふと、鏡に映る自分の姿に気が付いた。

他には誰も見ていない。そう思ったら、ふと悪戯《いたずら》してみたくなった。バスタオルを足元に落とし、鏡の前でちょっと色っぽいポーズを取ってみた。

あら私、歳の割にまだまだイケるじゃない……。

胸は垂れてないし、腰の線も崩れてないし……。

そんなことを思ったら急に恥ずかしくなって、慌ててバスタオルを拾い、また胸に巻き付けた。

誰もいない脱衣所で髪を乾かし、少し休み、浴衣を着て浴室を出た。

喉が渇いたので自動販売機でお茶を買っていこう……。

智子はそう思いながら、風呂のある地下から階段で一階に上がった。確か広間の近くに、自動販売機があったはずだ。

だが、一階に着くと、ちょっとした異変が起きていた。明かりがすべて消えて、フロアが真っ暗になっている。見えるのは自動販売機の光と、その先の帳場から洩れるかすかな明かりだけだ。

変だな……と、思った。時間はまだ、八時を少し過ぎたころのはずだ。いくらお客が少ないからといって、旅館がこんなに早く入口の明かりまで消すなんて……。

だが、それ以上は不思議には思わなかった。智子は丹前の袖から財布を出し、自動販売機でペットボトルの日本茶を買った。それを持って、階段で二階に上がった。

部屋のある二階は、何も変わっていなかった。廊下の明かりはついていたし、人影もなく、静かだった。

智子は、赤い絨毯が敷かれたそれほど長くない廊下を歩いた。左側に、客室が並んでいる。奥から二番目の〝楢〟という部屋の前で、足を止めた。

入口の格子戸の中は、他の部屋と同じように明かりがついていない。戸には、鍵が掛かっていた。やはりあの人は、まだ帰ってきていない。

智子は諦めて自分の部屋に戻った。隣の〝楓〟という部屋の前に立ち、鍵穴に鍵を差し込み、回した。

確かに、鍵の外れる音が聞こえた。ところが戸を開けようとしても、動かない。

おかしいなぁ……。

戸の鍵を掛け忘れてお風呂に行って、いま逆に施錠しちゃったのかしら……。でも、今日の宿泊客は自分だけだから、だいじょうぶだろう。智子はもう一度、鍵を開けて部屋に入った。

今度はちゃんと戸に鍵を掛けた。振り返り、部屋の上がり框でスリッパを脱ごうと思った時に、また違和感を覚えた。

部屋の襖が開いていた。確か、閉めたと思ったのに……。

部屋に入った。常夜灯になっていた照明を明るくした時に、もうひとつの異変に気が付いた。

誰かが寝たように、蒲団が乱れていた。

私、蒲団を使ったかしら……。

智子は、記憶を辿った。食事を終えてこの部屋に戻ってきた時に、宿の人が蒲団を敷いてくれていた。その後、部屋の隅に寄せられた座卓の前に座り、お茶を淹れて少しテレビを見た。

テレビを消して、お風呂に行った。やはり、蒲団を使った覚えはない。

それとも久し振りにお酒を飲んだから、少し酔ったのかしら……。

その時、ふと背後に気配を感じた。振り返った。部屋の隅に、大きな出刃包丁を持った半被姿の男が立っていた。

「うそ……」

息を呑んで、その場に座り込んだ。

「あんた、片倉刑事の奥さんだね」

男が、笑いながらいった。

8

森の中に続く遊歩道に、無数のホタルのような光が見えた。

巡回警戒中の警察官や消防団員、各メディアの取材陣が持つＬＥＤライトの光だ。だが、この闇の中では、近付くまで相手が誰なのかわからない。

いまも片倉たちの前方から、三つの光が揺れながら近付いてきた。服に蛍光色のラインが入っているところを見ると、飯田署の署員だろうか。目の前まで来ると、やはり制服の警察官だった。

「お疲れ様です。石神井署の者です」

片倉が名告ると、三人の警察官が敬礼を返した。

「ご苦労様です」

「この先は、異常ありませんか」

片倉が訊く。

「はい、いま我々は遊歩道を一周し、つつじ橋を渡ってここまで戻ってきたのですが、特に異常はありませんでした……。ただ、〝新聞記者〟たちが多くて……」

つつじ橋は、片倉も前日に渡った吊り橋だ。

「竜峡館には、寄りましたか」

三人が、顔を見合わせた。

「確か、この奥にある旅館ですね。遊歩道のルートから少し離れているので見てきませんでしたが、他の班が行っているかもしれません……」

敬礼し、三人と別れた。

さらに、奥へと進む。しばらくしてまた、どこかのテレビクルーらしい五人と出会った。

普段ならばこの時間には誰も歩いていないような林間の遊歩道だが、今夜は本当に人が多い。

「こっちだ……」

片倉は柳井と橋本を連れて、遊歩道を右に逸れた。暗い小径を抜ける。間もなく、周囲に人家のある細い車道に出た。

その道を、左に折れた。しばらく先に行くと、道は竜峡館の敷地に入った。そこで、行き止まりになる。

「ここだ……」

片倉は、竜峡館の建物を見上げた。

「明かりが、消えてますね……」

橋本がいった。

ただ建物の暗い影が、雲が流れる月夜に聳えていた。それがまるで無人の、廃墟のように見えた。

いや、二階の一番手前の部屋のカーテンの隙間から、かすかに明かりが洩れている。誰か、宿泊客はいるらしい。

「しかし、この時間に玄関の明かりが消えているなんて、おかしいですね。まだ、八時過ぎですよ」

柳井がいった。

「確かに、変だな。電話にも誰も出ないし、何かあったのかな……」

片倉は建物に歩み寄り、入口の前に立った。だが、自動ドアは開かなかった。電源が切られているらしい。

戸の引き手に指を掛け、力を込めた。鍵が掛かっていて開かない。宿泊客の一人である片倉がまだ帰っていないのに、入口に鍵を掛けるというのもおかしい。

入口の横にある呼び鈴のボタンを押した。中でチャイムが鳴っている音が聞こえるが、やはり誰も出てこない。

「もう寝ちゃったのかな……」

片倉はもう一度、電話を掛けた。携帯に、呼び出し音が聞こえる。だが、建物の中から電話のベルの音は聞こえてこない。

橋本が戸のカーテンの隙間から、中を覗き込んだ。

「帳場はすぐ近くなのに、なぜ電話の音が聞こえないのかな……」

「電話線が抜かれているようですね」

柳井がいった。

そうだとしたら、竜峡館の中で何かが起きていることは、決定的だ。

「どうしますか。裏口を探しますか」

「よし、裏に回ってみよう。柳井、下平さんに連絡してくれ」

「はい」

玄関から、建物の裏手に回った。その時、暗がりの中から突然、人が飛び出してきて片倉にぶつかり、倒れた。

ＬＥＤライトの光を向けた。和服を着た、女だった。手を後ろ手に縛られ、口に猿ぐつわを嚙まされている。

「どうしました！」

片倉と橋本が体を支え、手を縛る紐《ひも》と猿ぐつわを外した。

「た……大変です……。中に、殺人犯がいます……」

女が、喘《あえ》ぎながらいった。

9

捜査本部の作戦行動は、速やかかつ粛然と行なわれた。

天龍峡の西岸に、ライトを消した警察車輛とおよそ一〇〇人の警察官が続々と集まりはじめた。

連続殺人犯の侵入が確認されてから二〇分後の八時半には、〝現場《ゲンジョウ》〟の竜峡館をほぼ包囲。その一〇分後には、天龍峡の対岸への配備も完了した。

そのころ片倉は、竜峡館から二〇〇メートルほど離れた天龍峡温泉交流館の駐車場に駐めた飯田署のマイクロバスの車内で竜峡館から逃げ出してきた仲居、高村芳子《たかむらよしこ》の聴取に同席していた。

「すると、その男は大きなナイフを持ってたんだね。大きさは、どのくらいかな」

下平が訊く。

「はい……持ってたです……。大きさは、このくらいだったと思います……」

仲居が、両手の人さし指を三〇センチほどに広げる。その大きさがどれだけ正確かはわからないが、竹迫に殺された小松達巳、宮田喜一の刺し傷と矛盾しない。

「その男と目が合って、高村さんは逃げた。そうしたら男が追ってきて背中に体当りか何かをされて、気を失った」

「はい、そうです……」

仲居が痛そうに肩を押さえ、背中を丸める。

「もうすぐ、救急車が来ますからね。だいじょうぶですか」

「はい、だいじょうぶです……」

片倉が暗がりで助けた時にはわからなかったが、仲居はかなり怪我をしているようだ。呼吸も荒い。だが、それでも下平が調取を続けた。

「年齢は、三〇歳くらいの若い男だといったね。それで、半被のようなものを着ていた。

身長は、どのくらいだったかわかるかな」

下平に訊かれ、仲居が少し考えた。

「さあ……。あまり大きくなかったと思いますけど……。私と、同じくらいだったかしら……。殺人犯が逃げてるって聞いてたんで、怖くて……」

仲居の身長は、一六〇センチくらいだ。

「それで、気が付いたら手足を縛られていたんだね」

「はい、そうです……。それで、私は体が柔らかいんで、足を縛ってある手拭いを解《ほど》いて逃げたんです……」

「その、あなたを襲った男というのは、この男かな」

下平が、竹迫の写真を見せた。仲居が、首を傾げて考える。しばらくして、頷いた。

「たぶん、この男だと思います……。でも、怖くてあまり顔をよく見なかったので、違うかもしれない……」

片倉は傍らにいた柳井と橋本の二人と顔を見合わせた。やはり竹迫の収監中の写真を見ただけでは、本人を判別するのは難しいということだ。

「あなた以外に、今日は旅館内に何人くらい人がいたのかね」

下平が訊いた。

「社長の藤田幸太郎《ふじたこうたろう》さんに、女将の久美子《くみこ》さん、他にお客様が二人……。今日は、全部で四人だと思いましたけど……」

仲居が指を折って数えながら、答える。下平の横で、前田がメモを取る。

「その、お客さんの名前はわかりますか」

「はい、東京からきた片倉さんというご夫婦です。お部屋にいらっしゃるのは奥様だけで、旦那様はまだお帰りになっていなかったと思いますけど……」

片倉さんというご夫婦？

いらっしゃるのは奥様だけ？

いったい、何のことだ？

「私がその片倉ですが……」

片倉が、いった。仲居が片倉の顔を見て、改めて驚いたような顔をした。

「あ、そういえば……。昨夜も今朝も、私がお客様にお世話しましたよね。どこかでお会いしたような気がしてたけど、ちっとも気が付かなかった……」

しかもいま、片倉は石神井警察の捜査用のジャンパーを着ている。気が動転している仲居が気付かないのも無理はない。

「そうです。夕食までに戻れなくて、申し訳ない。ところで、その〝奥様〟というのはどういうことなんですか。私は竜峡館に一人で泊まっていたのですが……」

片倉がいうと、仲居が不思議そうに首を傾げた。

「そうなんですか？　今日の午後、片倉さんの奥様という方がお着きになって、お隣のお部屋にご案内しましたよ。私が夕食の給仕をしたので、確かですけど……」

話をしている時に、サイレンを鳴らさずに救急車が着いた。飯田署のマイクロバスに救急隊員が三人乗り込んできて仲居の問診を始め、聴取が中断した。

片倉はマイクロバスから降りて、携帯を出した。智子の携帯番号に、電話を掛けた。

一回……二回……三回……四回……。

呼び出し音を一〇回鳴らしたが、出ない。

電話を切り、溜息をついた。

10

また、電話が鳴っている。

今度は、携帯だ。気に障る音だ……。

竹迫和也は、座卓の上のアイフォーンを握った。

ぶっ壊してやる！

だが、壁に叩きつけようとした瞬間、ディスプレイに表示されている文字が見えて手を止めた。

片倉康孝——。

この字は知っている。例の片倉刑事の名前だ……。

竹迫は、ディスプレイを見ながら笑いを浮かべた。それを、蒲団の上に縛ってころがしてある女に見せた。

「奥さん、あんたの旦那さんから電話だよ……」

そういったところで、呼び出し音が止まった。

女が、じっと竹迫を見ている。怯えているのか、いないのか。何だか竹迫の心の中を見透かそうとでもしているような、妙に澄んだ目だった。

「何を見てんだよ……」

竹迫がいった。

だが、女は黙っていた。ただ、じっと竹迫を見詰めている。何を考えているのかわからないが、どこか優しそうな、綺麗な顔だった。

竹迫も、女を見詰めた。後ろ手に縛った浴衣の胸元から、白い乳房がこぼれていた。それを見て、生唾《なまつば》を飲んだ。

「小母《おば》さん、美人だね……。おれよりは、歳上だよね……。四〇歳くらいかな……」

竹迫は、女の横に座った。女の顔が、一瞬、頬笑《ほほえ》んだように見えた。

「ありがとう。そんなに若く見てくれて。私はもう、五〇を過ぎてるわ……」

女が初めて、口をきいた。竹迫は、少しうれしくなった。

「嘘だ……。五〇になんて見えないよ……。もっと若く見えるし、綺麗だし……」

竹迫は出刃包丁とアイフォーンを座卓の上に置き、女に近付いた。右手をそっと伸ばし、白い乳房に触れた。それでも女は、頬笑みながら竹迫を見詰めている。

その時、一瞬、竹迫の目を何かの光が掠めた。窓からだ。竹迫はまた出刃包丁を摑んで立ち、窓辺に向かった。

カーテンの隙間から、外の様子を窺った。夜の静かな森と、その梢の間に何軒かの家の明かりが見えた。竹迫がこの旅館に入ってきた時と、何も変わらない。

だが、闇に目が馴れてくると、もっといろいろな物が見えてきた。狭い道路や森の陰に、何台もの車が駐まっている。その間を、何十人もの人影が動き回っている。

警察だ。完全に、囲まれている……。

竹迫の顔色が、血の気が上るように、見る間に赤くなりはじめた。


智子は、窓辺に立つ男の後ろ姿を見守っていた。

いまは不思議なほど恐怖を感じていなかったし、冷静な気がした。

この男は誰だろう……。

今日、宿に着いた時に、女将さんからこの近くで殺人事件があったことを聞いた。犯人が山に逃げているので、警察がいたる所で警戒に当っていた。きっとこの男は、その逃げていた犯人なのだろう……。

だけど、どうやってこの宿に侵入したのかしら。ここには、他にも宿の主人や従業員がいたはずなのに。その人たちは、どうしたのだろう……。

もしかしたら私のように、階下のどこかの部屋で縛られて動けないでいるのかしら。それとも、殺されてしまったのかしら……。

それでも智子は、奇妙なことに、自分が殺されるようなイメージが湧かなかった。

この男は、絶対に私を殺さない。もちろんそれは、この男を怒らせなければの話なのだけれども……。

智子は、冷静に男の様子を観察した。窓の外を見る姿に、落ち着きがない。包丁を握る右手を苛立たしげに動かし、カーテンに顔を隠しながらしきりに何かを呟いている。

明らかに、狼狽《ろうばい》している。何か、想定外の事態が起きたのかもしれない。もしかしたら、警察が来たのか……。

智子は上半身を起こし、座卓の上のアイフォーンを見た。何とか、あの人に連絡を取る方法はないかしら。私がここにいることを、教えないと……。

その時、智子は、奇妙なことに気が付いた。この男はどうして、私が〝片倉刑事の奥さん〟だと知っているのかしら。最初に襲われた時も、電話が掛かってきた時にも、確かにそういった……。

それに、もうひとつ、気になることがある。さっきから顔を見ながら思っていたのだけど、この男どこかで見たことがある……。

いつ、どこで見たのかしら。それが、思い出せない。もしかしたら、テレビで……。わかった。テレビのニュースだ。何週間か前に、川崎のどこかの警察署から逃走した男がいた。あの男だ……。

そういえばあの男、何年か前に石神井警察署の管内で捕まったんじゃなかったかしら。確か、強盗をやって……。

それで、考えていたことが一本の線に繋がった。片倉は自分の仕事について何も話してはくれないけれど、もしかしてこの男を石神井署の管内で逮捕したのは、あの人だったのかも……。

この男、名前を何といったっけ。テレビで何度も聞いたはずなのに、思い出せない。自分では冷静だと思っても、やっぱり私も気が動転しているのかしら……。

智子は何とか男の名前を思い出そうと、部屋の中を見渡した。その時、床の間の掛軸の〝和気〟という言葉が目に入った。

そうだ。確かこの男の名前にも〝和〟という字が入っていた。

それで思い出した。あの男の下の名前は〝和也〟だった。

和也……和也……和也……。

その名前の上に付く名字は〝竹迫〟だ。〝竹迫和也〟だ！

「あなた、竹迫和也ね」

智子が名前をいうと、男が驚いたように振り返った。

「何だ、知ってたんだね……」

男の口元が、引き攣るように歪んだ。

「ええ、いま思い出したの。あなたのことを、テレビで見たことがあるって……」

男が、目を吊り上げて笑った。

「そうだよ。おれ、ニュースに出たんだ。今日も出てたんだよ。見てくれたんだね。でも、よくわかったね」

男が、うれしそうに話す。

「最初は、わからなかったわ。あの写真は違う人のように見えたし……」

智子も、強張りながら頬笑む。

「そうなんだ。あの写真、写りが良くないんだ。警察は写真を撮るのが下手だからね」

男が嬉々《きき》として包丁を振り回す。

「それで、主人のことを知ってたのね。あなたは昔、片倉刑事に逮捕されたことがあったんでしょう……」

智子が〝片倉〟の名前を出した瞬間に、竹迫の顔色が変わった。笑いが消え、目が動物のように光った。

男が大股に歩いてきた。まずい……。

「片倉に逮捕されてなんかいない。そんなことじゃねぇんだよ！　殺すよ！」

髪を摑まれた。痛い……。

そのまま力まかせに、窓際まで引き摺られた。そこで、立たされた。

男がカーテンと窓を開けた。智子を左腕に抱え、出刃包丁を喉元に突き付けた。

「おい、警察！　こそこそやってんじゃねぇよ。この旅館に一歩でも入ってきたら、この女を殺すぞ！」

男が窓の外に向かって叫んだ。

私……殺されるのかもしれない……。

智子はその時、初めてそう思った。

11

片倉は〝現場〟に向かった。

後から柳井と橋本が続く。僅か二〇〇メートルの距離が、とてつもなく遠く思えた。

途中でベルトの無線器が、緊急連絡を受信した。

〈――〝現場〟……竜峡館……〝225（誘拐）〟発生……〝人質《グニゴム》〟は女……他数名……〝被疑者《マルヒ》〟は男……例の〝逃走犯《ウサギ》〟と思われる……現在〝PC（パトカー）〟……ならびに〝PM（警官）〟……〝現場〟を包囲……〉

イヤホンに、聞き取り辛い音声が流れる。だが、これだけの情報では状況は何もわからない。

〝現場〟が近付くと、狭い道路にひしめき合うように警察車輛が並んでいた。だが、どの車輛もライトや回転灯を点灯していない。物陰には何十人もの警察官が、息を潜めている。異様な光景だった。

パイロンとテープの規制線を越えて、さらに奥に進んだ。遠くから、男が叫ぶ声が聞こえてきた。

「おい、警察！　お前ら、こっちから見えてんだよ！　もっと下がれ！　本当にこの女を殺すぞ！」

他の警察官を掻き分けて、竜峡館の敷地の境界線まで出た。立ち止まり、見上げた。

二階の窓が、一カ所だけ開いている。その部屋だけ、明かりがついていた。その光の中に、二人の人影が見えた。

「下がれっていってんだろ！　本当にこの女を刺すぞ！」

刃物を持っている男が叫んだ。あれは、竹迫和也だ。

そして竹迫に抱えられ、喉元に刃物を突き付けられている女……。

人質になっている女は、間違いない。

智子だ……。

「康さん、まさかあの人は……」

追いついてきた橋本がいった。

橋本とは同じ石神井警察の刑事課で、もう二〇年来の付き合いだ。智子とも同僚の結婚式などで何度も顔を合わせているし、よく知っている。

「そうだ、智子だよ……」

「しかし、なぜ智子さんがここに？」

「いや……おれにも、わからないんだ……」

片倉がこの宿に泊まっていることを聞いたので、後から追ってきたのか。もし天龍峡に来るなら、なぜ片倉にいわなかったのか──。

──おい、君は竹迫和也だな──。

どこかで、拡声器で呼び掛ける声が聞こえた。

「そうだ！　おれは竹迫だ！　だったらどうしたってんだよ！」

竹迫が叫ぶ。

まずい。あの男を興奮させたら、何をするかわからない。

——無駄なことは止めて、人質を放しなさい。刃物を捨てて、投降しなさい——。

片倉は、拡声器を持っている男を捜した。あの男だ。

「うるせえ！　黙れ！　おれはもう、何人も殺してんだ！　どうせ、死刑なんだよ！　これからも何人だって、殺すぞ！」

竹迫の手元が動いた。同時に、智子の悲鳴が聞こえた。

片倉は、走った。智子が、殺される。

「やめろ！」

県警の腕章をしている男から、拡声器を取り上げた。

「何をする！」

男が、片倉を睨んだ。胸に、片倉より二階級上の警視の階級章を付けている。県警本部の課長か、警察署の署長クラスだ。

「すみません。東京からこちらに〝共同捜査〟で入った石神井警察署の片倉といいます……」

片倉は男に敬礼した。

「今日の午後から捜査は〝共同〟から〝合同〟になったはずだぞ。私はその〝合同捜査本部〟で〝主任〟を務める関口《せきぐち》だ。なぜ、止めたのかね。理由を説明したまえ!」

男が、いった。

「私は、あの竹迫和也という男をよく知っています。実際に逮捕して、聴取したこともあります……」

「だから?」

「あの男を刺激するのは危険です。昂奮《こうふん》すると、何をするかわからない。人質の命が、危ない」

片倉は、きっぱりといった。警察では階級による上下関係は絶対だが、いまはそんなことをいっている場合ではない。

二階の窓を見上げた。窓際にいた竹迫と智子の姿が見えなくなった。窓とカーテンが、閉じられた……。

その時、暗がりから下平が歩み寄ってきた。

「ああ、片倉さん。ここでしたか。それに関口課長、お疲れ様です……」

下平は関口をよく知っているのか、軽く敬礼をした。

「下平君、この男は何者なんだね」

関口が片倉を指さし、訊いた。

「ああ、東京の石神井警察署からいらした片倉さんですよ」

「それは聞いた」

「片倉さんは六年前に、竹迫が〝強盗《タタキ》〟をやった時の〝捜査主任《シュニン》〟だった人ですよ。実際に竹迫に〝手錠《ワッパ》〟を掛けて、聴取もやっている。まあ、竹迫に関しては最もよく知っている方でしてね……」

関口が、下平と片倉の顔を交互に見た。

「それじゃあ、お前らで勝手にやればいい」

捨て台詞《ぜりふ》を残して、立ち去った。

「下平さん、すみません……」

片倉が、頭を下げた。

「いやいや、石神井署の皆さんにはお手数を掛けてばかりで、こちらは何もできなくて。新しい〝本部〟の〝主任〟もちゃんと紹介しておけばよかったんですが……」

「いや、この情況では、仕方ない……」

あれから、二階の部屋に人影はない。智子は、どうなったのか……。

「いま、宿の主人と女将に連絡が取れんかやってみとるんですが、やはり人質に取られてるのかもしれんですね。そうなると、人質は三人か……。〝突入〟の準備をしておいた方がいいかもしれんな……」

下平がいった。

「それは、ちょっと待っていただけませんか……」

「はあ、でも、どうしてですか」

片倉は、いうべきかどうか迷った。だが、下平には伝えておいた方がいい。

「実は、いま竜峡館の二階で人質になっているのは私の妻……いえ、正確には〝元妻〟というべきなんですが……」

「何ですって……」

下平が驚いたようにいった。

「そうなんです。私も、驚きました。まさか、彼女がここに来ているとは思わなかったものですから……」

片倉は再度、自分に問い掛ける。なぜ智子が、ここに来たのか。なぜ彼女が、竹迫の人質になったのか……。

「まさか、奥様が人質になったのは、偶然に……」

下平が訊いた。

「半分は、偶然かもしれません。しかし、もしかしたら、あとの半分は〝必然〟であるように思えます……」

もし竹迫が、智子が片倉康孝の元妻であると知って人質に取り、竜峡館に立て籠もったのだとしたら……。

竹迫は、自分と会いたがっている可能性がある。

12

智子は、自分が刺されたのがわかった。

確かに乳房の上あたりに鋭い痛みが疾り、刃物の先端が刺さったような感触があった。

だが、傷はあまり深くない。出血もそれほどしていない。むしろ、意外だったのは、智子を傷付けた後のこの竹迫和也という男の反応だった。

「ごめんよう……。刺すつもりなんて、なかったんだよう……。痛かっただろう……」

竹迫は、智子の傷の上に手拭いを当てて押さえながら、泣いていた。いまは包丁も手にしていない。

「だいじょうぶよ。それほど痛くないし、血もすぐに止まるわ」

「ごめんよう……。本当に、間違って刺しちゃったんだよう……」

つい先ほどまでとは、まるで別人のようだった。

最初はいかにも凶悪犯といった様子で、冷酷なほどの悍《おぞ》ましさを感じた。警察に取り囲まれたことに気付き、呼び掛けが始まると異常なほど興奮し、狂気すら感じた。そしていまは、まるで母親を傷付けてしまった子供のように、うろたえて泣いている。

智子は、直感的に思った。

もしかしたらこの人は、私を誰かと混同しているのかもしれない。遠い昔、まだ自分が少年だったころに、親しかった誰かと……。

「ねえ、竹迫さん……」

智子はあえて名前の下に〝さん〟を付けて呼んでみた。

「えっ……」

思ったとおり、反応があった。不意を突かれたように、きょとんとして智子の顔を見ている。

「どうしたの？」

智子が訊いた。

「いや……〝竹迫さん〟て呼ばれたの、久し振りだったから……」

竹迫が、照れたように笑った。まったくこの男は、わからない。

「それじゃあ、何て呼んだらいいの？」

「うん……竹迫さん、でいい……」

智子は、不思議だった。いま自分は籠城する殺人犯に人質に取られ、縛られて刃物で脅されている。この緊迫した情況では有り得ないような、平穏な会話だった。

「ひとつ、お願いがあるの……」

「何……」

「この腕を縛っている帯、解いてくれないかしら。後ろで両手を縛られてると、腕が痛くて仕方ないわ……」

智子は試しに、いってみた。

竹迫は、何かを考えている。左右の目が、落ち着きなく動く。

「だめだよ。うまいこといって、逃げる気だね。おれを騙そうったって、そうはいかないよ」

「ごめんなさい。でも、本当に腕が痛いの。逃げたりはしないわ。それなら、体の前で縛ってもらってもいいし……。お願いだから……」

智子は、竹迫の目を見詰めた。すると、竹迫は目を逸らして俯いた。どうしていいかわからずに、迷っているようだ。

「いいよ。逃げないと約束するなら、解いてやるよ……」

竹迫が智子の後ろに回り、手首を縛っている帯を解いた。腕が、楽になった。両手を前に回して揃えると、竹迫がそれをまた帯で縛る。

先ほどは見ていなかったが、奇妙な縛り方だった。こんな縛り方は、見たことがない。

そういえば、足首の縛り方も変だ。この人は、こんな大人になってもちゃんとした紐の縛り方を知らないのだろうか……。

「あまり強く縛らないでね。逃げたりしないから……」

「うん、わかってる……」

殺人犯と人質とは思えない、のんびりとした会話……。

だが、懸命に手首を縛ろうと試行錯誤する竹迫を見ながら、智子は考えていた。この縛り方ならまず足の帯を解いて、隙を見て逃げられるかもしれない……。

「ほら、上手く縛れた」

竹迫が、無邪気な笑いを浮かべた。まるで、レゴで何かを作り上げた子供のように……。

智子の手を縛り終えると、竹迫はまた出刃包丁を手にし、窓辺に立った。

カーテンの隙間から、外を眺める。こちらをまったく気にしていない。

「警察は、どうしたの?」

智子が訊いた。いまはできるだけ平静を装って、この男を油断させることだ。

「まだいるよ。パトカーも、おまわりもたくさんいる……」

竹迫が、外を見ながら答えた。包丁を握る右手が、苛立たしげに動く。

「でも、静かになったわね。さっきは、拡声器で出て来いといってたのに……」

「出て行くもんか。あいつらには、用はない……」

あいつらには、用はない?

それなら、誰に用があるの？

まさか……。

「竹迫さん、あなたはなぜ私を人質にしたの。もしかしたら、片倉の妻だからでしょう……」

〝片倉〟と聞いて、竹迫が振り返った。双眸に、また小さな熾火《おきび》のようなものが燻りはじめていた。

「そうだよ。だから、どうしたの？」

男の声が、低くなった。

やはり〝片倉〟がこの男の〝鍵〟なのだ。過去に、犯罪者とそれを追う刑事として、二人の間に何かがあったのだ。これ以上は刺激しない方がいいことはわかっていたが、止まらなかった。

「あなた、もしかしたら片倉刑事に用があるのね……。あの人と、話がしたいんじゃないの……」

自分の声が、かすかに震えているのがわかった。

「どうして、そう思うの？」

竹迫がいった。

「だって、あなたは最初から私が片倉の妻だということを知っていたわ……。それに、この旅館に立て籠もらなくても、逃げようと思えばもっと遠くに行けたはずでしょう……」

最初は、なぜこの男が自分のことを知っていたのか不思議だった。しかし、いろいろと考えているうちに、その理由がわかってきた。智子はこの旅館に入る時に、玄関にあった歓迎看板に〈――歓迎　片倉様――〉と書かれていたのを見た覚えがあった。

竹迫は、考えている。まるで、壊れた自分の頭の中身を整理するように。

そして、いった。

「そうだよ……。玄関に〝片倉〟って書いてあったから入ってきたんだ……」

やはり、智子が思っていたとおりだった。

「それなら、片倉と会って話せばいいのに……」

男が怪訝な顔をした。

「どうやって、さ……」

「そこに、私の携帯があるわ。私が電話をすれば、あの人が出る……」

男は、考えている。何かを、迷っている。

「それとも、あの人と話すのが怖いのかしら」

智子がいった。

13

時間が刻々と過ぎていく。

だが、膠着《こうちゃく》状態が続いていた。

あれ以来、竜峡館の二階の部屋に動きはない。包囲する警察も、人質を取られている以上は動きようがない。

午後九時四五分——。

竜峡館の社員、吉野《よしの》昭広《あきひろ》が〝現場〟に着いた。普段は番頭の傍ら雑用をこなすが、宿泊客が少ない今日と明日はたまたま休みを取っていたという。

捜査本部は竜峡館から直線距離で一〇〇メートルほどしか離れていない日帰り温泉施設の休憩所に新たな前線基地を置き、そこで吉野に協力を求めて話を聞いた。竜峡館に二〇年以上も勤めている吉野は、館内のことをすべて把握している。

「まず、入口のあるのは建物のこちら側、北側ですね。入ってすぐ右側に帳場があって、その奥に八畳間の従業員の控室があるら……。その左側にロビーがあって、こう廊下が続いていて……。左側に階段、そこを左に曲がると右手に食事用の広間……。その奥の左側が調理場……。調理場の裏にも勝手口があって、そこから建物をこう回って正面に出られ

る ら……」

下平は紙に見取図を描きながら話す吉野の説明を、黙って聞いていた。吉野が、さらに続ける。

「客室は、さっきの階段を上がって二階と三階、全部で一〇部屋あるら……。階段を下りると、地下のここが男湯……ここが女湯……。突き当りにボイラー室があって……」

ここで、下平が訊いた。

「二階の客室に行くには、この階段を上るしかありませんか」

「いや、裏のここにも非常口があるら……。でも、外の階段が錆びてっから、もしかしたら危ねえかもしれんね……」

吉野が、あくびを嚙み殺す。休みなので家で酒を飲んでいたのか、顔が赤い。

「外からはどうですか。例えば、他の部屋の窓からとか……」

下平が、吉野の描いた見取図をボールペンで指す。

「東側の窓は無理らあ。うちの建物は天龍峡の渓に突き出るように建ってるし、その下は断崖絶壁だら……。あのお客さんが泊まってるのは角部屋だから、正面から消防の梯子車《はしごしゃ》でも入れれば何とかなっかもしんねえけど……」

建物の正面にあるのは、竹迫が顔を出した窓だ。いくら何でも、あそこから突入するのは無理だ。

下平は、見取図のもう一方、廊下側の壁をペンで指した。

「西側は、どうですか。この部屋と部屋を行き来する廊下に、窓はありますか」

「いや、窓はないです……。そちら側は目の前に古い石垣があって何も見えないんで、最初から窓は作らなかったんだと聞いとるら……」

下平は、腕を組んで考える。

つまり、あの建物を急襲するためには、正面玄関から突入するか裏の勝手口から侵入するか、そのどちらかしかないわけか。もしくは、天龍峡の対岸に県警の特殊部隊を配置して、竹迫が窓に姿を現したところを狙撃させるか。人質を取られていることを考えればリスクはあるが、最後の手段としては仕方ないだろう。

下平は、傍らで話を聞く同僚の今村茂に耳打ちした。

「茂さん、〝県警《ホンテン》〟の方にいって、SAT（特殊急襲部隊）の出動を要請してもらえんかな」

現在SATは、愛知県警にも配備されている。いまから要請すれば、明朝の夜明け前までには配備できる。

「しかし、どうかな……。奴は、銃を持っているわけじゃねぇずら……」

確かに今村のいうとおり、SATの出動条件は前例によって細かく規定されている。例えば籠城事件の場合には、〝犯人《ホシ》〟が銃もしくは爆発物を持っていることが、暗黙の前提条件となる。

「一応、訊いてみてくれんかな」

「わかった……」

今村がそういって、席を立った。

問題は旅館の主人と女将の消息だ。この二人も人質に取られているとしたら、どこにいるのか。それがわからないと、こちらも動きようがない。

下平は、吉野に訊いた。

「旅館の主人の藤田さん夫妻と連絡が取れんのですが、どこにおられるか心当りはありませんか」

「今日は、旅館にいるはずらが……」

「旅館にも、お二人の携帯の方にも電話を掛けてみたんですが、まったく繋がらないんですよ」

「それじゃあ、何かあったんずら……」

つまり、二人も人質に取られているのか。もしくは、殺されたのか……。

「もしお二人が人質に取られたとしたら、どの部屋にいると思いますか。犯人が籠城している二階の客室にいるのか、それとも別の部屋なのか……」

下平にいわれ、吉野が考える。

「たぶん、この帳場の裏の控室だと思うら。二人は時間が空くと、この部屋で休んでることが多いから……」

「この部屋に、窓は？」

「あるずら。外の石垣と建物の間に細い通路があって、そこが窓になってるら……」

「石垣を伝って、そこから入れんかな」

「入れるかもしれねぇら……」

吉野がいった。


片倉は少し離れたテーブルに座り、下平と吉野の話に耳を傾けていた。

だが、小声で話す二人の声は、ほとんど聞こえてこない。

本来なら智子が人質になっている竜峡館の〝現場〟に残りたかったのだが、そうもいかなくなった。〝刑事〟は、自分の家族が当事者となる犯罪の捜査は担当できないという不文律がある。個人的な感情が介在し、冷静な捜査ができなくなるというのがその理由だ。これは自分の家族が加害者であれ、被害者であれ同じことだ。

実際には、智子はすでに片倉の家族ではない。だが、たとえ別れた妻であれ、彼女に関連する事態に個人的な感情を抜きにして対することはできない。事実、先程は、県警の課長に対して警察官らしからぬ態度を取ってしまった。

「康さん、どうしますか。我々がここにいても、何もやることがありません……」

片倉と一緒に〝現場〟から引き上げてきた柳井が訊いた。

「そうだな……。お前と橋本は、竹迫が籠城している〝現場〟に戻ってくれ……。何か動きがあったら、電話をくれ……」

「康さんは、どうするんですか」

橋本がいう。

「おれは、ここに残るよ……」

何事にも冷静に対処できないのであれば、自ら捜査の第一線から身を引くべきだ。これ以上、無理をして〝現場〟に残っても、捜査の足手まといになるだけだ。

片倉は冷めた番茶を口に含み、溜息をついた。

「それでは、我々は行きますよ」

「ああ……そうしてくれ……」

その時、片倉の携帯が鳴った。

ポケットから出し、ディスプレイを見る。瞬間、驚きで目を疑った。

まさか……。

「誰からですか」

柳井が訊いた。

「智子の携帯からだ……」

片倉は息を整え、電話を繋いだ。

「もしもし……」

――あなた……。私……智子です……。ごめんなさい――。

智子のか細い声が聞こえてきた。

14

智子は両手首を縛られたまま、携帯を持っていた。

電話口から、片倉の懐かしい……確かに懐かしいと感じた……声が聞こえてくる。

――ごめんなさいはいいけど、怪我はしていないのか。だいじょうぶなのか――。

「はい……。刃物の先がちょっと当ったけど、でも、だいじょうぶ……。もう、血は止まったから……」

――それにしても、なぜこんなところにいるんだ。天龍峡に来るなら、どうしていわなかったんだ――。

「ごめんなさい……。あなたを、驚かそうと思ったの……」

智子の目の前に、竹迫の顔がある。食い入るように、電話で話す智子を見ている。

——まあいい。それより、無事ならばそれでいい——。

「ごめんなさい……」

片倉と話していたら、涙がこぼれてきた。いままで我慢していたのに……。

——それより、いまどこにいるんだ。旅館の二階の部屋から、出られたのか——。

「いえ……まだ部屋にいるわ……。帯で、手足を縛られてるの……」

——犯人は、その部屋にいるのか——。

「竹迫さんね……。いま、私と二人でこの部屋にいるわ……」

智子は少しずつ、自分の情況を伝えるように話した。

自分が犯人の名前を知っていること。二人で、この部屋にいること。つまり、他の人質はここにはいないこと……。

だが、竹迫は電話で話す智子を黙って見ている。

——どうやって、電話しているんだ。竹迫は、寝てるのか——。

「違うわ……。彼はいま、私の目の前にいる……。寝てはいないわ……」

——それじゃあ、どうして……。竹迫が、電話をしてもいいといったのか？——。

「そう……。あなたに、電話をしろといわれたの……。ちょっと待ってね……」

智子は片倉との電話を中断し、アイフォーンを竹迫に差し出した。

「片倉と話しますか」

竹迫がアイフォーンに手を伸ばす。だが、その手が止まった。助けを求めるように、智子を見る。

もしかしたらこの人、片倉のことが怖いのかしら……。

「片倉は、何ていってる……」

竹迫が訊いた。

「私のことを、心配しているわ。それだけよ……。あとはあなたが、自分で話してみればいい……」

智子はそういって、竹迫の様子を窺った。

竹迫がまたゆっくりと、手を伸ばす。そして、アイフォーンを取った。

「片倉さん……。おれだよ、竹迫だよ。久し振りだね……」

竹迫がいった。

15

片倉は智子との会話の途中で胸ポケットからボールペンを抜き、手元にあったパンフレットの裏にメモを書いた。

〈――アイフォーン用の録音器を持ってないか――〉

その紙を柳井と橋本に見せた。柳井が黙って、ベルトのケースからコールレコーダーを取り出した。会話録音機能のないアイフォーンを使う刑事のほとんどは、このコールレコーダーを持っている。

片倉はアイフォーンにコールレコーダーのコネクタを差し込み、待った。間もなく、特徴のある竹迫の声が聞こえてきた。

――片倉さん……。おれだよ、竹迫だよ。久し振りだね――。

「おう、竹迫か。久し振りだな。あれ以来だから、六年振りか。元気だったか……」

会話を引き延ばすようにゆっくりと話しながら、またメモを書いた。

〈――いま竹迫が電話に出た。下平さんを呼んできてくれ――〉

そのメモを、柳井と橋本に見せた。橋本が頷き、下平の方に向かった。

――元気だよ。ニュースを見て知ってるだろう。だから、ここに来たんだろう――。

竹迫の話し方は、昔のままだった。声も、変わらない。

「いや、偶然なんだ。おれは、休みを取ってここに旅行に来たんだよ。そうしたら〝殺人事件〝があってね。それで地元の所轄に協力してるんだ……」

――嘘だろう――。

「本当さ」

お互いに、腹の内を探り合うような会話だった。

そこに、下平がやってきた。ペンで紙に〈――竹迫？――〉と書いて片倉に見せた。片倉が、黙って頷く。

――いま、ぼくが誰といるか知ってるかい――。

竹迫がいった。

「ああ、うちの女房が世話になっているそうだな」

あえて〝元妻〟とはいわず、〝うちの女房〟といった。今後のことを考えると、その方がやりやすい。

――奥さんの名前、トモコっていうんだね。さっき、奥さんが電話でそういってたろう。それでわかったよ――。

そうだ。確かに電話でそういっていた。ここは、少し智子のことから話を逸らした方がいい。

「それより竹迫、これからどうするつもりなんだ。そのままそこにいても、いずれは捕まるだけだぞ」

――捕まるのは、嫌だな。刑務所にはラーメンがないからね。それに、死刑になるのも嫌だ――。

「なぜ、死刑になると思うんだ？」

白《しら》を切って、訊いた。

――もう、何人も人を殺しちゃったからさ。知ってるんだろう――。

「ああ、だいたい知ってるよ。それならば、なぜ逃げないんだ。そこにいたら、いつかは捕まるぞ」

竹迫が殺した小松達巳や、母親の竹迫美津子のことにはあえて触れずに話を逸らした。いまは、あまり刺激しない方がいい。

――逃げるって、どうやって逃げるんだよ。いま、この旅館は警察に取り囲まれてるんだぜ――。

「そうだな。確かに逃げるのは難しいな。それならば、投降するか。そうすれば、少し刑が軽くなるかもしれないな」

片倉がいった。だが、竹迫は黙っている。何かを考えているのか……。

――嫌だね。投降なんかするもんか。どっちみち、同じさ。捕まったら、死刑になるんだろう――。

「だったら、逃げたらどうだ。人質は、何人いるんだ。もし人質を解放するなら、おれが飯田署に掛け合って、逃走する方法を考えてもいい……」

――そんなこと、無理に決まってるだろう。うまいことといったって、騙されないよ――。

竹迫は、乗ってこない。何を考えているのかもわからない。

「それなら、なぜおれの携帯に電話してきたんだ。おれに、話したいことがあったからじゃないのか」

――まあね――。

「いってみろよ」

――ぼくは、すごいことをやりたいんだ。歴史に残るようなね――。

「歴史に残るって、どんなことをだ？」

――まあ、いいや。今度、話すよ。またね――。

「竹迫、待て」

だが、そこで電話が切れた。

片倉は溜息をつき、電話を置いた。

「柳井、録音はできてるか」

「はい、だいじょうぶだと思います」

「いまのは本当に、竹迫ですか」

下平が訊いた。

「そうです。竹迫本人です」

片倉が、答える。

「しかし、何でまた片倉さんに……」

「妻の携帯を使って、電話させたみたいです。理由はわかりませんが、ただ、竹迫が私と話したがっていることは確かなようです……」

「竹迫と話して、何かわかったことは……」

「いま竜峡館の二階のあの部屋にいるのは、妻と竹迫の二人だけのようです。あとの二人がどの部屋にいるのかは、わかりません。それに、竹迫は、歴史に残るようなすごいことをやりたいと、そんなことをいっていました……」

「また、電話を掛けてきますかね……」

下平に訊かれ、片倉は少し考えた。

「また掛かってくると思います」

きっぱりと、いった。

16

竹迫和也は、嘻々としていた。

アイフォーンを握る右手で小さくガッツポーズを作り、部屋の中を歩き回っている。

智子は、その姿をぼんやりと見ていた。片倉と話したことがなぜそんなに嬉しいのだろう。わからない。

「どうだい、ぼくはちゃんと片倉刑事と話してただろう」

突然、竹迫が智子にいった。

「ええ……ちゃんと話せていたわ……」

いまは、話を合わせていた方がいい。

「ぼくは、片倉刑事と交渉したんだ。あいつは、自分が飯田署に掛け合って逃走する方法を考えてもいいといっていた。もちろん、嘘だとは思うけどね。奥さんは、どう思う？」

竹迫は、明らかに興奮していた。

「そうね……。警察に騙されないようにしないと……」

「だいじょうぶさ。ぼくはこう見えても、頭がいいんだ。あいつに騙されたりなんかしない……」

そこまでいった時に、竹迫が何かを思い出したように話すのを止めた。その場に立ったまま、何かを考えている。しばらくして、口元に笑いを浮かべた。

「どうしたの？」

智子が訊いた。

「何でもない。喉が渇いただけだよ。そのお茶、もらっていい？」

「ええ……どうぞ……」

竹迫は智子が自販機で買ってきたペットボトルのお茶を摑むと、キャップを開けた。そのまま口元にこぼしながら、一気に半分ほどを飲み干した。

ペットボトルと出刃包丁を持ったまま、窓辺に立った。カーテンを少し開け、外を見る。そして独り言のように、いった。

「サツの奴ら、まだいやがる……。だけど、手が出せないだろう、ざまあみやがれ……。いまに見てろよ……」

カーテンを閉め、こちらに戻ってきた。包丁とペットボトルをテーブルの上に置き、智子の前に座った。

「少し、寝ようか」

「えっ？」

「今日はビールを飲んだから、眠くなっちゃったんだ。そこに、横になって……」

「はい……」

智子が蒲団の上に横になると、竹迫は縛られた腕の中に潜り込んできた。

しばらく、智子の胸を触っていた。

そのうちに、心地好さそうな寝息が聞こえてきた。

17

竹迫和也が竜峡館に籠城してから、すでに三時間が経過した。

この間、県警〝捜査本部《ホンブ》〟は建物の内部の様子も正確に把握できず、竹迫の反応も途切れ、身動きが取れないまま膠着状態が続いていた。〝現場《ゲンジョウ》〟の竜峡館の周囲にはマスコミ各社の取材陣も続々と集まりだし、固唾を呑んで事の成り行きを見守っている。

だが、午前〇時――。

日付が変わると同時に、〝捜査本部〟主任の関口友也《ともや》課長は、県警警備部機動隊に人質救出作戦決行の命令を下した。

救出の対象となるのは、建物の一階の控室に監禁されていると思われる宿の主人の藤田幸太郎と久美子夫妻の二人。機動隊の精鋭一二人が二階廊下に窓のない西側から建物に接近し、高さ約五メートルの石垣を降下。一階の控室窓から二人の状態を確認し、救出するという作戦だった。

機動隊は人家の裏庭から森を抜けて石垣の上に忍び寄り、午前一時を待って作戦を開始。石垣の上の森の木にザイルロープを固定し、まず先発の視察の二人が降下した。石垣と建物の間の幅一メートルほどの隙間を、控室の窓の下まで移動。カーテンの間からＬＥＤライトを照射し、室内の様子を探った。

間もなく、手足を縛られ、荷物に寄り掛かるように倒れている男女を発見。さらにLEDライトの光に反応する動きがあったことから、生存を確認した。

視察の二人はただちにLINEで本隊に報告。残る一〇人の内の六人が石垣を降下して視察の二人と合流し、鍵が掛かっていなかった窓から室内に入り、人質となっていた藤田夫妻を石垣の上に吊り上げて救出した。

作戦開始から救出完了まで、わずか一七分。人質救出成功の報告を受けて、〝捜査本部〟の前線基地内に拍手が湧いた。

片倉もその場で、作戦成功の報を聞いた。救出された人質の人数は、二人。いったい誰と誰が救出されたのか。人質は、無事なのか。智子は、どうなったのか……。

「康さん、智子さんはだいじょうぶですよ。竹迫は、こちらと話す気になっている。それに、救出された二人の内の一人は智子さんかもしれない……」

「いずれにしても、竹迫の〝確保〟も時間の問題でしょう。心配はいらないと思いますよ……」

橋本と柳井が片時も離れずに、片倉を気遣う。だが、同僚にまで心配されるようでは、それだけで〝刑事〟として失格だ。

下平が額の汗を拭いながら、片倉に歩み寄る。

「片倉さん、いま〝現場〟の救出班から入った報告です。救出されたのは竜峡館の主人の藤田夫婦のようですね。どちらも、大きな怪我はしていない……」

「智子は……」

片倉が訊く。

「残念ながら、宿の一階部分では奥様と竹迫の姿は確認できなかったようです。ただ、救出班の機動隊員の内の六人が宿の一階に残って潜伏したということなので、チャンスはあると思います。奥様の救出も、それほど時間は掛からんでしょう」

機動隊員六人が、宿の一階に残った……。

いま、竹迫に囚《とら》われている人質は、智子一人だ。もし竹迫が他の人質が全員救出され、さらに一階に機動隊員六人が潜伏したことを知ったとしたら……。

いったい、何が起こるのか。

「二階への突入は？」

片倉が訊いた。

「まだ、わかりません。一応は突入の可能性も視野に入れてはいますが、いずれにしても慎重にやるつもりです」

突入となれば、智子の身にも少なからず危険が及ぶことになるだろう。

救出に向かった機動隊員と人質になっていた藤田夫妻が戻ってきた。〝捜査本部〟が急に、慌しくなった。飯田署の署員と、救急隊員が二人を取り囲む。

片倉は、離れた場所からその様子を見守った。何もできない自分が、歯痒《はがゆ》かった。

18

床下から、物音が聞こえてくる。

何の音だろう……。

人の、足音だ。たくさんの人が集まって、何かをやっている。

何をやっているんだろう……。

竹迫和也は夢の中で、そんなことを考えていた。だが、頭の芯《しん》が覚醒してくるにつれて、少しずつ夢から現実の世界へと引き戻されると、何が起きているのかがわかってきた。

自分はいま、旅館の二階にいる。だから物音が聞こえるのは床下ではなく、一階からだ。

竹迫は半分眠ったまま、階下に置き去りにしてきた三人の人質のことを思い出した。あいつらは、もういらない。きっとあの三人が、歩き回っているんだろう……。

その瞬間、頭が一気に覚醒した。

おかしい。あの三人は手足を縛ってあるんだから、歩けるわけがない。それにこの足音は、もっと沢山の人間のものだ……。

竹迫は、飛び起きた。

下に、誰かがいる……。

「どうしたの？」

人質の女――片倉の妻――が体を起こし、浴衣の胸を合わせた。

「下に、誰かがいる……。足音が聞こえたんだ……」

竹迫は、落ち着きなく部屋の中を歩き回った。糞、自分が寝ている間に、いったい何が起きたんだ……。

「私には、何も聞こえなかったわ……」

「いや、確かに聞こえたんだ。警察が入ってきたんだ……」

竹迫は人質の女の腕を摑んで引き立て、座卓の上の出刃包丁を握った。

「何をするの……」

「いいから、来るんだ」

竹迫はアイフォーンをポケットに入れ、人質を連れて部屋の外に向かった。そっと、ドアを開ける。廊下は、何事もなく静かだった。

誰もいない……。

だが、左側には他の部屋のドアが並んでいる。あの中に、警察の奴らが潜んでいるかもしれない。

竹迫は人質の女の首に腕を回し、胸に包丁を突き付けて叫んだ。

「おい、おまわり！　この建物の中にいることはわかってんだぞ！　すぐに出ていけ！　出ていかないと、この女を殺すぞ！」

だが、何の反応もない。建物の中は、しんとしている。

「本当に殺すぞ！　すぐに出ていけ！」

もう一度叫び、室内に戻る。ドアの鍵を掛け、部屋の奥に向かった。

「こっちに来るんだ……」

部屋を横切り、また窓辺に立った。カーテンと、窓を開ける。

「おい、おまわり！　人質を連れ出しやがったな！　本当に、この女を刺すぞ！」

人質に包丁を突き付けながら、周囲の闇を見渡す。暗がりに何台ものパトカーが駐まり、遠巻きに旅館を取り囲んでいる。

あたりに何十人もの警察官の人影が立っていた。だが、静かだった。数時間前と、何も変わっていない……。

その時、また拡声器の呼び掛けがはじまった。

――おい、竹迫！　すでに、人質三人は我々が救出した！　これ以上は抵抗しても無駄だ！　その人質を解放して、出てこい！――。

「嫌《や》なこった！　下手な小細工をすると、本当にこの女を刺してここから投げるぞ！」

——無駄なことはやめろ。そんなことをしても、何の得にもならんだろう——。

「うるさい！　おれに用があるなら、石神井署の片倉を呼んでこい！　他の奴とは、絶対に話さないぞ！」

窓とカーテンを閉じた。

智子は黙って、恐怖に耐えていた。

今度こそ、本当に殺される……。

だが、窓を閉めると、首を絞める力が緩んだ。そして、竹迫がいった。

「奥さん、だいじょうぶだよ。もう人質は奥さん一人だけになっちゃったから、殺したりしないよ。それよりも、頼みがあるんだけどさ……」

「はい……」

「片倉刑事に、もう一度、電話をしてくれないかな……」

竹迫がそういって、アイフォーンを差し出した。

19

〝捜査本部〟に、〝現場〟からの連絡が入った。

と騒いでいる——。
——竹迫は、旅館内に警察が潜入して人質が救出されたことを知り、残った一人を殺す

片倉はこの一報を聞いて、胸が詰まった。智子が刺殺される光景が脳裏を過《よぎ》り、胃から苦いものが込み上げてくる。

だが、いまの自分は何もできない。こうして手をこまねきながら、智子の無事を祈って溜息をつくだけだ。

下平が、慌しく行き来する。立ち止まり、携帯を手にした。相手と話しながら、片倉の顔を見る。

何か、起きたのか……。

「すみません。片倉さん、ちょっと……」

下平が、電話口を押さえて話し掛ける。

「何かありましたか」

片倉は息を大きく吸って、気を落ち着かせた。

「いま、県警の関口課長と話してるんですが、奥様……いや、智子さんの親族と連絡は取れませんか。SATを入れたいので、親御さんか兄弟の方に説明しておきたいということなんだが……」

SAT、つまり竹迫を狙撃する可能性もあるということか。こうなったら、最後の手段

として、それも有り得ない選択肢ではない。

だが……。

「確か智子の両親は存命のはずですが、高齢ですし連絡先はちょっと……。他に弟が一人いたと思いますが、いまは商社に勤めていて香港《ホンコン》に赴任していると聞いています……」

残念ながら〝元夫〟の片倉は、智子の親族ですらない。

だが、その時、今度は片倉の携帯が鳴った。ディスプレイを見る。また、智子の携帯からだった。

「待ってください、竹迫からかもしれない。柳井、コールレコーダーをくれ……」

柳井が片倉のアイフォーンにコールレコーダーをセットする。下平が、自分の電話を切り、周囲の部下に合図を送る。あたりが静まるのを待って、片倉が電話を繋いだ。

「片倉だ……」

――私……智子です――。

智子の、意外に平穏な声が聞こえてきた。

「無事なのか」

――ええ、だいじょうぶ……。いま、竹迫さんが話したいといってるので、替わりますね――。

「智子、待て……」

電話口を、塞《ふさ》ぐ気配。数秒間の沈黙の後で、声が聞こえてきた。

——片倉さん、おれだよ。竹迫だよ——。

竹迫の、声だ。片倉は、〈——竹迫が電話に出た——〉というメモを下平と柳井に見せ、電話を続けた。

「竹迫か。ずいぶんと騒いでるそうじゃないか。何かあったのか」

相手を刺激しないように、ゆったりとした口調で話し掛けた。

——どうもこうもないよ。おまわりが忍び込んできて、人質を逃がしやがったんだ。おれが、寝てる間にさ。いったい、どういうことなんだよ——。

竹迫が、早口でまくし立てる。

「そいつは、大変だったな……」

——しらばっくれるなよ。あんただって、知ってたんだろう。でも、いいさ。人質はまだ一人いるからね。あんたの奥さんがね——。

竹迫は、饒舌《じょうぜつ》だった。

「それで、何か用なのか。おれに、話があるんだろう」

片倉がいうと、相手が一瞬、何かを考えたような空白があった。

——そうだよ。話があるんだ——。

「いってみろよ。何でも相談に乗るぞ」

——まず、〝おまわり〟のことだ。あいつら人質を逃がした後、何人かこの旅館の中に隠れたんだろう。わかってんだぞ。そいつらに、すぐ出ていくようにいえ——。

片倉が、下平に目で合図を送る。

下平がコールレコーダーの音声をイヤホンで聞きながら、小さく頷いた。

「わかった。おれから、県警の方にいっておく。それから？」

——うん。それから、片倉さん、あんたこっちに来てくれないかな。一人でだよ。ちょっと、二人だけで話がしたいんだ——。

コールレコーダーで聞いていた下平が、驚いたように目を丸くした。

「そこに行くのはかまわんが、おれの一存じゃどうにもならんな。それも、県警の捜査本部の方に聞いてみないとな……」

時間稼ぎのために、話を引き延ばす。

——県警なんて、どうでもいいよ。おれと、片倉さんの問題なんだ。一時間待って来なかったら、あんたの奥さんを殺しておれも死ぬよ。本気だからね——。

片倉は、時計を見た。間もなく、午前二時になる。

「わかった。何とかしよう……」

——待ってるよ。ちゃんと約束したからね。それから来る時に、拳銃を持ってきてほしいんだ。頼んだよ——。

「拳銃なんか、どうするんだ」

　籠城する犯人が銃を「持ってくるな」というならわかるが、「持ってこい」というのは聞いたことがない。

——前に電話した時に、歴史に残ることをやりたいといっただろう。だから、拳銃がいるんだ。それじゃあ、電話を切るよ。三時まで待ってあんたが来なかったら、奥さんは死ぬからね。じゃあね——。

電話が、切れた。

「竹迫は、片倉さんに〝来い〟といっとるわけですか……」

下平が、イヤホンを外した。

「どうやら、そのようです。何を考えているんだか……」

片倉が、溜息をつく。

「何か、交渉したいのかもしれんですね。だとしても、〝拳銃を持ってこい〟というのがわかりませんが……」

「私は、嫌な予感がしますね……」柳井がいった。「〝歴史に残るすごいこと〟というのは、何のことなのか……」

「しかし、あまり時間はない。竹迫が会いたいというなら、会うべきでしょう。もちろん、〝捜査本部〟の考え次第ですが……」

片倉は、時計を見た。

あと、五五分――。

20

竹迫和也は、嘻々としていた。

右手に出刃包丁、左手にアイフォーンを握り、ガッツポーズを繰り返しながら小躍りしている。

智子はその様子を、不思議な気持ちで見守っていた。

この人は、いったい何を考えているの……。

「ねえ、奥さん。すごいだろう。おれは、片倉刑事をここに呼んだんだ。もうすぐ、来るんだよ。拳銃を持ってね。あんたも旦那に会えて、嬉しいだろう」

「ええ……そうね……」

智子は、そう答えるしかなかった。

「でもね、奥さんは運がいいよ。そう思うだろう」

「えっ……」

智子は、竹迫が何をいっているのかわからなかった。

「だって、そうだろう。これから歴史的な瞬間の目撃者になるんだから。奥さんには、証人になってもらうよ」

竹迫が、嬉しそうにいった。

21

片倉は、右手に握った拳銃を見つめた。

ニューナンブM60・七七ミリ銃身——。

警察学校のころから、馴れ親しんできた拳銃だ。

もちろん、いま手の中にあるこの銃を、自分が専有してきたわけではない。片倉が警察官になった当時は石神井署の備品の大半がこのニューナンブだったし、現在は新型に入れ換えが進んでいるとはいえまだ十数丁は残っているはずだ。射撃訓練や凶悪犯の捜査の度に保管庫から借り出すのが、いつも同じ銃だとは限らない。

だが、長年使い込まれて色が掠れた銃身や弾倉、銃把《じゅうは》に付いた傷などに、確かに見覚えがあるような気がした。少なくとも、ここ数年の射撃訓練の時に借り出したのは、間違いなくこの銃だ。

保管室長の村瀬さんが、気を遣ってくれているのかもしれないな……。

片倉はニューナンブの回転式弾倉を開き、.38スペシャル弾が五発装塡されていることを確認した。弾倉を閉じ、腰のホルスターに仕舞う。

後は、〝捜査本部〟の決断を待つだけだ。だが、時刻はすでに午前二時半を回った。あまり、時間がない。

片倉の横では柳井がコールレコーダーにイヤホンを差し込み、通話の録音を聞いていた。しばらく聞いては首を傾げ、少し巻き戻してはまた聞き返す。

「康さん、ちょっと気になる所があるんですが……」

柳井がいった。

「どこがだ」

「この部分です……」

柳井がコールレコーダーからイヤホンを抜き、一部を再生した。

――あんたの奥さんを殺しておれも死ぬよ。本気だからね――。

「これが、どうかしたのか」

「はい。竹迫は前に電話が掛かってきた時に、〝死刑になるのも嫌だ〟といっているんです。竹迫は、死にたくないのか、それとも死んでもいいと思っているのか……」

「ただの気紛れだろう。竹迫は、何も考えずに出まかせをいってるのさ」

「そうでしょうか……」

そこに、臨時捜査会議に出ていた橋本が戻ってきた。

「康さん、県警の関口課長が会いたいそうです」

「わかった。すぐに行く」

片倉は椅子から立ち、会議が行なわれている施設の休憩室に向かった。

部屋の前に、関口課長が出てきた。だが、何もいわずに、片倉を見据えている。

「それで、私は行ってもよろしいのでしょうか」

片倉の方から切り出した。

「仕方ないだろうな。いまのところ、それしか交渉の手段はない……」

関口の表情に、苛立ちが滲み出ていた。

「自分も、そう思います」

他に方法があるとすれば強行突入するか、朝を待って竹迫を狙撃するか。その、どちらかだ。いずれにしても、リスクは高い。

「銃は持っていくのかね」

関口が訊いた。

「はい、そのつもりです」

「装弾は」

「もちろん、装弾していきます」

弾倉が空の拳銃は、ただの鉄の塊にすぎない。

「県警としては、何が起きても責任を取れない。それでいいね」

「承知しました。いかなる結果においても、私が全責任を負います」

「そうしてくれ」

「では、行ってきます」

片倉は小さく敬礼をし、踵を返した。

「柳井、橋本、行くぞ」

〝捜査本部〟の前線基地のある日帰り温泉施設の建物を出て、竜峡館の〝現場〟に向かう。

およそ一〇〇メートルの沿道には隙間なく警察車輛が並び、無数の警察官、消防署員、マスコミの目が片倉たちを見守っていた。

嫌な気分だった。堪《こら》えても、堪えても胃から苦いものが込み上げてくる。

だが、これしか方法はないのだ……。

片倉は、自分にそういい聞かせる。たとえどのような結果になったとしても。自分も、智子も悔恨を残さずにすむだろう。

竜峡館の前に着いた。

時間は、午前二時五五分——。

片倉は近くにいた飯田署の警察官から、拡声器を借りた。スイッチを入れ、マイクを口に当てた。

「竹迫……聞こえるか……。片倉だ……。いま、旅館の前に着いた……。これから、そこに上がっていくぞ……」

拡声器のスイッチを切り、警察官に返す。

「柳井、橋本、それじゃあ行ってくる。後のことは、頼んだぞ」

片倉は胸ポケットのボイスレコーダーと盗聴器のスイッチを入れ、竜峡館の正面玄関に向かって歩き出した。

22

竹迫は、片倉の呼び掛ける声を聞いた。

――いま、旅館の前に着いた……。これから、そこに上がっていくぞ――。

心臓の鼓動が、一気に高まったのがわかった。

片倉刑事が、本当にここに来る……。

急に、そわそわしはじめた。出刃包丁を握り、部屋の中を落ち着きなく歩き回る。

片倉は、どこから来るのか。本当に拳銃を持ってくるのか……。

まさか窓からじゃないよね。もしかして階段を上がってきて、部屋のドアをノックするのかな。それなら鍵を開けておかないと……。

心臓の音が聞こえるほど、高鳴った。

智子は黙って竹迫の様子を見ていた。

もう、この男を、少しでも理解しようとは思わなかった。そんな無駄なことは、どうでもいい。それよりも、この安堵の気持ちは何なのだろう……。

わかっているのは、もうすぐ〝あの人〟がここに来てくれるということ。

いまは、それだけでいい……。

23

片倉は、竜峡館の玄関の前に立った。

建物の中にいた県警の機動隊員が片倉の姿を確認し、ドアを開けた。

旅館の中に入った。片倉は入口にいた二人の機動隊員に無言で頷き、奥へと進んだ。

前日に宿泊しているので、建物の内部の配置はわかっていた。突き当り、左側に階段がある。廊下の奥の食堂の前にも、銃を持った機動隊員二人が潜んでいた。

階段を上る。二階には明かりがついていたが、誰もいない。

廊下を先へと進んだ。奥から二番目が片倉の部屋。突き当りの〝楓〟が智子の部屋だ。部屋の前に立ち、ドアをノックした。

「片倉だ。入っていいか」

室内から、竹迫の声が聞こえた。

——鍵は開いてるよ。入んなよ——。

片倉は、ドアを開けた。三和土《たたき》にスリッパが一足。竹迫のスニーカーは見当らない。半分ほど開いている襖から部屋の奥を覗くと、土足のまま座卓に座っている竹迫と智子の姿が見えた。

「上がるぞ」

片倉はあえて靴を脱ぎ、それを揃えて座敷に上がった。竹迫は手足を縛った浴衣姿の智子を左腕で抱え、右手でその胸元に出刃包丁を突き付けている。

「そこで止まれ！　それ以上近付くと、奥さんの頸を刺すよ！」

竹迫にいわれ、立ち止まった。

片倉は、智子に眴せを送った。

もうだいじょうぶだ。安心しろ。きっと、おれが助ける——。

智子は、じっと片倉を見つめている。片倉の気持ちが通じたのか、目線で小さく頷いたような気がした。

「竹迫、久し振りだな。あのころと、ちっとも変わらない」

片倉はあえて〝変わらない〟といった。思ったとおり、竹迫がその言葉に反応した。

「いや、おれは変わったんだよ。あんたには、わからないだけさ。それより、片倉さんこそ変わらないね。前に会った時のまんまだよ……」

竹迫が、顔を引き攣らせて笑った。

「いわれたとおりに、ここに来たんだ。話があるなら、聞くぞ」

片倉がいった。

「まあ、そんなに急がないでよ。それより、拳銃は持ってきたの？」

「ああ、一応な……」

片倉は上着の裾を少しめくり、腰のホルスターに入れたニューナンブを見せた。

「すごいや。本物だね！」

竹迫が無邪気に目を輝かせた。

「ああ、本物だ。撃てば人が死ぬ。いっておくが、これはお前に渡さんぞ」

片倉がそういって、また上着の下に拳銃を隠した。

「もちろんさ。拳銃をもらおうなんて思ってないよ。でも、奥さんの命と引替えだといったら、どうかな……」

竹迫が智子を抱える腕に力を込め、右手の包丁を胸元から少しずつ頸の方に移動させた。

智子の顔が、恐怖に歪んだ。

「人質を傷付けたら、お前は本当にこの場で終わりだぞ」

「かまわないよ。どうせ、死刑になるんだから……」

竹迫の口元が、笑う。片倉が、凝視した。そのまましばらく、狭い空間に重い膠着状態が続いた。

「冗談だよ。奥さんを殺したりはしないさ。いまはね……」

最初に息を入れたのは、竹迫だった。智子を抱える腕から力を抜き、包丁を下げた。片倉も、肩から力を抜いて息を吐いた。

「ところで、何で死刑になると思ってるんだ」

片倉が訊く。ここからは、腹の探り合いだ。

「たくさん人を殺したからだよ……。二人以上殺したら、死刑になるんだろう……」

「まあ、普通はそうだな。これ以上抵抗せずに投降して、反省の意思を示して認められれば例外はあるけれどな」

「反省はしないよ。おれは、人を殺したことを悪いと思っていないし」

悪いと思っていない……。

それが竹迫の、本音なのか。

「しかし、死刑になるのは嫌なんだろう」

「うん、絶対に嫌だ。つまらないからね」

死刑が、つまらない……。

それも、普通の人間には有り得ない感覚だ。

「それなら、どうするつもりなんだ」

だが、竹迫は答えない。しばらく、目を忙《せわ》しく動かしながら、何かを考えている。

包丁を突き付けられた智子が、不安そうに片倉を見詰める。だいじょうぶだ、おれが何とかする。心の中で、そう声を掛ける。

「ところで、母ちゃんの死体はどうしたのかな。もう、警察は見つけたの？」

唐突に、竹迫が訊いた。

「ああ……見つけたよ……。だけど、なぜお母さんが死んだことを知ってるんだ……」

会話はすべて胸ポケットのボイスレコーダーに録音され、後の重要な証拠となる。

「おれが殺したからだよ。もう、腐ってたかな」

竹迫が、自分が母親を殺したことをあっけらかんと認めた。

「何だ、やはり殺したのはお前だったのか。そうだとは思ってたよ。でも、何でお母さんを殺したんだ」

片倉も、平静を装った。

「母ちゃんは、おれに悪いことをしたからだよ……。だから、殺したっていいんだ……」

奇妙だった。竹迫は自分が母親を殺したことはあっさりと認めたのに、その理由に関してはなぜかいいにくそうだった。

「小松達巳のことがあるからだろう」

「うん、まあ、ひとつはそれもあるね。母ちゃんは、おれよりも小松の小父ちゃんの味方だったからね……」

〝ひとつは〟ということは、他にも理由があるということか。

「小松を殺したのも竹迫、お前だな」

「そうだよ。おれが殺したんだ。このナイフで、刺してやったんだ。あいつも、死んで当然さ……」

竹迫が半被の裾をめくり、革の鞘に入った大型のハンティングナイフを見せた。おそらく、あのナイフは、小松達巳や宮田喜一の刺創と一致するはずだ。

「どうして、小松は死んで当然なんだ」

「決まってるだろう。おれに、悪いことをしたからさ」

「悪いことって、何だ？」

あえて、そこを突いた。

「いえないよ……」

竹迫が一瞬、目を逸らした。なるほど。やはりこの男の弱みはそこか。

「それなら、なぜお前は宮田さんを殺したんだ。あの老人は、お前に何も悪いことをしていないはずだぞ」

妻のキミエの証言で、宮田の集落の〝事件《ヤマ》〟についてもいろいろなことがわかってきた。老夫婦は竹迫を客として家に上げ、柿をごちそうしたが、突然居直って夫の喜一を刺殺した。殺した後で、「竹迫は泣いていた……」ともキミエは証言している。

だが、竹迫は首を傾げた。

「ミヤタって、誰？」

どうやら、殺した相手の名前も知らなかったようだ。

「お前が千代の集落で殺した老人だよ。あの老人はお前に柿をごちそうしてくれただけで、何も悪いことはしていない」

「ああ、あの爺ちゃんか。あいつは、おれが殺人犯だと気が付いて、警察に一一〇番しようとしたんだよ。だから殺したのさ」

竹迫は、まったく悪怯《わるび》れない。老人を殺したことも当然といわんばかりに、笑っている。

片倉はここで、話の矛先を変えた。

「なあ、竹迫……」

「何だい」

「ところでお前、いままでに何人殺してるんだ」

片倉に訊かれ、竹迫は少し考える素振りを見せた。考えるということは、まだ他にも殺しているということだ。

「忘れちゃったな……。思い出したとしても、刑事さんにはいえないよ……」

まるでゲームでも楽しむように、白を切る。

「それじゃあ、思い出す手助けをしてやろうか」

片倉も、ゲームに乗った。

「うん、やってみてよ」

竹迫は、楽しそうに笑っている。智子に出刃包丁を突き付けながら。

「太田勇という男を覚えてないか」

「オオタイサム……知らないな……」

竹迫が、白を切る。それとも本当に、覚えていないのか。

「お前が府中刑務所に入っていた二〇一六年の二月に、雑居房A-12で変死した男だよ。隣に寝てたんだから、覚えてるだろう」

「ああ、チイコのことか。覚えてるよ。本名は知らないけどね」

太田が〝チイコ〟と呼ばれていたのなら、竹迫との関係ではやはり〝ネコ〟だったことになる。

「そのチイコを殺したのも竹迫、お前なんだろう」

「どうして、そう思うの」

「そりゃあそうさ。あれは、自然死なんかじゃない。隣に寝ていたのはお前だ。殺れるとしたら、お前しかいないだろう」

片倉は、鎌をかけた。だが竹迫は、否定しなかった。

「片倉刑事、さすがだね。あれは、ばれないと思ってたんだけどな」

竹迫が、照れたように笑う。この男は本当に、人を殺すことに何の罪悪感もないのかもしれない。

「ひとつだけ、わからないことがあるんだ。太田を、どうやって殺したんだ」

当時の検視の結果は、窒息死だった。絞死や扼死による索条痕がなかったことなどから、自然死として片付けられた。

「わからないでしょう」竹迫が得意そうにいった。「あいつ、鼾がうるさかったから、濡らした手拭いを顔の上に掛けたんだよ。そうしたら、死んじゃったんだ」

竹迫がそういって、おかしそうに笑った。

片倉は、この時に初めて確信した。

この男は、狂っている……。

24

竜峡館の周辺は、異様な静けさに包まれていた。

いま、あの明かりの見える二階の部屋で、何が起きているのか。全員が息を潜め、事の成り行きを見守っている。

柳井淳も暗い竜峡館の建物を見詰めながら、片倉のポケットの盗聴器から流れてくるイヤホンの音声に聞き入っていた。

「竹迫は、よく話すな……。何でこんなに話すら……」

傍らで、やはりイヤホンの音声に耳を傾ける下平がぼそりと呟いた。

「康さんは、〝落としの片倉〟と呼ばれているほどですからね。それに竹迫のことはよく知っているし、だからだと思いますが……」

橋本が、相槌《あいづち》を打つようにいった。

だが、柳井は、いいようのない不安を感じていた。

確かに竹迫は、話しすぎるほどに饒舌だ。もちろん康さんの誘導が上手いせいもあるが、それだけではないような気がした。

むしろ、逆だ。康さんの方が、竹迫のペースに乗せられているのではないのか……。

このままでは、〝何か〟が起きる——。

25

片倉と竹迫の、奇妙なやりとりは続いた。

その会話の中で、片倉はあえて核心には触れないように気を遣っていた。

もし不用意に核心に触れれば、竹迫がどのような反応を示し、何が起きるか予測できない。その瞬間に、何とか保っているいまの緊張感がバランスを失い、一気に崩壊する怖れがある。

だが、片倉と竹迫が話しはじめてから、すでに一時間以上が経過していた。智子の体力と精神的な苦痛を考えても、これ以上無駄に時間を引き延ばすわけにはいかなかった。

「智子、だいじょうぶか。苦しくないか」

片倉が、智子にいった。

「私は……だいじょうぶです……。心配しないで……」

智子が竹迫に抱えられたまま、片倉を見つめる。だが、左腕を首に巻き付けられ、なかば絞められた状態で苦しくないわけがない。実際に智子の顔色は、血の気が失《う》せている。

「もう少し、頑張ってくれ。おれが何とか、竹迫を説得するから……」

智子が胸に出刃包丁を突き付けられたまま、小さく頷く。

「片倉さん、あんたら夫婦だからって、勝手に話をすんなよ。奥さんを殺すの、簡単なんだからね」

竹迫が、智子を抱える左腕に力を込める。智子が苦しそうに、呻き声を洩らした。

「それより竹迫、そろそろ人質を解放して、投降したらどうだ。おれと一緒にここを出れば、罪も少しは軽くなるぞ」

「嫌だよ。おれはどっちみち、死刑になるんだ。死刑になるのは、嫌だ」

「それならなぜ、おれをここに呼んだ。投降したかったからじゃないのか」

「まさか。逮捕されるつもりなら、最初から逃げたりはしないさ」

「しかし、復讐はもう終わったんだろう。小松達巳も、お母さんも死んだ。もう、お前は五人も殺したんだから……」

片倉はその時、うっかり口をすべらせたことに気が付いた。四人ではなく、五人……。

「なぜ、五人なんだよ。どういう意味なんだよ」

竹迫の顔から笑いが消え、血の気が引いた。

まずい……。

「いや、計算を間違えただけだ。小松に、お母さんに、宮田老人に太田……。四人だったな……」

竹迫が、片倉を見据える。包丁を持つ右手が、ゆっくりと動く。

「違うだろう。五人なんだよね。あと、一人。いいたいことがあるなら、いいなよ」

仕方ない。最後まで触れたくはなかったのだが、もう遅い。

「竹迫、包丁を下ろせ。そうしたら、教えてやるよ」

「早くいえよ」

「これだ。知ってるだろう……」

片倉はポケットの中から豊川稲荷の参道で買った小さな稲荷像を出し、竹迫の前に投げた。一か八かの、賭けだ。

「これ……」

思ったとおりだ。竹迫の表情が、見る間に揺らぎはじめた。

「そうだ。豊川稲荷の狐だ。ここに来る前に、お前の生まれた場所を見てきた。その隣の店で買ったんだよ」

「家は……あの家は、どうなってた……」

竹迫が、顔を歪めて訊いた。

「お前が子供のころに住んでいた家は、もうなくなっていた。一〇年以上も前に取り壊されて、更地になっていたよ……」

片倉の言葉に頷きながら、竹迫はじっと稲荷像を見詰めていた。何かを、考えながら。

双眸から、狂気の炎が消えていく。

「お祖母ちゃん……」

竹迫が、ぽつりと呟いた。

「そうだ。吉江さんのこと、あんなことになって残念だったな。お前のこと、可愛がってくれていたのにな……」

片倉の言葉に、竹迫が頷く。

「うん……おれに、優しくしてくれた……。たった一人の、味方だった……」

竹迫の体が、震えている。目から、大粒の涙がこぼれ落ちた。

「おかしいと思ったんだ。お前は三島のお母さんのアパートを出てから、わざわざ東京に戻ってバスで飯田に向かい、そこから金野の小松の家に行った。豊川を、通りたくなかったんだろう」

竹迫が、頷く。

「そうだよ……。豊川に、近付きたくなかった……」

「どうしてだ。理由があるんだろう」

片倉が訊いた。

「うん……」

竹迫の目から、涙がこぼれ落ちる。

「いってみろよ。話せば、楽になるぞ」

竹迫は、しばらく黙っていた。何かを、思い出すように。自分に、問い掛けるように。

そして、意を決するようにいった。

「ぼくが、殺したんだ……」

頭を振り、嗚咽《おえつ》を洩らす。

「でも、なぜ、お祖母ちゃんを殺したんだ。たった一人の味方だったんだろう」

「仕方なかったんだ……。お祖母ちゃんは、簞笥にお金を入れてて……。小松の小父ちゃんと母ちゃんに、それを盗ってこいっていわれて……。もしお祖母ちゃんに見つかったら、殺せって……。いうとおりにしないと、ぼくがまた殴られるし……」

竹迫が智子の体にしがみつき、声を上げて泣きはじめた。

「竹迫、もういい。おれと一緒に、ここを出よう」

だが、竹迫は、泣き続ける。

「お祖母ちゃん、ごめんなさい……。ごめんなさい……。本当はぼく、お祖母ちゃんのこと大好きだったんだ……。殺したくなかったんだ……」

「竹迫、だいじょうぶだ。罪を償えば、吉江さんもお前を許してくれるさ」

だが、その時、竹迫の泣き声が止まった。ゆっくりと、目を開ける。双眸にまた、狂気の炎が戻っていた。

「わかったようなこと、いうなよ……。お祖母ちゃんは、おれのことを許してなんかくれないよ……。だからおれは、捕まりなんかしない……」

「それじゃあ、どうするつもりなんだ。いつまでもこうしていても、何も解決しないだろう。投降した方がいい」

片倉が、強くいった。だが竹迫は、首を横に振った。

「騙そうったってだめさ。電話でもいったろう。おれは、歴史に残るようなことをやるんだってね。だから、投降はしない。ここからは、出ない」

「歴史に残るようなことって、何をやるつもりなんだ」

「いったら、手伝ってくれるかい」

「手伝う……?」

竹迫が、笑った。

「片倉さん、これ、覚えてるかい……」

右手の包丁を左手に持ち替え、竹迫は智子を抱えたまま肩から半袯を外した。袂《たもと》から、右腕を抜く。シャツをめくり上げ、背中を向けた。

そして、いった。

「この入れ墨、見たことあるよね」

「ああ……覚えてるよ……」

「これ、何だかわかるかい。〝野守虫〟っていうんだよ」

「〝ノモリムシ〟だって……？」

そういえば金野駅の待合所に置いてあったノートに、〈――野守虫さんじょう――〉と書いてあった。あれは、竹迫だったのか――。

「そうさ。〝野守虫〟さ。山に棲《す》む、妖怪だよ。小父ちゃんが、彫ったんだよ。おれが小さい時に、裸にして押さえつけて、無理やりね。それ以来ずっと、おれは虫……虫……ってばかにされたんだ。小父ちゃんにも、母ちゃんにも、友達にも、刑務所でもね。あの、チイコにもだよ……」

「その〝刺青《スミ》〟を、消せばいい。消す方法はいくらでもある……」

「そんなんじゃないんだよ。消さなくたっていいんだ。こいつを、殺してやるんだ」

「殺す……？」

「そうさ。野守虫を殺すんだよ。おれが殺されれば、こいつも死ぬんだ。だから片倉さん、おれを撃ち殺してくれよ。その本物の拳銃でね」

「竹迫、ばかなことをいうな。そんなこと、できるわけがないだろう。お前、死刑は嫌だといったばかりじゃないか」

「死刑じゃだめなんだよ。そんな死に方しても、歴史に残らないんだ。ただの〝悪人〟なんだよ。でも、警察に撃たれて死んだら、別なんだ。瀬戸内《せとうち》シージャック事件や、三菱銀行人質事件や、長崎バスジャック事件の犯人を見てみなよ。おれは、犯罪のことには詳しいんだ。自分が刑務所に入って、いろいろ調べたからね。そういう警察に撃ち殺された犯人は、みんな歴史に名前が残ってるじゃないか」

「どんな死に方をしても、同じだろう。死んでから名前が残ったって、それがどうだっていうんだ」

「片倉さん、まだわからないのかな。そういう死に方をしたら、ずっと語り継がれて、刑務所でも崇《あが》められるんだ。もう〝虫〟っていわれて、ばかにされないですむんだ」

「竹迫、誰もお前のことを、ばかになんてしていない。お前をばかにしていた人間は、もうみんな死んだんだ」

「片倉さん、まだわかってないね。わからないなら、奥さんを殺して、おれも死ぬよ」

竹迫が右手に出刃包丁を握りなおし、それを智子の頸に突きつけた。智子が、悲鳴を上げた。

「竹迫、やめろ！」

片倉は腰のホルスターから拳銃を抜き、竹迫に向けた。

「嫌だね。やめろといわれても、やめないよ」

竹迫の目が、血走《ちばし》る。包丁を持つ手を、振り上げた。

「やめろ！」

片倉は、拳銃の撃鉄を起こした。

「じゃあね。さよなら」

その瞬間、竹迫の腕の中の智子が頷き、声が聞こえたような気がした。

あなた、撃って！

包丁が、振り下ろされる。

片倉は竹迫の額の真中に照準が合うと同時に、引鉄を引いた。

銃声が、大気を裂いた。

閃光《せんこう》と淡く薄い硝煙の向こうで、竹迫が頭から血飛沫を上げてスローモーションのように吹き飛んだ。

終章　旅の続きに

撮影用のライトが、闇を煌々と照らしている。

ライトの前ではテレビ局の女性レポーターがマイクを片手に、しきりと何かを訴えていた。

周囲には緊急車輌の無数の赤色灯が回転し、女性レポーターの姿を断続的に赤く染める。その安っぽい舞台装置のような光景の中に、銃声と閃光の一瞬の記憶が、フラッシュバックのように交錯する。

片倉は県警のパトカーの後部座席に座り、窓の外の風景をぼんやりと眺めていた。腕の中には、自分の服に着替えた智子がいた。智子の体は、まだかすかに震えている。

「寒いのか」

片倉が、訊く。

「いえ……もうだいじょうぶです……」

智子が、消え入るような声で答える。

「救急車を呼んでもらって、病院に行った方がいいんじゃないのか」

だが、智子は腕の中で首を横に振った。

「私は、ここにいたいわ……。いまは、あなたと一緒にいる方が安心できるから……」

「そうだな……」

片倉も、体は疲れていた。だが、頭の芯だけが疼《うず》くように覚醒していた。その頭の芯に、竹迫和也の声が蘇る。

——これ、何だかわかるかい。〝野守虫〟っていうんだよ——。

野守虫……。

手元の携帯で検索してみると、次のような解説が見つかった。

〈——野守虫
信州の松代《まつしろ》あたりに古くから伝わる日本の妖怪のひとつ。建部綾足《たけべあやたり》の随筆『折々草』、『漫遊記』には怪蛇として記述されるが、本来は足が六本ある「野守」という虫の一種。井に生じる虫を「井守《いもり》」、家に生じる虫を「家守《やもり》」、野に生じる虫を「野守」という——〉

松代あたりに伝わる話が、同じ信州でもなぜ距離の離れた飯田市の千代に残っていたのか、その確かな理由はわからない。もしかしたら小松達巳の生まれた野守の集落の名称それ自体が、伝説の野守虫に由来するものであった可能性もある。

いずれにせよ竹迫和也は、幼少のころにその野守虫の〝刺青〟を背中に彫られた。以来、〝虫〟と呼ばれて育ち、大人になった。

彫った小松にしてみれば、内縁の妻の連れ子に対する悪戯にすぎなかったのかもしれない。母親の美津子も、笑って見ていたのだろう。だが、同性の大人に性的虐待を受けていた子供の竹迫にしてみれば、生き地獄だったに違いない。

もし、小松のような変質者と出会わなかったとしたら……。

竹迫のような怪物は、この世に生まれなかった。

サイレンが鳴った。それまで竜峡館の敷地に駐まっていた救急車が、走り出した。竹迫が、運ばれていく……。

「なあ、智子……」

「はい、何ですか……」

「あの時、おれにいったよな。あなた、撃って、って……」

だが智子は不思議そうな顔で片倉を見詰め、首を傾げる。

「私、そんなこといっていませんよ……」

「本当か。それじゃあ、おれの空耳だったのかな……」

「でも、撃ってくれてよかった……。あなたが撃たなかったら私、殺されていた……」

救急車が走り去ってしばらくして、竜峡館の玄関から男が三人、出てきた。柳井と橋本、それに飯田署の下平だった。三人は片倉の乗るパトカーの方に、歩いてくる。

片倉はパトカーから出て、三人を迎えた。

「康さんこれ、部屋から荷物を持ってきました」

橋本が片倉の旅行用のバッグと上着を差し出した。

「すまんな。それじゃあ、もうこれはいらないな。預かっておいてくれ」

片倉は石神井警察署の上着と防護服を脱ぎ、拳銃の入ったホルスターをベルトと共に橋本に渡した。その時、使い込まれて傷だらけになったニューナンブM60の銃把が目に入った。警察官として、いろいろな思い出を共にしてきた銃だが、まさか最後にこんな運命が待ちかまえているとは考えてもいなかった。

自分の上着を着て身軽になると、やっと少し落ち着いた。

「うちの署の方はどうなってる。連絡は、ついているのか」

片倉が、柳井に訊いた。

「はい、今井課長とは、昨夜から連絡を取ってます」

「ああ、〝キンギョ〟か。あいつ、何ていってた」

「朝一番で、迎えの車をこちらに向かわせるそうです。昼ごろには着くでしょう。長野県警には今井課長の方から話しておくので、早く帰ってこいと……」

それができるなら、ありがたい。

「それじゃあ、我々はひと足先に〝捜査本部〟の方に行ってます」

「それじゃあ」

三人が、歩き出した。だが、下平が何かを思い出したように立ち止まり、片倉の方に戻ってきた。そして、いった。

「それにしても片倉さん、あなたは大したものだ」

「はい……」

「よく、あの情況で冷静な射撃ができましたね。みんな、驚いてますよ。一番、驚いたのは、竹迫本人でしょう」

「はあ……。それで、竹迫の怪我は……」

「弾が頭の横を掠っただけだから、ショックはあるかもしれんけど軽傷です。まあ、一生ハゲは残るでしょうけれどね。それにしても、あの射撃の腕は本当に大したもんら……」

下平が片倉に敬礼し、早足で二人の後を追った。

そうか、竹迫は軽傷で済んだか……。

だが、なぜ弾が逸れたのか。

自分は竹迫の額に照準が合った瞬間に引き鉄を引いたはずなのだが。やはり、あの七七ミリ銃身のニューナンブは当らない。

片倉は、パトカーのドアを開けた。

「おれたちも、〝捜査本部〟の方に戻るとするか……」

「はい……」

パトカーから降りる智子に手を貸し、荷物を持った。緊急車輌が連なる道を、二人並んで歩き出した。沿道には人集《ひとだか》りがしていたが、二人のために波が割れるように道を空けた。

片倉は、冷たい空気を胸に吸った。東の空が、白々と明けはじめていた。

「智子はこれから、どうするんだ」

歩きながら、片倉が訊いた。

「わかりません……。早く、東京に帰りたいけど……」

〝捜査本部〟の前線基地のある温泉施設まで戻ると、駐車場の隅に見たことのあるタクシーが駐まっていた。湯出川のタクシーだった。

「あなた、どうしたんですか」

立ち止まる片倉に、智子が訊いた。

「うん、知っているタクシーなんだ……」

片倉は運転席側に回り、窓を指で軽く叩いた。居眠りをしていた湯出川が慌てて飛び起き、客席の自動ドアを開けた。

「乗ろう」

「えっ、どこに行くんですか……」

片倉は戸惑う智子と共に、湯出川のタクシーに乗った。

「これは片倉さん、お疲れ様です。事件のことはナビのテレビで見てたんで、ここでお待ちしてましたずら」

「そうでしたか。これ、うちの女房です」

「これは奥様。それで、どちらに行きますらあ」

自然と、〝うちの女房〟という言葉が口をついて出た。

「そうですね、飯田駅まで行ってもらえますか……」

「承知しました」

タクシーがゆっくり走り出した。いまから飯田駅に向かえば、それほど待たずに飯田線の岡谷方面行き始発に乗れるだろう。

「あなた、いいんですか……」

「かまうもんか。旅の続きをやろう」

どうせ始末書は書き慣れている。

二人を乗せたタクシーは県道に出て、姑射橋で天竜川を渡った。

解説――第四弾は急展開の物語に

村上貴史《むらかみたかし》
（ミステリ書評家）

■野守虫

野守虫――ってなんだろう。

あまり聞きなれない名称であり、気になる方も多かろう。だが、その答えをここに記すことは控えておく。本書の後半できちんと著者から説明されているからだ。それも、適切なタイミングで。

なので、野守虫がなにかは気にせず、『野守虫』という小説を、この急流を下るが如く圧倒的なスピードで進んでいくエンターテインメントを読み進めて戴きたい。

■三連休

さて、本書は、定年間近の刑事を主人公とするシリーズの第四弾である。柴田哲孝が二〇二〇年一月に発表した作品の文庫化だ。

刑事の名は片倉康孝《かたくらやすたか》。東京は練馬《ねりま》区、石神井《しやくじい》署刑事課の警部補である。定年が近付いている彼は残業や宿直から解放され、また、有給休暇も取りやすくなってきた。そうした状況を活かして、片倉はここ数年、鉄道の旅に親しみ始めた。いわゆる〝乗り鉄〟を始めたのである。

そして秋——紅葉の季節である。

片倉は、翌週の休みを心待ちにしていた。日曜日に有給休暇を加えた三連休を利用して、秘境のローカル線として知られるＪＲ飯田《いいだ》線の一人旅を愉しもうとしていたのだ。そんなところに一報が入った。六年前に石神井署管内で逮捕され、五年七ヶ月の刑期を終えたばかりの竹迫和也《たけさこかずや》が、また事件を起こして検挙され、そして留置場から脱走したというのだ。その報せを受けて、当時、捜査主任として尋問を行った片倉の脳裏に、様々な記憶が蘇ってくる。竹迫が身長一六二センチと小柄であること。ＩＱが一五三もあること。一見すると好青年風で話術が上手く、人懐っこい笑みを浮かべること。そして背中の刺青について尋ねた際に一転して冷酷で凶暴な炎を目に浮かべたこと。とはいえ、今回の脱走劇は、東川崎《ひがしかわさき》署の事案であり、石神井署も片倉も直接は関係しない。彼は再び旅行へと気持ちを切り替える。

そしていよいよ片倉の三連休。彼は、新幹線ひかりで東京駅から静岡へ、そしてこだまに乗り換えて豊橋《とよはし》へ。そこで駅弁を購入して飯田線で最初の目的地である豊川《とよかわ》へ。用事を一つ済ませて、改めて飯田線へと乗り込む。各駅停車でゆっくりと路線を満喫しながら、そこから三時間一八分掛けて途中駅の天竜峡《てんりゅうきょう》を目指すのだ。

だが、その翌日が、あんなに長い月曜日になろうとは……。

この『野守虫』、まずは休暇中の片倉の飯田線での旅が抜群に魅力的だ。今すぐにでも自分も乗ってみたいと思わされてしまう。愛知県の豊橋駅と長野県の辰野《たつの》駅間一九五・七キロを結ぶこのローカル線は、天竜川に沿って走る区間が長く、絶景で知られるという。その景色を、著者はくっきりと描きだしているのだ。路線に点在する秘境駅に停車すると片倉がその模様を語るし、列車が渡る〝対岸に渡らない橋〟も紹介してくれる。名物駅弁〝三色稲荷〟を片倉が車中で愉しむ描写も秀逸。〝乗り鉄〟ではない読者にも列車の旅の魅力をきっちり伝え、歓迎してくれるのである。

もちろん旅だけの小説ではない。本書では、例の脱走犯・竹迫和也も天竜峡を目指しているのである。となれば波乱は必定《ひつじょう》。しかも、竹迫は逃亡の結果としてたまたま天竜峡に辿りつくのではなく、しっかりと目的を持ってその地に向かっているのだ。それも途中でいくつもの重大犯罪を重ねながら。そして三連休の二日目、月曜日の早朝に、二人の経路はついに交差し、極度の緊張感に満ちた攻防が抜群の疾走感で開始されることになる。柴田哲孝は、片倉の視点と竹迫の視点を、一時間刻み、あるいはそれより短いタイミングで切り換えながら二人の知恵比べを語り、さらに、片倉視点では警察の捜査や推理を、そして竹迫視点では、彼が更に犯行を重ね、ときにラーメンと餃子とビールを呑気に愉しむ姿を描く。次々と局面が変化していくスピードに圧倒されること必至だ。

そのスピードのなかで、竹迫の過去が徐々に明かされていく流れも見事だ。現在形で進む脱走劇と犯行の数々を軸に、六年前の犯行も語られれば、さらに彼が少年だった頃の様子も語られる。また、石神井や東川崎、あるいは静岡や愛知の某所、さらには服役していた府中《ふちゅう》など、竹迫が様々な場所で過ごしてきた姿も語られる。こうした竹迫の人生の旅路を知ると、読者としては、彼を単なる凶悪犯としては見られなくなる。すると物語がなおいっそう味わい深くなる。著者の手のひらで転がされているのかもしれないが、こうした読書ができるのは嬉しいことだ。

そのうえで、柴田哲孝は物語の中盤で、第三のファクターとなる人物を追加する。この存在によって、片倉と竹迫を乗せたシーソーのバランスが、あちらへ、こちらへと変化するのだ。そして物語はクライマックスへとなだれ込む。天竜峡を舞台にした深夜の攻防——片倉と竹迫と、そして第三のファクターが繰り広げる心理的な、あるいは物理的な攻防——の緊張感を、是非たっぷりと堪能されたい。片倉と銃の関係にも要注目だ。

かくして定年間近の刑事が秘境で過ごす三連休は、当人の想像とはかけ離れたものとなってしまったのである——読者としては、嬉しいことに。

■片倉康孝

さて、この《片倉康孝》シリーズだが、第一弾は二〇一四年に発表された『黄昏の光と影』だ。一人の老人が孤独死と思われる状況で発見され、同じ部屋からもう一つの死体が白骨化した状態で発見されるという事件を発端として、片倉の推理を通じて、二人の死を（あるいは彼等が生きてきた歩みを）深く読み解く物語であった。第二弾『砂丘の蛙』（一六年）では、千葉刑務所を出所した男が三日後に神戸港で死体となって発見された事件を片倉が捜査する。こちらもまた関係者の人生を掘り起こす物語だ。そして第三弾『赤猫』（一八年）で、片倉が〝乗り鉄〟に目覚める。この作品で彼が向かったのは新潟と福島を結ぶ只見線だ。彼はこの鉄路を愉しみつつ、同時に、二十年前に真相を突き止めきれなかった事件の手掛かりを探ろうとする。片倉の旅と執念の物語である。

というこの三作品、いずれも関係者の人生を探る物語であり、片倉は、足を使ってじっくりと情報を集め、そして推理していた。それに対して『野守虫』は、ずいぶんと異なる構成である。真相究明よりもサスペンスが前面に押し出されている点がまず違うし、事件が現在進行形で、片倉の三連休の二日目に物語の動きの大半が集中しているというのも、従来作との相違点だ。よって、これまでのシリーズの味わいを期待している方は、少々戸惑いを覚えるかもしれない。

だが、安心して戴きたい。関係者の人生を掘り起こすという魅力は、これまで述べてきたように竹迫の過去をしっかりと解き明かして維持されている。しかも、彼の行動に関する〝なぜ〟という謎も、最後の最後まできっちり維持されているし、その果てで明かされる目的の意外性には驚愕するであろう。もちろん、石神井署のいつもの仲間たちも登場している。片倉チームの若手として登場し、今では立派に独り立ちした柳井《やない》警部補などは、片倉の予想を上回るほど颯爽と現れたりしていて、その成長ぶりで愉しませてくれさえする。シリーズが進むにつれて徐々に色濃くなってくる片倉の恋愛小説としての味わいも、もちろん本書には備わっている。相変わらず遅々としているが、なに、それはそれで各駅停車の魅力である。

という具合に《片倉康孝》シリーズの読者に安心して愉しんで戴ける『野守虫』だが、同時に、《デッドエンド》シリーズの読者にも愉しんで戴けるだろう。

こちらのシリーズ、奇しくも《片倉康孝》シリーズと同じ一四年に刊行が始まっている。第一弾『デッドエンド』を起点に、『クラッシュマン』（一六年）『リベンジ』（一八年）『ミッドナイト』（二〇年）と続き、現在は第五弾『ブレイクスルー』を連載中だ。『デッドエンド』は、妻を殺したとして千葉刑務所に収容されていた笠原武大が脱獄するシーンから始まっている。ちなみに笠原は東大から経産省に進んだ経歴を持ち、ＩＱは一七二だ。

学歴や職歴こそ竹迫と全く異なるが、高ＩＱの人物が刑務所／留置所を逃げ出して物語が始まる点は共通している。また、『野守虫』のスピード感も、《デッドエンド》シリーズのそれに近い。『野守虫』から《デッドエンド》シリーズに行くもよし、《デッドエンド》シリーズから『野守虫』に来るもよし。念のためだが、『野守虫』はシリーズ第四弾ではあるものの、独立した作品としても愉しめることを、ここに明記しておこう。

著者はその他、最初の長篇小説『ＫＡＰＰＡ』（一九九一年）や大藪春彦賞受賞の『ＴＥＮＧＵ』（〇六年）に代表される未確認生物が題材の冒険小説や、『渇いた夏』（〇八年）に始まる私立探偵シリーズ、日本推理作家協会賞評論その他の部門及び日本冒険小説協会大賞実録賞の二冠に輝く『下山事件　最後の証言』（〇五年）といったノンフィクションなど、多様な作品を多々発表してきた。それらの世界にも、是非訪れてみて戴きたい。

■竹迫和也

さて『野守虫』は、片倉の物語であると同時に、竹迫の物語でもある。

人懐っこさと非情さが共存する竹迫は、高ＩＱで捜査の網をかいくぐり続ける一方、殺人現場で一晩寝てしまうような隙《すき》を自然体で備えている。そんな彼が今回の脱走劇を通じて実現しようとしたことの意外性——それは同時に、そんな歪《いびつ》な心が形作られてしまったという重い悲劇でもある——それそのものが『野守虫』という物語でもあるのだ。

　本書を読んで、藤原竜也《ふじわらたつや》が演じる竹迫を見てみたいと思った方がいるという。悪くない。身長こそ両者で異なるが、積極的に同意できる。竹迫の心の振れ幅をきっと表現してくれるだろう。

　そんなことを夢想しながらも、やはり片倉の今後が気になる。もともと定年間近の刑事という設定でスタートしたこのシリーズ、彼に残された時間は少ない（だからこそ今回は三連休という時間を圧縮した物語にしたのかもしれない）。それは重々承知なのだが、やはりシリーズ第四弾まで読み進んでしまうと、もっともっと読みたくなってしまうのである。わがまま極まりない願いだが、著者には、まだしばらく片倉を動かして欲しいと強く思う。

参考文献

『ＦＢＩプロファイラーが教える「危ない人」の見分け方』ジョー・ナヴァロ、トニ・シアラ・ポインター著、西田美緒子訳　河出書房新社

※この作品はフィクションであり、実在する人物・団体・事件などには一切関係がありません。

二〇二〇年一月　光文社刊

光文社文庫

野《の》守《もり》虫《むし》　刑事《けいじ》・片倉康孝《かたくらやすたか》　飯田線殺人事件《いいだせんさつじんじけん》
著者　柴《しば》田《た》哲《てつ》孝《たか》

2022年5月20日　初版1刷発行

発行者　鈴木広和
印刷　堀内印刷
製本　榎本製本

発行所　株式会社　光文社
〒112-8011　東京都文京区音羽1-16-6
電話（03）5395-8149　編集部
8116　書籍販売部
8125　業務部

© Tetsutaka Shibata 2022
落丁本・乱丁本は業務部にご連絡くだされば、お取替えいたします。
ISBN978-4-334-79356-2　Printed in Japan

R ＜日本複製権センター委託出版物＞
本書の無断複写複製（コピー）は著作権法上での例外を除き禁じられています。本書をコピーされる場合は、そのつど事前に、日本複製権センター（☎03-6809-1281、e-mail : jrrc_info@jrrc.or.jp）の許諾を得てください。

組版　萩原印刷

本書の電子化は私的使用に限り、著作権法上認められています。ただし代行業者等の第三者による電子データ化及び電子書籍化は、いかなる場合も認められておりません。